曉古城
「第四眞祖」
The Fourth Primogenitor
世界最強的「怠惰」吸血鬼

迪米特列・瓦特拉
「公爵」Duke of Ardeal
輕浮佻薄的「貴族」蛇夫

藍羽淺蔥
「電子女帝」Cyber Empress
華麗任性的電腦天才女高中生

曉凪沙
「真祖之妹」Sister of Primogenitor
天真爛漫而聒噪的賢妹

奧蘿菈・弗洛雷斯緹納
「第十二號」Dwdekatos
沉眠的「焰光夜伯」么妹

Contents

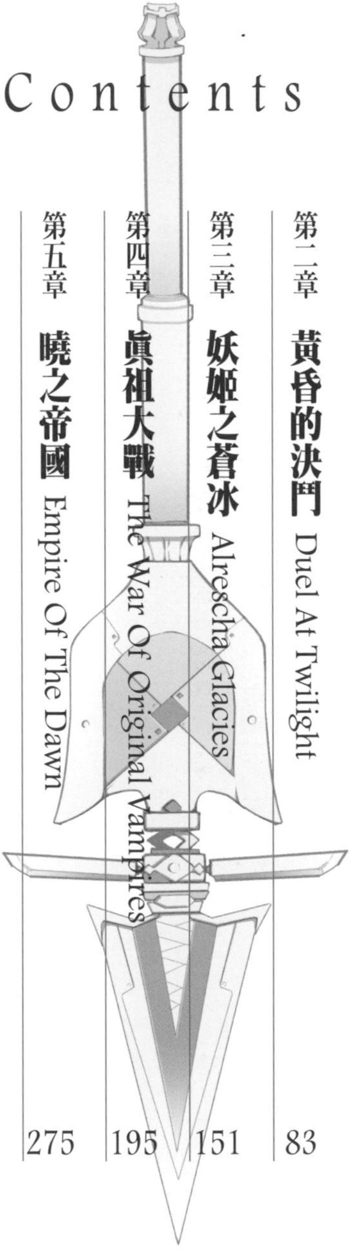

序章 Intro 11
第一章 沉靜的異變 Sign Of Disaster 19
第二章 黃昏的決鬥 Duel At Twilight 83
第三章 妖姬之蒼冰 Alrescha Glacies 151
第四章 眞祖大戰 The War Of Original Vampires 195
第五章 曉之帝國 Empire Of The Dawn 275
第六章 歸來 Returning 345
終章 Outro 409
後記 415

三雲岳斗
illustration マニャ子

噬血狂襲
STRIKE THE BLOOD

眞祖大戰

15

Kadokawa Fantastic Novels

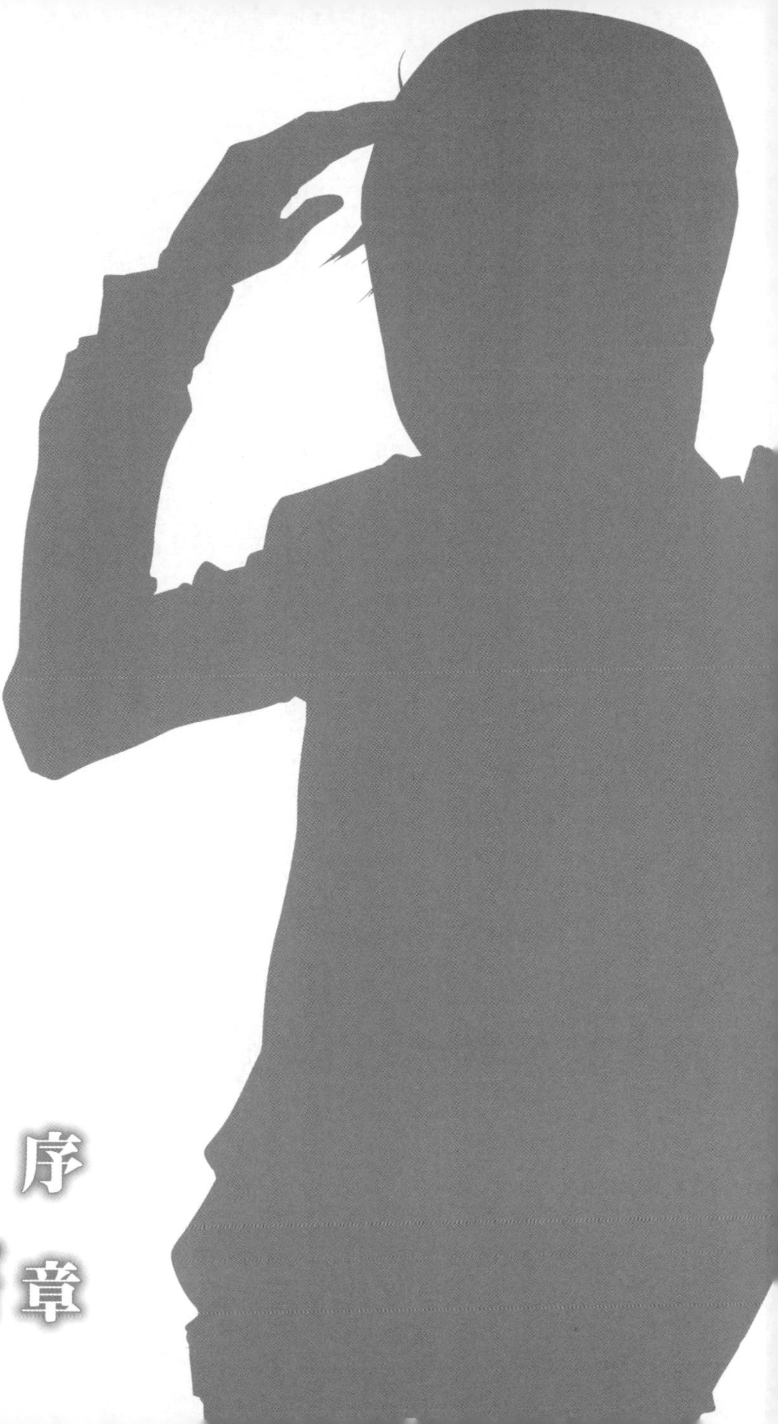

序章 Intro

在充滿昏暗的空間裡，傳來了幾個人的聲音。

那個空間被稱作「呢喃庭園」。

庭園中心有緋紅色圓桌，所設的座位為數十二。當中有三個空著，剩下九個座位坐著諸國的王者。皇帝、總統、首相、主席——皆為聖域條約加盟國選任而出的九國元首。他們的真面目被銀色面具遮著，以魔法改變音調的呢喃也認不出是誰的聲音。

「矢瀨顯重似乎失勢了。」

面具之王發出呢喃。開口回應的同樣是面具之王。

「絃神島——遠東的『魔族特區』是嗎？」

「不成大問題吧。他的計畫遲早會垮台，這是可預期的事。深淵之陷採取的行動反而該視為僥倖不是？」

「然而，結果就是解放了新的第十號眷獸。」

「這樣曉古城所用的眷獸便有九頭。保有完整封印的剩一頭而已。」

「充其量只是不完整的冒牌真祖。『原初(Root)』的記憶既已喪失，目前第四真祖不過是單純擁有強大力量的吸血鬼個體，不可能對我們構成威脅。」

「同意。第四真祖的威脅度並未達到需要對付的地步。」

「該提防的應該是Magna Ataraxia Research公司。矢瀨顯重失勢，使他們在『魔族特區』的影響力相對增加了，連我們都已經無法坐視。」

「那就讓他們吃吃苦頭。不守本分的狗必須接受相應的管教。」

「希望滿身銅臭味的那些奸商會聽懂我們的警告。」

「會吧。聽不懂，就只好除掉他們。」

「那麼『該隱巫女』就這樣放著不管也無所謂？」

「不得已。只要紘神島這座『祭壇』還在，任誰都傷不了她。假如有失去一座『魔族特區』的決心，那倒另當別論——」

「不成。目前那座島尚有利用價值。」

「那麼，關於她的處置暫且保留。通知各條約加盟國避免和她有不必要的接觸——」

「——抗議。」

有另一陣聲音忽然響起，讓無數的呢喃轉變為沉默。

即使隔著面具，隱藏真面目的眾王者仍明顯有所動搖。

一回神，圓桌原本剩下的三個空位被填滿了。

從聖域條約締結以來，一次也沒有露面的三名王者同時現身於此了。在「呢喃庭園」被賦予特殊否決權的常任理事——亦即夜之帝國的領主們現身了。

「情況有變。『戰王領域』的蛇夫得到『聖殲』的睿智了。」

王者之一嚴肅告知。霎時間，沉默轉變成鼓譟了。

連是否實際存在都曾受到懷疑的三名王者，吸血鬼的真祖們。圍著圓桌的眾人都理解他們聚集到這座庭園有何目的。

「那個男的遲早會動用『遺產』才對。那對我們也將成為深刻的威脅。」

「因此我等有事與諸位相求。請發動機構軍。」

「下令吧，派出軍隊，要他們消滅遠東的『魔族特區』——」

會議在昏暗中結束。

眾王者擱下銀色面具，從「呢喃庭園」離去。

緋紅色圓桌上僅剩十二張不會說話的面具。

於是，他們決定毀滅絃神島。

†

少女望著大海。

蜂蜜色頭髮讓人聯想到南國陽光的女孩。年紀約莫十五六歲，細緻的褐色肌膚與異國的鮮豔巫女裝束十分相稱。

豐滿胸脯前有鑲著翡翠的黃金首飾點綴，上頭有仿照豹頭骨刻成的浮雕。支配中美洲的夜之帝國——「混沌境域」的徽章。

少女持有那個徽章，就代表她的主子是第三真祖——「混沌皇女(Chaos Bride)」。

瑟蕾絲妲・夏緹。這是她的名字。

之前曾為世界帶來災厄，人稱「邪神新娘」的少女。依附在瑟蕾絲妲身上的邪神「玄冥神王」已經消滅了，但巫女用以操控龍脈的力量仍留在她體內。性情善變的「混沌皇女」對這股力量有興趣，使得瑟蕾絲妲在不知不覺中獲得了「混沌境域」的女官頭銜。所謂女官根本徒具其名，在百無聊賴的第三真祖身邊當玩伴才是她的實際職務。

這樣的她正望著大海。時刻是傍晚。夕陽餘暉將海平線染成了紅紅的血色，陰晦的海面與夜空交相融合，黑暗逐漸籠罩世界。

海風搖晃少女的秀髮。

她所站的位置是巨大船艦的甲板。

全長兩百八十公尺，滿載排水量超過五萬噸。裝載了四座大型精靈爐的兩棲登陸艦「斯弗利耶爾」——其飛行甲板的後端。

「混沌境域」在太平洋地區的旗艦「斯弗利耶爾」是以日本為目的地——位於首都東京南方三百三十公里處海上的「魔族特區」。

這座被命名為絃神島的人工島對瑟蕾絲妲來說是有著珍貴回憶的地方。不過正因如此，「混沌皇女」才會指名要瑟蕾絲妲擔任隨行的部下吧。

然而，瑟蕾絲妲前往懷念土地卻臉色僵硬。因為「斯弗利耶爾」之所以會出動，目的是要為絃神島帶來毀滅。

「瓦特拉大人……為什麼……？」

少女朝著海平線另一端問。

渦輪引擎的震耳聲音在頭頂響起，抹去了她的細語。

別號空中艦隊的巨大裝甲飛行船成群結隊，逐步從「斯弗利耶爾」的上空通過。他們要去的地方同樣也是絃神島。

組成空中艦隊的飛行戰鬥艦總數為七艘。「斯弗利耶爾」的隨行水上艦艇含驅逐艦、巡洋艦在內有十五艘。此外，還派了兩艘裝載精靈爐的攻擊潛水艇支援艦隊。是可在一夕之間讓小國滅亡的龐大戰力。

縱使是「混沌境域」也不可能獨力編組這等規模的艦隊。「戰王領域」及「破滅王朝」應當也是。

那麼，本來不應存在的這支艦隊究竟是何來路——？

艦隊名稱「聖域條約機構軍」正是其答案。這隻艦隊的真面目是基於聖域條約而組成的多國籍聯合軍。從世界各國集結而來的最強軍隊——形同這個世界本身所擁有的軍力。

要和這支艦隊作戰，那就等於與世界為敵。不可能有人抵抗得了如此的力量，就算是世界最強吸血鬼也一樣。

「曉古城……」

瑟蕾絲妲細聲說出朋友的名字，然後緊咬嘴唇。

她的聲音不會傳到少年身邊。

第一章 沉靜的異變
Sign Of Disaster

1

「今天要陪凪沙買東西——我們確實是這麼講好的。」

穿連帽衣的曉古城用帽子深深地遮住大半眼睛，並且慵懶地搖頭。

絃神島最大的綜合商業設施「泰迪絲商場」為活動特別設置的場地。

挑空的寬敞大廳裡有成排的玻璃展示櫃，美麗地陳列出讓人聯想到寶石的小點心。狹窄的通道塞滿了為此聚集而來的眾多顧客，店裡到處都在上演稀少商品的爭奪戰。

人擠人的要命程度可比都會區的客滿電車。

不幸中的大幸是聚集在此的顧客大多為妙齡女性。

「但我可沒聽說要來的是情人節巧克力賣場。我待了覺得渾身不對勁耶！」

「這……這就是情人節……」

姬柊雪菜愣愣地杵著不動，還用發抖的聲音如此嘀咕。她來這座島上還不到半年，這是她首次目睹絃神島特有的情人節激烈商戰。

絃神島離本島遙遠，送禮用的高級巧克力進貨量少。因為高溫潮濕的氣候會提高運輸成本。

而且「魔族特區」更有其獨特的背景因素。簡單來說，就是尋遍日本國內，只有絃神島才能買到符合吸血鬼、獸人及人工生命體等各種魔族喜好的商品。

種種條件交集在一起，到了這個時期，島上的西式點心店往往會展開地獄般以血洗血的巧克力爭奪戰。

「受不了，為什麼凪沙買來送那個臭老爸的人情巧克力非得要我拿啊……男人在這個時期本來就不方便靠近巧克力賣場了……」

古城低頭看著兩手所拿的高級點心店紙袋，恨得歪了嘴。

今天古城負責幫妹妹提東西。紙袋裡是曉凪沙為父親及同學們準備的大量巧克力。就算知道是廉價的人情巧克力，帶著妹妹為其他男人買的巧克力走動，他的心情並不會太好。

雪菜則一臉傻眼地望著鬧脾氣的古城說：

「我覺得不用那麼介意就是了。畢竟按照原本的風俗，這其實是不分性別都可以送禮物的節日。」

「或許是這樣沒錯啦，不過在『魔族特區』過情人節是怎樣？這是紀念西洋聖人的祭典吧？」

被稱為聖人的英雄大多是在以往跟魔族的戰鬥中留下偉大功績的人——換句話說，他們

是魔族的敵人。在屬於中立地帶的「魔族特區」祭悼他們，感覺並不妥當。

雪菜卻微笑著搖搖頭說：

「不，情人節似乎是源自讚頌古代婚姻女神的祭典。之所以會與聖人的名諱扯上關係，據說是後世創作造成的。何況送巧克力的習俗本身也是在相對較晚的近代才流傳開來。」

「啊～這麼說來也是……」

古城露出複雜的臉色沉默下來了。在情人節送巧克力的奇特風俗是零食大廠催生出來的，這點事情他當然也曉得。

另一邊的雪菜則是莫名佩服似的望著巧克力賣場的展示櫃說：

「不過，真不愧是『魔族特區』呢。供獸人用的巧克力種類好豐富。」

「供獸人用的？」

「是啊。因為有一部分的獸人種族攝取巧克力以後就會引發嘔吐或痙攣之類的中毒症狀。這種巧克力去除了對他們有害的成分。」

「跟狗一樣嗎……」

意外的資訊讓古城驚呼。攝取巧克力所含的可可鹼而引發中毒症狀，是在狗貓等寵物身上常見的狀況。原來那些獸人也挺辛苦的——同為魔族的古城由衷感到同情。

「而且摻入魔法素材的產品居然就這樣出現在一般市面上……雖然我聽過傳聞，還是嚇了一跳。」

「魔法素材……呃，我想沒有妳講的那麼誇張啦。」

古城注意到店裡貼的宣傳海報，微微地露出苦笑。在「魔族特區」賣的點心當中，有名為「特定魔法食品」且號稱具有魅惑或春藥效能的產品。然而其魔法效果在四等以下——跟外行人用的符咒一樣只能聊以慰藉。

「不過姬柊，聽到妳對情人節了解得這麼清楚，感覺滿意外耶。我還以為妳根本沒吃過巧克力這種東西。」

「你把我當成什麼了啊……？」

雪菜生氣鬧彆扭似的嘟了嘴脣。她從小就成天在獅子王機關接受嚴苛的訓練，身懷攻魔師所需的知識及高超戰鬥能力，對於一般常識便相對生疏。話雖如此，情人節這點小事她似乎還是知道的。

「高神之杜一樣有賣巧克力啊，尤其是情人節的時候，紗矢華每年都卯足了勁呢。」

「煌坂嗎……我可以實際想像她那模樣……」

古城深感同意地點頭。煌坂紗矢華在獅子王機關擔任舞威媛，對於雪菜這個情同姊妹一起長大的室友相當疼愛。一旦到了情人節，她肯定會比平時更振奮才對。感覺紗矢華會親手製作格外費工夫的巧克力。

雪菜像是在佐證古城這樣的推測，懷念似的微笑說：

「這麼說來，她去年送了從可可豆開始製作的巧克力給我。」

「從可可豆開始提煉嗎？」

「熟成似乎花了兩星期左右。」

「不不不，就算要親手做，未免也花太多工夫了……」

紗矢華的奉獻精神遠超出想像，讓古城實在無言以對。雪菜似乎從古城的動靜察覺到他嚇壞了，連忙打圓場似的搖頭說：

「呃，不過紗矢華做的點心很好吃喔。因為獅子王機關的舞威媛會接受暗殺訓練，學習烹飪技術也是其中的一環。」

「這樣啊……那我有點想嚐嚐看，又好像不想……」

當成暗殺訓練的一環倒令人介意就是了——古城一面心想一面又轉向雪菜問：

「對了，姬柊，妳都不做點心的嗎？」

「咦？我嗎？」

古城突然的疑問讓雪菜看似疑惑地變得目光閃爍。但是她看的並非古城，而是古城背後。啊——好似在警告有危險，雪菜嘴唇顫抖。隨後——

「嘩嚓！」

「唔喔！」

古城驚險躲開了從背後伴隨著鬼叫聲揮下的凶器。掠過他眼前的是裝在業務用包裝袋重達五公斤的大塊巧克力。

抓著那塊巧克力偷襲古城的是張熟面孔——之前剛和他在學校分開的同學矢瀨基樹。

「矢瀨，你喔！忽然冒出來想幹嘛……！還有你不要把業務用巧克力當鈍器用！這是要賣的吧！」

「什麼話啊？有個叛徒裝成自己沒人愛，還若無其事地想叫姬柊幫他做巧克力，所以老天才會予以制裁吧？」

「啥？你在鬼扯什麼？我才沒有向姬柊討那種東西！」

古城忍不住反駁對方的誣指。雪菜聽到他那麼說，臉就「啪」地應聲僵掉了。

「我做的巧克力……對學長來說只是『那種東西』啊……這樣啊……」

雪菜毫無感情地用旁人聽不見的微弱音量反覆嘀咕。矢瀨得逞似的奸笑說：

「聽見了吧，姬柊？妳連一片巧克力都不必送這種傢伙，就算他在雪山遇難，一個星期都沒吃飯也一樣！」

「不對，至少遇難時還是讓我吃塊巧克力吧……」古城一臉認真地吐槽。「話說，誰才是叛徒啊？你算有女朋友的人耶，記得她叫古詠對不對？讀三年級的學姊——」

「古城……你哪壺不開提哪壺……」

唔唔——矢瀨拄著牆壁受挫似的低下頭。古城看見朋友過於明顯的失落模樣，因而疑惑地偏頭。

「呃……矢瀨？」

「跟我交往的學姊是考生，而且這個時期屬於彩海學園（我們學校）三年級學生自由到校的期間，她沒有來上學啦！」

「這、這樣喔……感覺是我該道歉……」

古城尷尬地從矢瀨面前轉開目光。假如對方托詞準備考試就讓矢瀨連巧克力都拿不到，那根本稱不上女朋友吧？古城心裡雖有如此疑慮，但還是沒有開口說出來。

「呃，那麼矢瀨學長，你為什麼會來巧克力賣場呢？」

雪菜確認矢瀨沒有帶其他人來，就坦白地說出了疑問。說得對喔——古城的眼神跟著變得狐疑。

「你來這種地方做什麼？總不會是在跟蹤我們吧。」

「那、那還用問，我是來買巧克力的啦，買巧克力！」

矢瀨用鬼鬼祟祟的態度解釋。

「你要買巧克力……？」

「對。因為最近也流行反過來由男方送巧克力。」

「是……是喔。」

儘管聽了不太能釋懷，但古城決定不深究。

在他們講東講西時，凪沙就鑽過擠成一團的女性顧客，捧著西點的摺頁傳單回來了。

「雪菜雪菜！送班長他們的巧克力要選哪一種？有八顆裝的，也有十五顆裝的。要注重品質還是數量，這一點真讓人煩惱耶。那邊的生巧克力味道好像也不錯，可是在絃神島的氣溫下似乎會融化……」

凪沙大概是興致來了，說話比平時更快，同時還想向雪菜要建議。讓我瞧瞧——古城探頭看向她拿的摺頁傳單說：

「我喜歡口味不會太甜的，還有加花生的。」

「……什麼意思？古城哥，難道你也想要巧克力嗎？」

凪沙愣愣地眨起大眼睛，然後看似覺得意外地抬頭看了古城。雪菜和矢瀨都冷冷地看著古城，眼神像是在說：戀妹控！

古城沒料到妹妹反應會這麼冷淡，便驚慌地說：

「呃，可是，妳想嘛……我們是家人啊！」

「咦～～……不過古城哥，說是這麼說，你去年跟前年不是都有從淺蔥那裡收到很貴的巧克力嗎？人家在想，今年就算不幫你準備也可以吧？」

「哎，雖然我確實有收到，但淺蔥說過，那是附近超市賣剩的保存期限再過不久就要到期的特價品耶，那個會很貴嗎？」

「還說特價品……哎唷，古城哥，你就是這樣……！」

看似憤慨的凪沙粗魯地嘆氣。

「淺蔥送你的巧克力哪有可能是用特價品了事！保存期限短是因為那是高檔貨！你怎麼連這點小事都不懂……！」

「我不曉得啦！話說去年的巧克力根本有一半以上都是妳吃掉的吧！」

「誰教它那麼好吃──欸，說人人到，是淺蔥耶！」

凪沙忽然伸長腰，露出眺望般的表情。藍羽淺蔥正搭著賣場電扶梯朝車站方向而去。她是個將制服穿得隨興而有品味，遠遠看去就覺得亮麗的高中女生。

「淺蔥會不會也是來買巧克力的呢？我去叫她過來！」

「喂，凪沙……！」

古城還來不及把人叫住，凪沙就跑過去追淺蔥了。她真是靜不住耶──古城死心似的如此搖頭表示，雪菜看他這樣便嘻嘻地笑出聲音。

然而，只有矢瀨遠遠望著淺蔥，還露出格外認真的臉色。

「怎麼了嗎，矢瀨？」

「沒事……淺蔥在打什麼主意……？」

矢瀨聽了古城的問題仍心不在焉，只是自言自語地咕噥。當古城為此納悶時，只見凪沙慌慌張張地帶著粗魯的腳步聲趕回來了。

「古、古城哥，大事不好了！你來一下！」

「什麼大事不好啊？」

「反正你來就對了啦！快！」

古城的手臂被妹妹硬拉，只好跟著走。當然，雪菜和矢瀨也在一起。

淺蔥已經走出購物商場，正站在車站前的噴水廣場。那座噴水池有企鵝雕像點綴，在絃神島是相約碰面絕對會用到的景點。有個容貌讓人聯想到冰冷刀械的俊美少年就站在那裡跟淺蔥講話。

氣氛並不像男方路過搭訕。他們倆似乎從一開始就約好在那裡碰面了。

「古城哥，你看那邊！那個人！欸，他跟淺蔥是什麼關係！」

凪沙仍然抓著古城的手臂並指著他們大叫。然而，古城沒回答妹妹的問題，因為那景象太具震撼力，讓他失去了回話的餘裕。

「那傢伙……是跟吉拉搭檔的……」

「加坎卿……！」

古城發出斷斷續續的嘀咕，而雪菜將他的話接了下去。

跟淺蔥相約碰面的是「戰王領域」的貴族，特畢亞斯・加坎——堪稱迪米特列・瓦特拉心腹的「舊世代」吸血鬼。

於是在古城等人注視下，淺蔥跟加坎一塊走了。他們倆走去的方向停著兩人座的高級跑車。淺蔥被護送坐進副駕駛座，加坎隨即上了駕駛座。跑車發出凶悍排氣聲以後，便載著兩人奔馳而去。古城等人連眼睛都忘了眨，只能目瞪口呆地看著那一幕。

「為什麼……淺蔥會跟那傢伙……」

古城帶著幾近恍惚的臉色自問。與其說是焦急或不安，他的腦子只有疑問在打轉。身旁的雪菜似乎也一樣。

為了替心生動搖的古城打氣，凪沙刻意開朗地微笑說：

「打、打起精神啦，古城哥。你今年的巧克力，人家會幫忙準備……」

「呃，古城……總覺得，我該替自己的青梅竹馬向你道歉。」

矢瀨看似十分關懷地把手放到杵著不動的古城肩膀上。

2

死板而現代化的玻璃走廊上，有個鐵灰色頭髮的女孩在奔跑。

少女的年紀不太好判斷，外表給人的印象約十三四歲。深邃五官看起來比較成熟，不怕生的純真表情卻格外稚氣。

她只穿了病患接受精密檢查時穿的淡綠色衣服。除此之外，別說是T恤，就連一件內衣都沒穿。她每次用赤腳蹬地，病患服的下襬就會跟著飄揚，連大腿根部都差點春光外洩。緊接著——

「葛蓮妲！」

披白袍的斐川志緒從走廊深處追著鐵灰色頭髮的少女跑出來了。

那是個一頭短髮只將兩側頭髮留得較長，感覺有些好強的少女。或許是因為她拚命追著逃跑的龍族少女——葛蓮妲四處跑，呼吸有點喘。她把葛蓮妲脫了亂丟的內褲及胸罩都撿到一起。那奇特的畫面讓路過走廊的人們都詫異似的杵在原地。

「喂！葛蓮妲，站住！穿上衣服！」

「不要～～！」

像是在嘲笑追趕而來的志緒，葛蓮妲一溜煙便衝下樓梯。

葛蓮妲露出滿面笑容。她似乎是在逃跑過程中懷著玩捉迷藏的心情，整個人都樂了起來。這樣的她忽然抬起臉龐，一面歡呼一面張開雙臂。因為她注意到在建築物入口附近有另一個少女的身影。

身穿關西貴族女校的制服，氣質好似模範生的高中女生。

身高離一百六十公分只差一些，髮型是形象清純的中長鮑伯頭，劉海往旁梳到一邊，用緞帶型的髮夾別著。她是獅子王機關的劍巫，羽波唯里。

「唯里！」

「咦？」

唯里被志緒大聲呼喚名字，就吃驚似的抬起臉龐。葛蓮妲她們全力衝過來的身影使得仍不清楚狀況的唯里「咦！」地擺出架勢預備。

「唯里～～！」

葛蓮妲連衝帶撞地朝這樣的唯里撲了過去。啊唔——唯里承受不住衝擊，被撞得東倒西歪。葛蓮妲把臉湊到唯里的頸根，像在撒嬌一樣用鼻尖磨蹭。那模樣與其說是龍族，更像因為飼主回家而興奮的小狗。

「唯里，麻煩妳就這樣抓住葛蓮妲……！」

「志、志緒？怎麼了嗎？」

「這傢伙……連衣服都不穿就跑出來……」

氣喘吁吁的志緒總算踉蹌地趕到了。

在獅子王機關擔任舞威媛的志緒會累成這樣，唯里也能隱約想像到她跟葛蓮妲的追逐有多麼慘烈。

「啊，妳別動，葛蓮妲！放開唯里！」

志緒想讓纏著唯里的葛蓮妲穿上內衣褲。龍族少女卻百般不願地扭身說：

「不要～～游泳池，滑水道，我想去！」

葛蓮妲指著窗外的風景拚命表示要外出。她對昨天在游泳池玩水的初次體驗十分中意，還不停地溜滑水道直到太陽下山。於是，她應該是認為今天自然也會有人帶她去游泳池。

「呃～～檢查已經做完了對不對？」

「唉，勉強啦。」

志緒點頭回答唯里的疑問。

她們從三天前就來到名為「蔚藍樂土」的小島。

蔚藍樂土——Blue Elysium，建造於紘神島本島近海的新型增設人工島（Sub Float）。在一般的認知中，那是以充滿飯店、戲水池及各種娛樂設施而聞名的高級度假勝地。

但是，唯里等人當然不是來這座島玩的。蔚藍樂土屬於「魔族特區」的一部分，也建置了本島沒有的特殊設施。飼育世界各地的稀有魔獸，研究其生態的大規模設施——通稱「魔獸庭園」。

利用研究設施的機材探究葛蓮妲目前依然成謎的真面目。這就是唯里她們現在的任務。儘管她們在旁人看來大概只像葛蓮妲的玩伴，但監視及管理她的身體狀況也是任務的一環，所以這沒辦法。

「我明白了。那我們去游泳池吧。」

唯里摸著葛蓮妲的頭髮苦笑。這時差不多該注意到研究設施員工們拋來的困擾視線了。

葛蓮妲眼睛發亮，並且抬起頭說：

「游泳池～～！」

「不過，在那之前先穿衣服吧。我買了好吃的巧克力回來。」

「巧克力～～！」

葛蓮妲撕開唯里給她的巧克力板包裝紙，隨即大快朵頤。志緒總算成功讓停止抵抗的她穿上衣服了。

「不好意思，唯里，讓妳幫了大忙。」

「呵呵，辛苦妳了。那我們到更衣室吧。」

「也對。要讓葛蓮妲換泳裝才行。」

志緒和啃著巧克力的葛蓮妲手牽手走向更衣室。這次要去游泳池，葛蓮妲似乎覺得很滿意，就乖乖地跟著。

「來，泳裝。我租了好多件，志緒妳也可以換自己喜歡的。」

一行人到更衣室以後，帶著托特包的唯里將裡面裝的東西攤開。既然會在蔚藍樂土滯留一陣子，她便一口氣租了好幾種來穿穿看。款式可愛的泳裝太多，候選的挑不完也是原因。

志緒卻漠不關心地朝那些泳裝瞥了一眼說：

「我不用啦。反正有公發的防曬泳衣。」

「咦！不行啦。難得有機會來這種高級度假勝地，泳裝太樸素反而會很顯眼喔！」

因為志緒準備拿出缺乏魅力的水上運動服，唯里連忙制止。

「呃，可是……」

志緒臉色有些生氣地捏起唯里租來的泳裝。感覺得是寫真女星才適合穿這種大膽地縮減布料面積的綁帶比基尼。

「——欸，我哪有可能穿這麼招搖的泳裝啊！丟、丟死人了……！」

「不要緊不要緊。志緒妳又苗條身材又好，穿這樣很正常的。」

「我們好歹是在執行任務耶。這樣穿不就沒辦法隨身攜帶護身用的咒符了嗎！」

「沒問題的啦，少了布料的阻力，感覺活動會比較靈活。咒符塞在乳溝就可以了。」

「唯里，假如妳真的這麼認為，就由隱性巨乳的妳來穿啊！」

志緒把綁帶比基尼推給笑得像事不關己的唯里。她那意外的反擊讓唯里的臉僵掉了。

「咦！我嗎？不行不行不行，我的上臂太粗了啦。還有，我昨天陪葛蓮妲吃太多東西，肚、肚子附近的肉就……！」

「那樣不是比較可愛嗎？曉古城肯定也這麼認為。」

「這、這跟古城沒有關係吧！」

「妳明明幫他準備了看起來那麼貴的巧克力耶。」

「志緒妳是怎麼知道的……！」

哇啊啊啊——唯里發出慘叫般的聲音，還臉紅地搖頭。

「我、我只是希望他可以跟雪菜（小雪）一起分著吃，才不是妳想的那樣……！反正不是啦！要說的話，志緒妳還不是每年都會期待煌坂送的巧克力！」

「才沒有！因為煌坂說那是多出來的……欸，我怎樣都無所謂吧！」

唯里和志緒忍不住賭氣而大吵特吵。她們連起衝突的原因是什麼都忘了。當她們兩個在狹窄的更衣室哇哇大叫時，唯一冷靜的葛蓮妲伸手拽了唯里的制服。

「唯里！泳裝，穿好了！去游泳池！」

葛蓮妲一如往常的純真模樣讓唯里跟志緒望著彼此的臉沉默下來。

「……我們也換衣服吧。」

「也對。總之穿普通的泳裝好了……」

兩個人尷尬地互相點頭，然後各自挑了適當的泳裝拿到手裡。唯里是有荷葉邊的基本款；志緒則是款式單純的黑白色比基尼。她們確實穿好防曬用的連帽衣，然後前往游泳池。

3

從研究魔獸的設施到游泳池正門，搭自動駕駛的電動車大約要十分鐘。諸如會掀起大波浪的造波池及全長超過兩百公尺的滑水道，各具巧思的九種游泳池是蔚藍樂土的最大賣點。

雖說絃神島地處亞熱帶，二月的氣溫要游泳仍有涼意。或許是這個緣故，遊客比想像中少，活像獨占了廣闊的游泳池，感覺相當痛快。葛蓮妲會興高采烈也是很能理解的。

「對葛蓮妲有什麼發現嗎？」

鐵灰色頭髮的少女簡單做完暖身運動就跳進游泳池，目送她下水的唯里低聲發問。志緒像是在確認水溫，一邊將赤裸裸的腳尖泡進水面一邊靜靜地搖頭。

「詳細的結論似乎要兩個星期後才會出來。龍族的細胞本來就缺乏樣本，個體之間的差異也大，因此要分析好像很費時間。我有拿到姑且將目前所知整理過的報告書就是了。」

「這就是葛蓮妲的分析結果？」

唯里望著遞到手邊的平板電腦畫面，臉色為之緊繃。那是將葛蓮妲身上採取的細胞基因情報和其他生物比對後的資料。

唯里所具備的魔族知識盡是和戰鬥有關的事，對生物學並不太熟悉。即使如此，唯里仍然一下子就看出葛蓮妲的分析結果並不尋常。

她的細胞絲毫不像人類以及其他龍族的細胞，估得的基因情報密度比普通生物高出數十倍，或者更甚。含龍族在內，沒有任何魔族生物能在細胞內保存如此大量的基因情報。若有能與她匹敵的生物存在，那恐怕唯有「賢者靈血（Wiseman's Blood）」──靠鍊金術孕育出來的「神」之細胞了。

「葛蓮妲不屬於任何現有所知的進化系統，她是新物種。而且，她的基因裡留有以魔法對分子進行加工的痕跡。」

志緒帶著有些困擾的表情說道。唯里嚇得抬起臉龐。

「那表示……她跟人工生命體（Homunculus）一樣……？」

「嗯，等於葛蓮妲是透過某人之手，以人工方式創造出來的龍族。雖然說，前提是這份分析報告的內容正確。」

「創造龍族……那是辦得到的嗎？」

「憑人類目前的技術不可能，但如果是『天部』的科技就難說了……雖然不曉得他們為什麼會想到要創造龍族。」

「為什麼呢……因為可愛嗎？」

「唉，未必不可能啦……我想。」

志緒在池畔交抱雙臂，然後臉色認真地開始苦惱。這時候，葛蓮妲搭著游泳圈，正在流動游泳池裡漂來漂去打轉。毫無緊張感的一幕。

「財寶嗎……」志緒咕噥。

「咦？」

「『破滅王朝』的亞吉茲王子講過，他說龍是財寶的守護者。」

「可是，神繩湖裡根本沒有財寶吧？」唯里看似疑惑地反問。

「嗯。不過，假如葛蓮妲本身就是財寶——」

志緒隨口說道。當然，她應該沒有認真相信這套說法。然而，唯里聽了她的話，卻頓時眨著眼睛說：

「對喔……這麼說來，自衛隊的安座真三佐似乎也說過類似的話。葛蓮妲是咎神（該隱）留下的遺產保護者，還有裝載神祇『情報』的容器——」

「神祇的……情報……？」

不會吧——志緒本來想一笑置之，忽然間，她變得神色凝重。志緒把手伸向擱在身旁的樂器盒，從中取出折疊成收納型態的銀色西洋弓。唯里也將樂器盒打開，俐落地從中拔出銀色長劍。

因為她們事先設在游泳池周圍的結界傳來了有人入侵的氣息。而且，是力量強大駭人的魔族氣息。

「志緒！」

「我明白！這股誇張的魔力是怎麼回事……！」

「回來這邊，葛蓮妲！快點！」

「妲？」

葛蓮妲似乎察覺到唯里她們都在緊張，立刻往池畔靠。

隨後，在午後灑落的陽光下，開始有漆黑的霧氣飄散。

「……！」

志緒將金屬製咒箭搭上西洋弓，並發出驚嘆。

不久之後，變濃的霧逐漸化成人型。

是個膚色稍黑的修長男子。他披著剪裁合宜的古風大衣，還有一襲宛如用夜色編織而成的漆黑長髮。相貌年輕端正，全身瀰漫的靜靜威嚴卻醞釀出深不可測的壓迫感。即使雙方有距離，也能明確感受到他是無法與人類相容的異類。

上了年歲的「舊世代」吸血鬼，同樣是與真祖無比接近的危險存在。

「是獅子王機關的攻魔師嗎——？」

男子漠不關心地看向擺好架勢的唯里她們，然後冷冷拋下一句。

保持沉默的唯里肩膀發抖。她怕得發不出聲音。唯里身為獅子王機關的劍巫，被男子的存在所震懾。志緒應該也一樣。

黑髮男子並沒有給人粗野而暴力的印象，他的身段反而是溫和理性的。儘管如此，唯里卻覺得恐怖，好比人們對天災不能不有所畏懼。

「把沼龍（葛蓮妲）交出來。」

男子說完便看向鐵灰色頭髮的少女。葛蓮妲害怕似的停下動作。

唯里為了保護葛蓮妲而上前，並且用銀色長劍指向男子。

「你是什麼人？要葛蓮妲究竟有何目的？」

唯里瞪著黑髮男子問。意外的是男子面色不改。唯里明顯存有警戒的模樣也沒有壞了他的心情，他只是回望她們，淡淡地回答：

「我名叫裴瑞修．亞拉道爾，與第一真祖『遺忘戰王（Lost Warlord）』血脈相連者。」

「裴瑞修……亞拉道爾不就是……咦？」

「獲封塞維林侯的亞拉道爾大人？」

唯里和志緒各自低聲驚呼，變得無言以對。「戰王領域」的塞維林侯爵領主，裴瑞修．亞拉道爾——對於男子的名號，唯里她們當然都耳有所聞。

因為他就是「戰王領域」的帝國議會議長——實際上，這位吸血鬼被視為僅次於真祖的第二把交椅，在政治、經濟雙方面都具備全球性影響力的大人物。

亞拉道爾也以好戰聞名，以往他曾在眾多戰場留下驚人的功績。據說連鼎鼎大名的迪米特列．瓦特拉都會用相應的敬意對待他。如今，那樣的傳奇性吸血鬼就站在唯里她們眼前。

「沼龍已被聖域條約機構認定為重大威脅。」

亞拉道爾不管困惑的唯里等人，單方面告訴她們：

「因此我接下來要對她進行回收。若妳們願意配合就太好了。」

「聖域條約機構……要回收葛蓮妲？」

志緒用發抖的聲音反問。所謂聖域條約機構，是由包含夜之帝國在內的聖域條約加盟國所營運的國際機構。他們有權對重大魔法性威脅採取對抗措施，更具備為此而設的兵力。

然而，聖域條約機構會審議的對象當然只有國家級以上的大規模魔導犯罪。就算葛蓮妲被指為如此危險的存在，也無法讓人坦然相信。

「請問你帶走葛蓮妲以後，打算怎麼對她？」

唯里對亞拉道爾質疑了。黑髮吸血鬼似乎早料到她會這麼問，便淡然做出答覆。

「日本政府讓沼龍無力化的行動失敗了，所以我們將代為接手。」

「無力化……難道你的意思是……」唯里畏懼似的嘀咕。

「封印或者解體。無論如何，這並非妳們該干預的事。」

「聽你這樣說，我怎麼可能把她交出去！」志緒回答時幾乎是用吼的。

「是嗎？很遺憾。」

亞拉道爾不動聲色，只是隨手將左臂一揮。

霎時間，劍身長達七八公尺的劍在他身邊出現了。藉濃密魔力化為實體的半透明巨刃。

那是吸血鬼的眷獸——具意識的活武器（Intelligent Weapon）。

「葛蓮妲，妳先退下——！」

唯里厲聲告訴龍族少女，並且衝上前去。

亞拉道爾喚出的巨刃在飛舞，像撕裂大氣的子彈。活武器的目標是葛蓮妲，它打算將唯里連同她背後保護的葛蓮妲一起斬斷。

「改良型六式降魔劍（Rosenkavalier Plus），啟動（Boot up）——！」

唯里以銀色長劍朝著亞拉道爾的眷獸猛劈。

眷獸是破壞性的魔力聚合體，憑尋常武器無法抵禦。然而，唯里的改良型六式降魔劍例外。她在攻擊路徑上創造的擬似空間斷層是連眷獸的攻擊都能阻絕的無敵防禦壁。

「申請認證！改良型六式降魔弓Ⅲ（Freikugel Plus Three），解放（Unlock）！」

『認證——改良型六式降魔弓，啟動（Active）。』

在唯里攔住亞拉道爾攻擊的同時，志緒將西洋弓的保險裝置解除了。志緒的改良型六式降魔弓是獅子王機關自豪的制壓兵器完成版。透過以嚆矢唱誦的高密度咒語就能催發超越人類極限的大規模咒術砲擊，據說其威力甚至凌駕吸血鬼的眷獸。

「狻猊之舞伶暨高神真射姬於此誦求！」

由於威力太過強大，改良型六式降魔弓的使用受到嚴格限制，而志緒正打算毫不保留地將其解放。因為在她判斷之下，要打倒亞拉道爾別無他法。志緒於轉瞬間做出的判斷理應沒有人會怪罪才是，然而——

「不可以，志緒！」

唯里扯開喉嚨朝志緒大叫。唯里靠著獅子王機關的劍巫之力已經洞穿片刻後的未來了，但她來不及制止。在那個瞬間，志緒的砲擊早就發射出去了。

「雷霆召來——！」

「刺吧，『忌妒者（Invidia）』。」

改良型六式降魔弓放出的嚆矢在虛空畫出巨大魔法陣，咒術砲擊的閃光瞬間成形。那陣砲擊被漆黑色彩的大劍迎面接下。亞拉道爾召喚了新的活武器。

龐大的咒力及魔力正面衝突，相互抗衡的局勢只有維持一瞬。

亞拉道爾以眷獸將志緒發出的砲擊斬斷了。壓縮過的咒力在超越臨界後炸開，化成衝擊波四散飛射。狂暴氣旋翻起游泳池畔的混凝土，並且颳倒周圍的陽傘及長椅。

唯里用擬似空間斷層設下防禦壁，但就算靠改良型六式降魔劍的能力，仍無法將化為龍捲風的衝擊波都擋住。

唯里和志緒承受從四面八方撲過來的氣浪，都無從抵抗地被震飛了。內臟遭到撼動，無法呼吸，全身的骨頭發出哀號。即使如此，兩人仍勉強保住意識，因為她們摔在游泳池的水面上。

「唯里！志緒！」

葛蓮妲拚命撐起差點溺水的唯里與志緒。她從一開始就在水裡，所受的傷勢相對較輕。

但唯里和志緒傷勢慘重。她們直接挨中爆炸的衝擊，幾乎所有關節都在叫痛。撞傷及挫傷遍布全身上下，混凝土碎片造成的擦傷不計其數。

另一方面，亞拉道爾幾乎毫髮無傷。在依舊凶猛的狂風中，他只有漆黑長髮被吹亂。面對他的攻擊，唯里她們已經沒有餘力保護好葛蓮妲。

「快逃……葛蓮妲……」

志緒一邊痛苦地咳嗽一邊說話。葛蓮妲驚恐似的睜大眼睛。

「志緒～～……唯里～～……」

「逃去紘神島。找古城和雪菜（小雪）幫妳……懂嗎？」

「唔～～……」葛蓮妲望著遍體鱗傷的唯里她們，排斥地搖了搖頭。

「快點去，葛蓮妲！」唯里像是在斥責這樣的她，開口時加重了語氣。

「……妲！」

儘管葛蓮妲變得淚眼汪汪，卻還是下定決心似的深深點頭了。

鐵灰色翅膀從葛蓮妲的泳裝後頭大大地張開。在魔法的光芒籠罩下，她的身軀逐漸化為巨龍的姿態。葛蓮妲以讓人聯想到美麗水鳥的優雅動作在水面上滑行，然後飛向空中。從蔚藍樂土到紘神島本島的距離約為十八公里，若是她自己去，應該勉強到得了。

「——舞吧，『暴食者（Ghoulah）』！」

為了追殺逃走的葛蓮妲，亞拉道爾召喚了新的眷獸。大劍散發出火焰，射向飛在半空的葛蓮妲。具備自我意識的大劍像砲彈一般加速，餓鯊似的從鐵灰色飛龍背後撲了上去。

剛離地的葛蓮妲毫無防備，沒有餘裕加以閃躲。漆黑劍刃轟然劃過大氣，狠狠地刺穿飛龍的龐大身軀——

當唯里她們以為情況會變成這樣而倒抽一口氣的瞬間，天上張開了像在保護葛蓮妲的琥珀色之網。

那是由灼熱熔岩構成的網。

灼熱之絲一邊描繪出讓人聯想到蜘蛛巢的幾何圖樣，一邊將亞拉道爾的眷獸捕縛。

「『炎網迴廊（Nephila Ignis）』——」

在至今仍有暴風肆虐的游泳池畔響起了柔和的說話聲。

有個長相中性而俊秀的嬌小年輕人在銀霧環繞下現身了。他腳下有隻發出琥珀色光芒的巨大熔岩蜘蛛。正是這個年輕人操控熔岩蜘蛛抓住亞拉道爾的大劍，救了葛蓮妲。

「是你啊，吉拉‧雷別戴夫——」

亞拉道爾叫了嬌小年輕人的名字。渥爾提茲拉瓦伯，吉拉‧雷別戴夫。他應該與亞拉道爾同為「戰王領域」的貴族，卻出手妨礙亞拉道爾攻擊，還幫助葛蓮妲逃亡。

「是瓦特拉指使你如此行動的吧？那傢伙想用沼龍做什麼？」

「關於那一位的性情，您應該比我更了解不是嗎，亞拉道爾大人？」

吉拉用含笑的溫和語氣回答。亞拉道爾表情苦澀地咂嘴說：

「既然如此，就更不能將沼龍交給那傢伙了——『暴食者』！」

亞拉道爾那頭被捕獲的眷獸在空中盤旋，斬斷了灼熱的蜘蛛巢。環繞著火焰的大劍隨即分裂成無數短劍，灑落在立於地面的吉拉頭頂，並從全方位刺穿他的身體。

可是，即使被眷獸貫穿全身，吉拉臉上溫和的微笑仍未止歇。

他的全身忽然失去厚度，變成了有如影子的濃稠痕漬。接著，那道形影便直接流進游泳池的排水溝。

「『幻網影樓（Dionycha Nox）』……假造的鏡像嗎！」

亞拉道爾粗裡粗氣地再次咂嘴，然後抬頭看了靠海的天空。

當亞拉道爾為吉拉分神時，龍族化的葛蓮妲已經飛到遠方大海。吉拉操縱眷獸造出的分身，無須直接一戰就成功達到攔阻亞拉道爾的目的了。

「太好了……葛蓮妲……」

志緒確認龍族少女平安無恙以後，便虛弱地微笑。大概是因為緊張的神經繃斷，她漂在水面上像用盡力氣似的昏迷過去。

唯里抱著志緒，設法到了游泳池邊，但她沒有餘力將她們的身體拖上岸。

「對不起……雪菜，牽連到妳了……」

唯里回想起人在紘神島的學妹，暗自在內心低聲道歉。她送葛蓮妲去紘神島，就會牽連雪菜等人進入亞拉道爾的戰局。

儘管她明知道雪菜監視的對象是危險度與亞拉道爾同等或者更甚的吸血鬼——

「古……城……」

唯里呼喚了那個少年的名字，並且無助地閉上眼睛。

於是，她一邊照著從水面透下來的光，一邊讓意識逐漸沉入冰冷的黑暗底部。

4

曉深森一面哼著走調的歌一面走下樓梯。

在Magna Ataraxia Research公司紘神研究所的地下深處——通稱「停棺室」的房間，設備本身是全新的，卻與外界嚴密隔離，冷得詭異的地方。

即使在精英雲集的研究員當中，也幾乎沒有人會來這裡。

有門禁限制固然屬實，更重要的是根本任何人都不想接近。

原因在於恐懼。

他們怕這個房間。

目擊靈異及奇怪現象的證詞數不勝數，實際自殺的研究員以及精神方面患病而離職者也不少。連不相信鬼怪作祟這種迷離現象的人聽聞測量儀器會頻繁故障或失靈，自然也會對這裡敬而遠之吧。

怪不得他們——深森心想。

畢竟沉睡於這房間的是被奉為災厄化身的正牌第四真祖——「原初的奧蘿菈」的屍骸。

「哼哼～～……」

曉深森哼的歌在空無一人的研究室迴盪。

房間中央擺著邊長約三公尺的冰塊立方體。

少女就沉睡在裡頭。虹髮翻騰如火的少女。

而且橫躺在冰塊中的她胸口散發著銀色光芒。

全以金屬製的銀色長樁貫穿了少女的心臟。

包裹她的冰塊用上任何力量都不會融化。因此，銀樁也不會從她的胸前脫落。這塊冰就是她的棺材。是以，這個房間才被稱為「停棺室」。

「哎呀？」

然而，曉深森走完樓梯下來以後就停步了。

她發現理應沒有任何人的「停棺室」裡已經有客人先到了。

是個嬌小的少女，身上穿著繽紛花色的浴衣，腳上穿著短襪及烏亮的黑色木屐，一身氣質高雅的打扮。

少女回過頭，其瞳色是在昏暗中發亮如火的藍。往上梳起的頭髮是淡金色，會像彩虹一樣隨著光源改變其色澤。

她的樣貌和躺在冰塊中的赤裸少女十分相似——不，她們的樣貌完全一樣。

她跟躺在棺中的少女「第十二號的奧蘿菈」有著相同面孔。

「稀奇稀奇，沒想到會有客人。」

深森卻沒有顯露多大的動搖，只是口氣開朗地這麼說道，表情好似在歡迎來路不明的入侵者。

少女也對深森這樣的反應露出了微笑。眉型優美的她看似佩服地挑眉。

「直視吾的身影，心緒仍不紊亂嗎？令人意外。」

「畢竟我本來就覺得差不多該有人來警告啦～～不過，實在是沒有料到妳會親自出面就是了。」

深森笑著停下腳步。她離穿浴衣的少女大約十公尺。

深森旁邊的牆上有緊急警報裝置的按鈕。只要按下去，重武裝的警備員不到三分鐘就會趕到才對。不過她無意拉響警報，因為她曉得那沒有用。

即使將研究所裡所有警備員聚集到此，也不會是眼前這個嬌小少女的對手。這是因為對方就是號稱世界最強的吸血鬼之一——

「……那麼，我能不能請教妳是第幾號呢？」

「吾乃第六號（Hektos）……第六號的『焰光夜伯（Kaleido Blood）』。」

浴衣少女落寞地微笑，與高傲的語氣恰好形成對比。第十號（Dekatos）的封印被解放後，目前仍完整的封印體（Numbered）就只剩她一個了。或許她是對此感受到世事無常。

「請多指教嘍，第六號。要不要吃冰？」

深森從拎在腰間的冰盒裡取出新的冰棒。自稱第六號的少女看著她遞過來的冰品露出了苦笑。

「獻供品給吾嗎？但這是無用的，曉古城的母親。因為吾乃敲響喪鐘的使者。」

「通融一下。能不能再給我一點時間？」

深森使壞似的瞇眼。第六號面無表情地回頭，看向躺在冰塊中的另一個少女。

「……汝希望令吾輩再生？」

「精確地說，是透過複製來創造。」

深森語氣溫吞地說明：

「只要能造出前任第四真祖——第十二號『焰光夜伯』的複製品（Clone），就可以將奧蘿菈・弗洛雷斯緹納的魂魄移轉到那裡面，對吧？和附身在她體內的眷獸一起。」

「如此便能拯救汝的女兒？」

「女兒與兒子，兩邊都要救喔，不對嗎？」

微笑的深森眼神認真。

以往被稱為「焰光夜伯」的少女們都是為了封印第四真祖的眷獸而創造出的人工吸血鬼，總數十二名。然而，除了第六號以外的十一名都已經喪失了。每當第四真祖的眷獸獲得解放，身為封印的她們註定會變成眷獸的一部分而消滅。

免於消滅的唯一例外是「第十二號的奧蘿菈」——沉睡於棺中的少女遺體。

她的眷獸目前仍未完全解除封印。這是因為她在解除封印前就被殺了，留在她胸前的銀椿正是證據。

奧蘿菈的肉體遇害以後，其靈魂至今還沉睡在深森的女兒曉凪沙體內。那是凪沙所願。

但在此當下，奧蘿菈和眷獸融合的魂魄仍對凪沙軀體造成莫大負擔。顯而易見的是，極限遲早會以凪沙喪命的形式到來。

正因如此，深森才會著手製造能收容奧蘿菈魂魄的新肉體。

「無誤——」

第六號嚴肅地低聲說道：

「然而，汝的心願不可能實現。因為肉體消滅正是其遺志。」

「是這樣沒錯～……哎，我對她是心存感激的喔。事到如今，要是讓『原初的奧蘿菈』復活也很令人頭痛嘛。」

深森曖昧地笑著搖頭。即使憑ＭＡＲ公司的魔導技術，要創造新的「焰光夜伯」——人工吸血鬼還是極為困難，她到現在仍未達成目的。

原因在於「第十二號的奧蘿菈」希望自身肉體完全消滅。

她是眾神創造用來操控第四真祖的系統——本身的體內已納入名為「原初」的「受詛魂魄」。而為了消滅「受詛魂魄」，她自己選擇了受死一途。

裝載第十二號屍體的冰棺也是她自己做的。她將自身肉體封在冰塊中，以免「受詛魂魄」再次復活。藉著以眷獸之力製造的冰棺，第十二號的肉體得以和外界徹底隔絕。如今，深森等人連半顆細胞的樣本都採集不到。一切都是出於「第十二號的奧蘿菈」之遺志。她希望自己名符其實地從世界上消失，不留一絲塵埃。

正因如此，第六號才會來到這間研究所吧。

為實現第十二號這名同胞的最後心願，她身為「第六號的奧蘿菈」便來到了這裡。

「可是……即使如此……我還是想救他們，救那些孩子。求求妳……」

深森望著浴衣少女說道。她的語氣要稱作懇求實在過於冷靜。

第六號緩緩地搖頭，然後用手觸碰包裹著第十二號的冰塊。

以眷獸之力製造的冰棺無法摧毀。

不過，如果同為第四真祖的眷獸，希望摧毀冰棺——

「原諒吾。因為消滅她亦為吾的心願——」

第六號的話還沒說完，冰棺就被光芒籠罩了。

冰塊無聲無息地碎散以後，變成了無數的透明碎片。

原本寄宿於那些碎片的龐大魔力在壓倒性的寂靜中逐漸獲得解放。

最後所剩的少女屍骸在虹色火焰包裹下，散發出光粒消散了。

「原諒吾——」

第六號如此說完便離去了，曉深森默默地目送其身影。

結果，研究室地板上只剩細細的銀椿。

深森始終望著那塊失去光芒的金屬。

5

隔日早上。二月十三日——

比平常早到學校的曉古城一進教室就滿眼血絲地環顧四周。這時候，班級股長築島倫向他搭話了。

「早安，曉。你今天真早耶。」

倫的語氣一如往常地冷靜，眼睛卻似乎因為好奇心而發亮。不過古城並沒有注意到。

「啊，早安，築島。」

「找淺蔥的話，她還沒來喔。」

倫尋開心似的告訴應聲態度有些心不在焉的古城。古城吃驚地頓住。他在找淺蔥這一點似乎在倫的眼中完全穿幫了。

「哎，以男生來說，這個季節滿令人坐立不安嘛。」

倫嘻嘻笑著露出心裡有數的表情點頭。古城一瞬間無法理解她在說什麼，茫然地回答：

「咦？沒有，我找她不是為了那個。」

「那可不一定～」

倫越發愉悅地瞇起眼。她大概誤以為古城之所以焦慮，是因為明天就是情人節。該怎麼解開誤會才好啊——當古城開始認真煩惱的瞬間，有個髮型亮麗的少女走進了教室。是藍羽淺蔥。

「淺蔥！」

古城決定把倫的問題擱到後面，先趕到淺蔥身邊。淺蔥原本毫無戒心地打著呵欠，看到古城來勢洶洶便嚇得直眨眼。

「古、古城？怎麼了？看你一臉拚命的樣子。」

「有空嗎？我有事想找妳談。」

古城用前所未有的認真表情看向淺蔥的臉孔。淺蔥提防似的蹙眉說：

「談事情……現在嗎？我是值日生，要負責為下一堂課做準備耶——」

「很快就好了。昨天傍晚，妳有沒有跟誰見面？」

「昨天傍晚？」

什麼情形——淺蔥把手指湊在太陽穴，露出了眺望遠方般的表情。於是她似乎想起了什麼，表情頓時變得僵硬。

然而，淺蔥顯露的動搖不到零點一秒，只在剎那間而已。她立刻就帶著佯裝不知道的臉色搖頭說：

「沒有啊，我沒跟任何人見面。我在上網看連續劇。」

「可是我有在泰迪絲商場前面的廣場看到妳。」

「你在說什麼啊？認錯人了吧？」

淺蔥一臉覺得不可思議地偏頭，還反過來用懷疑的視線看古城。她的說詞太光明正大，古城差點就接受了。

「——欸，我怎麼可能認錯人！妳為什麼要瞞我！」

「啥？說我瞞你，我是要瞞你什麼啦？」

「妳為什麼會跟加坎那傢伙在一起——」

「你很煩耶！我都說不知道了嘛！」

淺蔥當著大幅挺身向前的古城面前「磅」地拍了桌子。完全是惱羞成怒。這樣的魄力將古城嚇倒了。同學們從背後拋來的好奇目光扎得他很痛。

藍羽外遇……他說的加坎該不會是……「戰王領域」的……話說，那個吸血鬼好像滿帥的……教室裡開始有人像這樣竊竊私語。

古城講話一不留心，讓加坎的名字也從同學們口中出現了。特畢亞斯．加坎雖是「戰王領域」的吸血鬼，但他曾因為某件事到彩海學園短期留學兩個星期左右。少女跟異國吸血鬼墜入身分有別的戀情，少女的前男友則咄咄相逼——實在是極有話題性的花邊緋聞。

「等等，淺蔥！事情還沒有談完吧——！」

「談什麼啦！雖然我不懂你在說什麼，反正跟你沒關係就是了！」

淺蔥將古城伸過來要挽留她的手粗魯地甩開。隨後，她轉身背對古城，大步地走向教室外面。

「淺蔥？妳要去哪裡？」

倫語氣平靜地問。淺蔥在離開教室前短短地回頭說：

「辦公室！我要去領作業講義！」

「我叫妳等等——」

古城打算追著落荒而逃的淺蔥到走廊，倫就從他背後把他架住了。

「停停停！曉，你冷靜點！」

「築島，妳放手！」

「好了啦好了啦，聽我說。像這種時候，先保持距離讓自己冷靜吧。你會吃醋是可以理解，不過淺蔥那邊由我談看看吧。」

「啥？吃醋？」

古城冷不防被倫糾正，不禁停下動作。遲了一會兒他才想到自己的行為似乎造成奇怪的誤解了。

「不對，這不是嫉妒之類的問題……我說不是啦！」

古城之所以對淺蔥的行為感到在意，是因為事情跟特畢亞斯．加坎有關係。

加坎並非尋常的吸血鬼，他是屢次為紘神島帶來危機的戰鬥狂迪米特列．瓦特拉的部下。古城得知淺蔥跟這種人物有所接觸，就不可能不替她擔心。

倫卻用成熟的態度嘆氣說：

「拜託，讓我說句公道話吧，我認為事情會變成這樣，你也有問題喔。還不是因為你每次都把淺蔥甩在旁邊，老是跟妳妹妹在國中部的朋友同進同出……」

「妳到底在講什麼！」

「所以嘍，你單方面怪罪淺蔥，我覺得不是很妥當。」

「我又沒有怪她什麼，我只是想把事情問清楚——」

古城硬是掙脫倫的束縛，然後快言快語地反駁。就在此時，古城背後傳來了異樣高姿態的說話聲。

「吵吵鬧鬧的。曉古城，你在課堂開始前的走廊上鬼叫什麼？」

「那月美眉……？」

古城頓時轉頭，身高不滿一百四十公分的娃娃臉女教師就站在那裡。她是古城等人的級任導師南宮那月。

被學生叫成「美眉」，那月明顯露出了不快的臉色。古城卻不管這些，還把她趕到走廊的邊邊說：

「那月美眉，妳來得正好。加坎人在哪裡？」

「加坎？你是問『戰王領域』的特畢亞斯．加坎嗎？」

大概是因為氣勢輸掉了，那月坦然地反問古城。古城用力點頭說：

「那傢伙的下落，人工島管理公社都有掌握吧？拜託妳告訴我！」

「誰曉得。就算我知道，也不可能告訴你這個局外人吧？假如你無論如何都想知道，就去拜託藍羽幫你駭入公社的監視資料庫。」

「可以的話我哪需要這麼累……！」

古城抱頭仰身。他之所以要找加坎，原因本來就是出在淺蔥身上。那月看似生厭地朝古城苦惱掙扎的模樣看了一會兒，然後無奈地嘆氣。

「話說你找他有什麼事，曉古城？」

「淺蔥昨天跟那傢伙見過面啊！她瞞著我們偷偷跟他見面！」

「……原來是男人在吃醋嗎？無聊。」

「我說過不是了啦！這樣行嗎？那傢伙是吸血鬼耶！」

「你還不是半斤八兩？」

那月這句糾正精準得嚇人，使得古城「唔」地說不出話了。古城頂著世界最強吸血鬼的荒謬頭銜，客觀來看，他的存在比加坎還要危險而擾人。對此古城並非沒有自覺。

那月鄙視似的冷冷地望著無法回嘴的古城說：

「畢竟這裡是『魔族特區』。戀愛是自由的，無論對象是『戰王領域』的貴族，或者某個草莽出身的真祖。」

「就算那傢伙是瓦特拉的手下也一樣？」

「他並非手下，而是立場對等的同盟者。基本上，我倒不認為那樣的大人物會把藍羽這種乳臭未乾的小丫頭當對象。」

「呃……小丫頭。」

妳有資格說別人小啊——古城感到傻眼。因為某種因素而停止成長的那月外表頂多只有十二歲。只看外表的話，她比淺蔥更像小朋友。

「當然，要是他動用魅惑（Charm）的權能逼藍羽就範，那就是犯罪了，若非如此便沒有任何問題。你別因為女人被搶了就方寸大亂。」

「妳這是為人師表講的話嗎！」

古城對那月冷漠無情的台詞失望地發出嘆息。淺蔥去了辦公室以後，還沒有要回教室的動靜。

「哎，可惡……每個人都不懂……」

在同學們關懷的目光下，古城準備回自己座位。

途中，他看見矢瀨基樹站在窗邊的身影。平時矢瀨應該都會頭一個來奚落，唯獨今天格外安靜。矢瀨似乎連古城鬧出的騷動都沒有察覺，一直望著窗外。

「……矢瀨？」

怎麼了嗎——古城朝矢瀨搭話。矢瀨總算察覺到古城的存在，便含糊地回應：「喔。」

他默默盯著位於對面的國中部校舍樓頂。

「呃……我是在想，我們學校有那種藝術品嗎？」

「藝術品？」

古城將目光轉到矢瀨所指的方向，然後納悶地瞇眼。理應禁止出入的樓頂上確實有陌生玩意坐鎮在那裡。

它的模樣像被鐵灰色鱗片所覆的大型生物，全長約十幾公尺。那是座有著折起的翅膀以及長尾巴的巨大魔獸雕像。

「唔……！」

古城看到那東西，臉上就「唰」的一聲失去血色。因為他對魔獸的模樣肯定有印象。長著鐵灰色美麗鱗片的龍族。是葛蓮妲。

「抱歉，矢瀨。我想起有一點急事要辦，剩下的拜託你了！」

「啊？喂，你不上課——」

「幫我隨便應付！」

古城自暴自棄地交代完以後，就準備衝出教室。他不明白葛蓮妲為什麼會睡在彩海學園樓頂。然而，很明顯出了什麼問題。

幸好目前大多數學生都還沒有注意到葛蓮妲的存在。就算注意到了，也會像矢瀨一樣，誤以為那只是單純的擺設才對。然而情況感覺並不能一直如此蒙混下去。就算是「魔族特區」的學生，忽然有龍族出現在自己學校的土地內，應該還是難免會恐慌。

要搶先帶回葛蓮妲，設法讓她溜出學校才行——

「古城。」

「啊？」

急著就跑的古城耳邊傳來了矢瀨莫名清晰的呼喚聲。

矢瀨看著嚇得停下來的古城，正色對他警告。對一向態度從容的矢瀨來說，那就像被人逼急了的表情。

「動作快。已經……沒有時間了。」

「好、好啦。」

儘管矢瀨預言般的口氣令人困惑，古城仍又拔腿就跑。

矢瀨確認古城離開以後便再度將目光轉向窗外。他望著憑肉眼應該看不見的海平線彼端，默默地咬緊嘴脣。

6

古城衝上校舍後頭的逃生梯，來到校舍樓頂。被鐵絲網及混凝土圍繞的空蕩空間。在排列得井然有序的太陽能面板空隙間，果然躺著眼熟的幼龍。

「葛蓮妲！」

古城繞到龍的面前，呼喚她的名字。

呼喚聲大概傳達到了，龍的眼皮微微抽動。

在可確認的範圍內，葛蓮妲的身體並無明顯傷痕。她似乎單純是飛累睡著了。根據先前從紗矢華那裡聽到的情報，葛蓮妲暫時會留在蔚藍樂土的「魔獸庭園」。可是，為什麼她會飛來絃神島本島？古城完全不懂。

「妲……」

鐵灰色飛龍從喉嚨發出不搭調的可愛聲音，睜大的圓滾滾眼睛映出了古城的身影。巨碩龍頭緩緩抬起，隨後——鐵灰色身軀被淡淡光芒包圍。

「葛……葛蓮妲？」

葛蓮妲的身體當著呆望的古城眼前開始縮小了。翅膀不知不覺間消失蹤影，眼看著尾巴也逐漸消失。美麗的鬃毛變成了鐵灰色長髮，取代強韌四肢出現的則是少女苗條的手腳。

「啊，妳喔！要是在這種地方變回人形……！」

古城連忙從變成少女樣貌的葛蓮妲面前轉開目光。肉身尺寸差別太大，因此這也難怪，葛蓮妲剛變身完當然是一絲不掛。而且，這裡是平日白天的學校內。在別無他人的樓頂跟赤裸少女獨處——要是被其他學生目睹這種畫面，古城的人生就完了。

「對、對了……總之先讓她穿點什麼……」

古城明知這樣無法從根本解決問題，還是脫了自己的連帽衣準備幫葛蓮妲穿上。然而，變身結束的葛蓮妲卻癱坐在地上不動。

接著她默默地仰望古城，眼裡撲簌簌地冒出眼淚。這次古城真的無言以對了。

「古城……」

葛蓮妲哭哭啼啼地一邊打嗝一邊發出微弱的聲音。

「喂……葛蓮妲？發生什麼事了？妳有哪裡會痛嗎？」

古城驚慌歸驚慌，還是拚命想安撫葛蓮妲。葛蓮妲則光溜溜地抱到古城身上。

「古城……古城……！」

「喂……等等，葛蓮妲，妳至少穿上衣服……」

「唯里……還有志緒……在游泳池……都叫我快逃……」

「……叫妳逃……唯里她們怎麼了？是被誰攻擊了嗎？」

古城頓時冷靜地看向葛蓮妲。仔細一想，葛蓮妲有獅子王機關派的兩名攻魔師當護衛兼保姆陪著。儘管如此，葛蓮妲仍被迫隻身逃來絃神島，狀況顯然有異。

「唔～～……」

但是葛蓮妲光會抽泣，講話又不得要領。這要怎麼辦才好？古城仰天嘆息——

「！」

在古城的視野一隅映出了飄在海面上的黑影。緊貼著海面滑翔，有如巨鳥的物體。機身大大鼓起的陌生飛機——是水陸兩用的飛艇。

對方正朝著古城他們所在的方位逐漸拉近距離。

機體比古城起先想像的更龐大。四具渦輪引擎合奏的轟鳴聲傳來，讓古城他們的皮膚為之刺痛。

葛蓮妲注意到飛艇的存在，嚇得肩膀發抖。她豎起鐵灰色的頭髮，敵意畢露地吼出聲音威嚇。

「那玩意是怎麼回事……難道……？」

古城的臉色因驚愕而僵凝。飛艇保持著速度，已經抵達絃神島上空。可是它離地的高度頂多三十公尺，連十層樓大廈都不到的高度。

由於機體雄偉到一定程度，呈現的景象便顯得異樣。飛艇通過的航道在地表捲起驚人沙塵，行道樹及路標都像起浪似的搖晃起來。

古城等人所在的彩海學園就位於機體行進方向。飛艇速度不減，更無抬升高度的跡象。銀色機體總重量恐怕接近四十噸，正以時速幾百公里的速度朝彩海學園校舍筆直飛來。

「它打算撞過來嗎——！」

古城立刻起身，並為了召喚眷獸擺出架勢。然而對方的航道在市區上空，即使用眷獸將飛艇擊落，也無法避免對地上造成損害。

「趴下，葛蓮妲！」

「妲……？」

古城當場抱著葛蓮妲滾到地上。飛艇毫不減速地掠過校舍，從古城等人頭上僅僅數公尺的高度行經而過。

校內各處傳出尖叫聲。衝擊令校舍的玻璃窗強烈震動，有幾塊太陽能面板被掀起來。葛蓮妲的頭髮洶湧翻飛，承受劇烈風壓的古城無法呼吸。

「可惡……那艘飛艇搞什麼啊！這樣徹底違反航空法了吧……！」

古城一邊將跑進嘴裡的沙子吐掉，一邊緩緩地撐起上半身。飛艇毫髮無損地行經彩海學園以後，就急遽抬升高度從上空飛走了。

對方到底想搞什麼？古城狀甚煩躁地起疑。葛蓮妲則在他懷裡露出了恐懼之色。

「古城！」

害怕的葛蓮妲正望著位於古城背後的水塔。古城警覺到上頭有站著的人影，也跟著倒抽一口氣。

古城不認識那張生面孔。對方是留著黑色長髮的外國人。男子任古風大衣的下襬隨風飄揚，居高臨下望著古城他們。

他是從哪裡出現的——根本想都不用想。男子是搭乘飛艇現身的。那架機體就是為了讓他在此降落，才會通過校舍上空吧。

「你——並非人類呢。少年，你也是吸血鬼嗎？」

黑髮男子叫了古城。與壓迫感沾不上邊的沉靜口吻，古城卻結凍似的發冷。身為生物的本能正在警告他，眼前這個人是危險的存在。

「你是什麼人？你攻擊了唯里她們嗎？」

「唯里……？」

啊——男子聽了古城的質疑，回想起來似的挑眉。

「這樣啊，你是跟她們認識的人。那麼，我先把這些還給你——」

男子以魔法在虛空打開閘門，從中取出了某些東西。接著，他隨手將那扔到古城腳下。

銀色的長劍，還有弓——都是古城有印象的武器。

「這是唯里她們的……！」

葛蓮妲的證詞加上男子持有的武器——兩者一起推敲，發生了什麼再明白不過。男子先是襲擊葛蓮妲等人，還從唯里及志緒手中奪走了武器。

「你……對唯里她們做了什麼？」

「那兩人有礙於我的目的，因此我除掉她們了。如此而已。」

「……目的？」

「就是處分沼龍（葛蓮妲）。」

「原來是這麼回事啊……」

古城咬緊牙關。唯里和志緒讓葛蓮妲逃走以後，男子就追到彩海學園這裡來了。為了在這次將葛蓮妲處分掉——

「少年，把沼龍交給我。要不然，你也會走上和她們相同的命運。」

「——別開玩笑了！」

男子還沒說完，古城就氣得解放吸血鬼之力。足以扭曲空間的龐大魔力被釋出以後，幻化成環繞著雷光的巨獅樣貌。具現化的濃密魔力聚合體——從異界召喚而來的吸血鬼眷獸。

「迅即到來，『獅子之黃金（Regulus Aurum）』——！」

「這是……第四真祖的眷獸！」

男子看了古城的眷獸，眼裡散發出些許訝異之色。但是那只有短短一瞬。他平靜地望著從頭上來襲的雷光巨獅，悠然舉起右手。

「覺醒吧，『怠惰者（Acedia）』！」

「啥！」

發出驚呼的是古城。黑髮男子從虛空召喚了如鞭子柔韌的鋸刃長劍。看不見的巨大手臂揮動長劍，迎面擋下迅如電光逼近的雷獅鉤爪並將其逼退。

「威力實在驚人。連『怠惰者』都無法徹底逼退它嗎？」

男子生厭似的撥開魔力衝突造成的餘波，還露出猙獰的微笑。

「不過，也就如此而已。舞吧，『暴食者』——！」

「糟——」

成群的巨大短劍突然出現，讓古城的臉絕望得皺在一起。男子以眷獸攻擊的目標並非古城，而是葛蓮妲。

古城反射性地朝葛蓮妲伸出手。可是，葛蓮妲本身的身體成了妨礙，使他無法另外召喚新的眷獸。漆黑短劍朝著怕得不敢動的葛蓮妲灑落。

環繞著純白光芒的銀刃一閃，在千鈞一髮之際將那些短劍擊落了。

「——『雪霞狼』！」

身穿體育服的少女飛跨樓頂的鐵絲網，以銀色長槍旋出槍花，迎戰具意識的成群利劍。

吸血鬼的眷獸理應不會受到任何物理性傷害，卻毫無抵禦之力地如紙片般被砍斷消失了。由獅子王機關取名為七式突擊降魔機槍（Schneewalzer）的祕藏兵器——能令一切魔力失效，並斬開萬般結界的破魔長槍之力。

「姬柊！」

「——你沒事吧，學長！」

姬柊雪菜對付完大群眷獸，槍仍舉著便開口問道。她朝裸身披著連帽衣的葛蓮妲瞥了一眼，露出有些複雜的臉色說：

「……我有滿多話想問學長，不過還是先確保葛蓮妲的人身安全吧。」

「就這麼辦……姬柊，話說妳怎麼會穿體育服？」

「我在體育課開始前一刻溜過來的！學長，現在是在意這些事情的時候嗎！請你認真應戰！」

「我又沒有在跟妳鬧！」

古城帶著保持具現化的雷獅，重新與黑髮吸血鬼對峙。在彩海學園的土地內，他不太希

望做出醒目的舉動，但對方並非不靠眷獸就能應付的對手。
幸好在「獅子之黃金」灑落的電光掩蔽下，待在教室的其他學生應該無法看見古城等人的身影。接下來只得祈禱他們可以在被戰鬥波及前先去避難。
「原來如此，那就是七式突擊降魔機槍嗎……要自稱第四真祖的監視者確實夠格，有著棘手的武器。」
黑髮吸血鬼望著雪菜手握的長槍發出了嘆息。然而他在口頭上說棘手，態度卻充滿餘裕。即使同時應付古城與雪菜兩人，他應該還是有自信打倒他們。事實上，就算像這樣直接對峙，古城仍摸不清對方力量的極限。
「僭稱第四真祖的少年，還有獅子王機關的劍巫。這是最後通牒，將沼龍交出來。」
黑髮吸血鬼身上的戾氣突然加劇。那變成物理性壓力，撼動了周圍的大氣。假如在場有對魔力抗性弱的人類，光這樣就失去意識也不奇怪。他的魔力量正是如此超乎尋常。
葛蓮妲似乎是懾於那股驚人戾氣，便開始摟著自己的肩膀微微地哆嗦。為了袒護這樣的她，古城瞪了男子。
「我有聲明過才對，別開玩笑了！」
古城全身釋出了有如翻騰火焰的凶惡魔力洪流。那與黑髮吸血鬼的魔力相互衝擊，使得空間像蜃景一樣扭曲。

「好吧，少年。既然如此，你就跟這座受詛之島一塊腐朽吧！」

吸血鬼男子露出獠牙，張開雙臂要召喚新眷獸。古城為此咂嘴，雪菜則壓低重心備戰。

銀色鎖鏈隨即從虛空中射出，將黑髮吸血鬼五花大綁。

面對毫無前兆從虛空中射出的銀鏈攻擊，男子首次皺起臉。

「到此為止，裴瑞修．亞拉道爾——」

南宮那月人偶般的輪廓像漣漪一樣令空間蕩漾以後，出現在古城等人眼前。她任由鑲滿荷葉邊的豪華禮服隨風翻飛，並且回望黑髮吸血鬼。

「這所學校算是我的職場。身為教師，我無法坐視外人對學生動粗。若你能乖乖走人，那倒是感激不盡。」

「南宮那月……『空隙魔女』啊。」

黑髮吸血鬼在召喚眷獸時遭到封鎖，充滿威嚴的態度仍未軟化。

「區區被惡魔附身之人，自認有能耐打敗我？」

「我才想問呢，假如我認真要藏那女孩，憑你這種貨色能奈我何？」

那月嘲弄似的笑著放話。

被稱作亞拉道爾的黑髮吸血鬼看似不悅地蹙眉。

南宮那月是專精空間操控能力的魔女，在本身夢境中擁有名為「監獄結界」的廣闊世界。只要將葛蓮妲抓進那道結界，任誰都無法對她出手。亞拉道爾對此也心知肚明。

「……好吧。看來在這裡與妳為敵，確實並非上策。『空隙魔女』，我為自己擾亂這座學舍安寧的無禮之舉向妳道歉。」

亞拉道爾語氣誠懇地相告。原本在他周圍打轉的戾氣都像虛晃似的消失得乾乾淨淨。

「明智的判斷，裴瑞修．亞拉道爾。你似乎和那個蛇夫不同。」

那月用愉快的語氣說完以後，就將銀色鎖鏈捲回去了。亞拉道爾的脣形在沉默間扭曲。被人拿來與蛇夫——迪米特列．瓦特拉比較，似乎非他所願。

「少年，你的名字是？」

這樣的亞拉道爾忽然望著古城問道。那是蘊含沉靜緊張感的嗓音。

「我叫古城，曉古城。」

亞拉道爾的態度頗為鄭重，古城雖疑惑還是予以回答。亞拉道爾嚴肅地點頭，然後脫掉戴在右手的手套，將手套甩到古城腳下。

「那麼，重新來過吧，曉古城——我以『戰王領域』帝國議會議長，裴瑞修．亞拉道爾之名向你申請決鬥。」

「……啥？決鬥？」

亞拉道爾的說詞與時代嚴重脫節，讓古城愣得下巴掉下來。

被人認真申請決鬥，當然是古城從出生到現在頭一次的經驗。連站在他旁邊的雪菜也看似錯愕地定住了。

可是，黑髮吸血鬼始終一臉正經地點頭說：

「沒錯，一對一的對決。今天日落時，地點選在人工島北區D提岸，勝利條件是對手認輸或陷入無法戰鬥的狀態。如果你輸了，就將沼龍交出來。」

「……要是我贏，你怎麼辦？」

古城改換心情問了對方。他理解了亞拉道爾並不是在說笑。

「她們是叫……唯里和志緒吧？我可以將獅子王機關的兩名攻魔師送還給你。再者，我保證我們『戰王領域』不會再對沼龍出手。」

「我可以信任你嗎？」

「以我等真祖之名起誓。」

古城講的話似乎被視為同意決鬥，亞拉道爾強而有力地予以肯定。

事情說到這個份上，從古城的立場除了答應其提議也別無他法。

透過先前的互動，古城已經隱約曉得眼前這個黑髮吸血鬼是個無可通融的死腦筋，感覺是陷阱的可能性很低。

何況，他提議的內容並非單方面對古城不利。

要保護葛蓮妲，橫豎免不了一戰。至少在決鬥的形式下，就不會有古城以外的人被戰鬥波及而受傷。

「獅子王機關的劍巫少女，還有『空隙魔女』——我委託妳們在決鬥時，以見證人的正式身分到場。這樣妳們多少可以信任我了吧？」

「好吧，這算是妥當的著落。」

那月對亞拉道爾說的話給出答覆。另一方面，雪菜似乎有些猶豫地握緊長槍，並且看了古城的臉龐。於是她下定決心似的予以同意。

「只要兩位都希望如此。」

「——答得好。在那之前，沼龍就先由你們保管。」

亞拉道爾看似滿足地點頭以後便轉身將大衣下襬一甩。在漆黑霧氣籠罩下，他的背影逐漸融於虛空。不久，亞拉道爾的氣息完全消失，僅剩他脫掉丟下的白手套。古城和雪菜帶著疲倦的心情，同時發出嘆息。

「裴瑞修．亞拉道爾……『戰王領域』的帝國議會議長嗎……」

「是的。我有聽過傳聞，據說他是操控七柄劍之眷獸的好戰派貴族。」

古城有些頭大地咕噥，雪菜則困擾似的咬起嘴脣。雪菜沒有對擅自答應決鬥的古城發牢騷，是因為她明白沒別的辦法能解套。

「那傢伙很強喔，曉古城。說不定比那個迪米特列・瓦特拉更強。」

那月用單純轉達事實的淡然語氣告訴古城。

「好像是耶。」

古城對那月說的話坦然表示認同。他在實際交手過以後也有同感。連拿戰鬥狂瓦特拉當比較對象，亞拉道爾仍強得深不可測。以飽經淬鍊的實力為底的正統派強悍，因此無隙可趁。就算靠第四真祖之力，古城也沒有必勝的信心。

即使如此——古城心想。

「古城。」

龍族少女用指頭揪住古城的背。葛蓮妲到現在仍怕得發抖，她抬頭看著古城拚命強調：

「救唯里，還有志緒。」

嗯——古城點頭笑了。亞拉道爾確實是恐怖的敵人吧，無論戰鬥技術或身為吸血鬼的經驗，古城都遙不及他。他也想不到要怎麼彌補那段差距。

即使如此——古城心想。假如被稱為世界最強的荒謬力量有其意義，那應該就是用來保護身邊伸手可及的人們。

「嗯，我明白——」

為了讓葛蓮妲放心，古城毅然地這麼告訴她。

葛蓮妲臉上頓時現出開朗的光彩。她一邊用平時的語氣喊著「妲」，一邊像要撲上來似的黏住古城。

古城會想起葛蓮妲渾身赤裸的重大事實，是因為她單純披著的連帽衣從肩膀滑下來。龍族少女的光滑肌膚及純真氣息正毫不留情地對古城的頸根造成刺激。古城在鼻腔感受到鐵臭味的刺激，忍不住嗆著了。雪菜望見他那副模樣，肩膀像憋著怒氣似的微微發抖。

「古城！古城！」

「知道啦！葛蓮妲，我知道了，所以妳離開一點！」

「學長，你在流鼻血！欸，你們兩個要抱到什麼時候！葛蓮妲也快點穿上衣服——！」

校舍樓頂迴響著三人三樣的叫聲。

緊張感轉眼間就沒了，使得那月無奈地搖頭。

留在學校裡的學生們也快要察覺樓頂的風波了。古城感受到自己的社會地位即將告終，焦慮得一蹶不振。

即使像這樣鬧成一團，古城在腦海冷靜的角落仍有些許疑問。

「戰王領域」帝國議會議長，裴瑞修．亞拉道爾——

古城在想：他為什麼要這個龍族少女的命？

第二章 黃昏的決鬥

Duel At Twilight

1

「啥？決鬥？」

建築物裡響起了煌坂紗矢華的聲音。

乾燥的空氣裡有些灰塵；褪色的進口骨董家具；架上雜亂排著老舊的人偶及時鐘。氣氛近似異國咖啡廳的冷清骨董店二樓，獅子王機關位於絃神島的辦事處。這裡似乎是負責跟在「魔族特區」內活動的獅子王機關員工進行聯絡、補給的部門。

亞拉道爾以飛艇造成的騷動導致彩海學園臨時停課，古城和雪菜就來到了這間久未造訪的骨董店，目的在於報告唯里和志緒的現況。倘若可以，也希望弄到亞拉道爾的情報或對抗策略。

紗矢華會在這間店，對古城他們來說也是意外的巧合。為了執行機密任務，她似乎才剛抵達絃神島。平時那件制服上頭多加了體面的西裝外套，恐怕是因為要跟國外來的大人物見面吧。

這樣的紗矢華正揚起秀氣的眉毛，略顯激動地逼向古城。

「曉古城，你在想什麼啊！對方可是『戰王領域』的帝國議會議長耶！」

「喔～～……好像是這樣沒錯。」

「還說好像，你喔……」

古城缺乏緊迫感的反應讓紗矢華說不出話，只有嘴唇不停發抖。

有隻披毛整齊的黑貓坐在她肩上。那隻黑貓用金色眼睛瞪著古城，忽然開口說出人話。

「傷腦筋。沒想到你居然會跟裴瑞修・亞拉道爾那種人物賭上女人決鬥。第四真祖小弟，我們這段交情可真短，我頂多只能先祈禱你得道成佛。」

「師尊大人……！」

黑貓毫不留情地激起古城的絕望，雪菜連忙予以規勸。

那隻懂人話的黑貓是雪菜及紗矢華的師父——身為長生種（Elf）的魔法師「緣堂緣」的使役魔。她正從遙遠的日本本土操控使役魔跟古城等人對話。實際上，那應該是高竿得驚人的魔法。不過高竿歸高竿，雪菜她們對隻貓表現得恭恭敬敬，無論什麼時候看都會覺得是超現實而令人糊塗的光景。

「妳從一開始就把我會被幹掉當前提啊……」

古城看似不服地繃著臉發牢騷。哼哼——黑貓抖了抖鬍子說：

「當然了。再怎麼說對方都有九百年以上的傲人戰鬥經驗，是怪物中的怪物。像你這種

剛成為吸血鬼的半吊子，感覺怎麼設法也不會是對手。真受不了，你這傻小子。明明連貓狗都不會向贏不過的敵人叫戰。」

「……我並沒有叫戰，是對方主動向我申請決鬥的。」

古城用了無力的聲音反駁。雖然他處在被挑戰的立場，對於自己不慎中了愚蠢的挑釁還是有自覺。

「對不起，師尊大人。我明明陪在旁邊，卻阻止不了他們倆……」

雪菜聽了緣與古城的對話，便如此謝罪並悄然垂下頭。沒有讓古城他們打消決鬥的主意，果然使她懊悔得耿耿於懷。

「姬柊，妳不用道歉啦。原本就是葛蓮妲來向我求助的。再說，當時要是讓亞拉道爾那傢伙在學校繼續鬧下去就慘了。」

古城摻了幫自己找藉口的成分為雪菜辯護。

即使客觀地回顧，古城他們當場所做的判斷感覺也沒有多大過失。再怎麼費盡脣舌，想來也不可能說服行事一板一眼的亞拉道爾放棄抓葛蓮妲。和他的決鬥無可避免，就算那是沒有勝算的一場仗。

「沼龍……原本沉在神繩湖的龍族幼體嗎……鬧那個丫頭喚醒了麻煩的玩意呢。」

哼——黑貓不悅似的吐氣。雪菜納悶地回望牠。

「師尊大人，您曉得葛蓮妲的真面目？」

「我什麼都不知情喔，傳聞倒聽過不少就是了。所謂『聖殲』的遺產，實際上並不是多麼稀奇的玩意，何況龍族的傳說在全世界到處都有。事到如今，就算多了一隻也不值得大驚小怪。」

「既然這樣，為什麼亞拉道爾那傢伙要把葛蓮妲當目標？」

古城蹙眉反問。那也是他在遇見亞拉道爾時最先感到的疑問。他不明白在「戰王領域」位居要職的人物為何不惜用上決鬥這種荒謬手段也執意要將區區的龍族幼體得到手。

而且，亞拉道爾並沒有從葛蓮妲身上找到什麼利用價值。正好相反，他是為了處分葛蓮妲才想抓她。

「不清楚呢。」

被長生種當成使役魔的黑貓漠不關心地回答。

「吸血鬼——而且是接近真祖的那一群會排斥『聖殲』的遺產，說起來算合情合理，不過連他那種大人物都特地出面就不尋常了。表示那名龍族具有此等危險性——基本上，那孩子真的是龍族嗎？」

「就算妳這麼問，我也不認識其他龍族啊。」

古城草率地搖頭。葛蓮妲的真面目是龍族或其他種族，坦白講對他來說根本無所謂。古城所知的葛蓮妲只是個性情有點古怪又黏人的開朗少女。還有古城差點在異境消滅時，曾欠她一份救命之恩。無論有什麼理由，古城都不可能棄葛蓮妲於不顧。

「哎，反正不管怎樣，事情都用不著你擔心。」

黑貓冷冷地撂下話，單方面結束話題。

「為什麼啦？」

古城不滿地望向黑貓。緣堂緣的使役魔卻帶著嘲弄般的調調，將眼睛瞇細說：

「我又沒說錯。畢竟再過半天，你將被亞拉道爾消滅，龍族女孩則會由『戰王領域』接手。一次能解決兩個麻煩問題，對獅子王機關來說簡直謝天謝地。」

「師、師尊大人，就算對方是曉古城，說話還是要有節制！」

出乎意料的，紗矢華心急地板起臉孔對師父提出規勸。黑貓逃跑般溜到她頭上，古城則面無表情地瞪著貓問：

「那妳不在乎嗎？唯里她們都成了人質耶。」

「沒什麼在不在乎，既然亞拉道爾已經亮出身分，甚至連聖域條約機構的名稱都搬出來了，選擇拔劍相向的是那兩個孩子吧。那才是大問題呢。」

黑貓說完就看似不耐煩地嘆了氣。

在情勢演變下，唯里和志緒本著自身意志，選擇與聖域條約機構的特使亞拉道爾為敵。

她們跟只有助古城一臂之力的雪菜在立場上根本不一樣。最糟的情況，獅子王機關難保不會被視為背叛聖域條約機構——當前的局面便是如此尷尬。

「唉，那兩個人的事不必擔心。畢竟亞拉道爾是個正經八百的男人，至少在決鬥結束以前，她們倆都會被當成俘虜照料才對。」

「假如我在決鬥中落敗，唯里她們會有什麼下場？」

古城眼神認真地發問。

亞拉道爾打倒古城以後，唯里她們就沒有用處了，他放人的可能性並非為零。可是，也無法斷言她們一定能獲釋。到時候獅子王機關會救她們——就算是空口說白話也好，古城仍希望緣能這樣告訴他。

黑貓卻什麼也不回答，只是佩服似的「哦」地笑了出來。

「第四真祖小弟，你滿有餘裕的呢。有空為別人操心的話，要不要趁現在先做自己想做的事情？以免留下遺憾啊。」

「妳講話真夠烏鴉嘴耶。」

悶哼的古城臉都歪了。緣胡鬧的口氣固然令人不快，但古城明白她並非單純在挖苦人。

據說吸血鬼真祖的身體無比接近於不死之軀，但就算這樣，也不等於所向無敵。透過石化或凍結，即使不取性命也可使其無力化，只摧毀精神也是一種方法。

而且吸血鬼之間的戰鬥往往伴隨著同族相噬的風險。透過吸血行為，將對方的存在徹底剝奪——那也是古城以往為了獲得第四真祖之力而體驗過的行為。

總之，敗給亞拉道爾的話，就代表古城有極高機率會消滅。正因如此，緣才會勸他別留下遺憾。

「就算這樣，叫我去做自己想做的事——」

我也想不到要做什麼啊——古城當眾聳了聳肩。

即使聽說自己會消滅，他還是缺乏真實感，也沒有寫遺書的心情。由於情況如此，要跟朋友道別也會有所顧忌。

怎麼辦好呢？古城懷著求助的念頭看了身旁的雪菜。瞬時間，紗矢華似乎驚覺了什麼而睜大眼睛說：

「你想做的事，該不會是——不、不可以！假如你想對雪菜做下流的事，那可不行！」

「啥……！什麼跟什麼啊！我想都沒有那樣想過！」

古城無辜受到非難，就用高八度的聲音回嘴。紗矢華一邊闖進他跟雪菜之間，一邊用懷疑的眼神說：「那可難講！」當古城想反過來點破「是妳自己想要那樣吧」的時候——

「呼嗯，或許那樣也不錯。」

被緣當成使役魔的黑貓頗為認真地如此嘀咕。

「師尊大人！」

紗矢華簡直像哭喊一樣叫了出來，黑貓則斷然無視她，還轉向雪菜說：

「妳剛與主人訂下契約，這是他不知道會否消失的重要關頭。身為『血之伴侶』，在最後服侍他一下也不會遭天譴吧。難道不是嗎？」

「您說……服侍嗎？」

雪菜用冷靜的語氣反問。是啊——黑貓點頭。牠還不忘多嘴添一句：濃情密意的服侍。

紗矢華聽見她們之間的互動，頓時像被雷打中一樣頓住了。因為她注意到雪菜戴在左手無名指的戒指了。

「不會吧……您說的伴侶……難道是……」

紗矢華視線渙散地把手伸向立在牆角的樂器盒。隨後她幾乎是憑著本能拔出銀色長劍，並將劍尖指向古城說：

「曉……曉古城！你在什麼時候和雪菜有了那種不三不四的關係——！」

「唔喔！」

古城驚險閃過伴隨明確殺意刺過來的劍鋒。紗矢華淚眼汪汪地瞪著嚇得表情緊繃的他。

「為什麼要躲！你都敢讓雪菜變成吸血鬼的『隨從』了——！」

「白痴，錯了啦！我跟姬柊不是『伴侶』或『主從』那樣的關係——」

「少囉嗦！你背著我對雪菜做了什麼！」

「我說過我並沒有對她做什……呃……也……也不是沒有啦……」

古城支支吾吾地回嘴。

雪菜之所以會暫時成為古城的伴侶，是為了防止「雪霞狼」對她造成「天使化」的副作用。為了拯救瀕臨消滅危機的雪菜，他們不得不做出如此抉擇。

話雖如此，雪菜領到「雪霞狼」就是為了監視古城，她用長槍的原因幾乎都會直接跟古城扯上關係，狀況實在不容他一口撇清。

「竟敢……竟敢玷汙我的雪菜……都是你強迫排斥的雪菜陪你一次又一次做那些不三不四的行為對不對，變態真祖！」

「欸，並沒有一次又一次啦！妳在想像什麼……！」

古城抓住紗矢華揮舞長劍的手臂，勉強將她制伏了。

他們倆就這樣一邊糾纏一邊撞上店裡的牆壁，那模樣看起來活像古城硬把抵抗的紗矢華推到牆際。紗矢華以女生來說算高個子，和古城的身高並沒有差多少。古城落得在近距離下凝望淚汪汪的紗矢華，心裡因而湧上莫名其妙的罪惡感。

「——請妳冷靜點，紗矢華。學長也一樣，你要跟她貼到什麼時候？」

雪菜冷靜地望著古城他們那副模樣，並發出嘆息。

被緣當成使役魔的黑貓從紗矢華頭上跳了下來，讓雪菜的臂彎抱個正著。雪菜望著那隻黑貓的眼睛，語氣認真地問：

「簡單說，只要曉學長戰勝塞維林侯就沒問題了，對不對？這樣學長既不用擔心留下遺憾，我也不必濃情密意地服侍他——」

「我可不記得自己有要求妳服侍……！」

所以服侍到底是什麼名堂啦——古城嘀咕。紗矢華緊貼著他，激憤似的扭著身子。每次扭身都會讓她豐滿的上圍擠到古城胸前，但她似乎沒自覺。然而要是隨便拉開距離，感覺紗矢華就會突然砍過來，因此就古城的立場也不能離開她身邊。

「我說過那是辦不到的。憑那個小弟贏不了亞拉道爾喔。」

另一方面，被緣當成使役魔的黑貓回望雪菜以後慵懶地說道。

「居然講得這麼篤定……」

古城連回嘴的力氣都沒了。黑貓用不帶情緒的眼神對嘔氣的古城說：

「第四真祖會被稱為世界最強吸血鬼，只是因為他率領的眷獸強大得令人匪夷所思。既未過譽，亦未低估。畢竟它們全是為了將咎神該隱的軍勢一掃而空才創造出來，不折不扣就是世界最強的眷獸。」

「嗯……」

對了——古城回想起亞拉道爾說過的話。他在認同古城眷獸的威力以後，曾經斷言：不過，也就如此而已。

「問題在於，你根本沒有駕馭住那些眷獸。賽車的性能再高，假如駕駛的是外行人，也會被外送豆腐的車子追過去。合情合理吧？」

「……豆腐？」

黑貓突然提出的比喻讓雪菜困惑地眨了眼睛。古城放開總算變安分的紗矢華，然後把臉轉向雪菜抱著的黑貓。

「駕馭眷獸嗎……意思是只要我能辦到這一點，就可以對抗亞拉道爾。」

「理論上是這樣沒錯。」

黑貓的語氣帶著「就算以現實來說不可能」的弦外之音。實際上，離日落的時間不到半天，難以想像古城的戰鬥能力會急劇提升。

然而，古城無視於此又繼續問：

「那麼，要駕馭眷獸該怎麼做才好？」

「很不巧，我也不懂。吸血鬼的事要問吸血鬼才對。」

黑貓答得冷漠，古城實在頭痛。

「就算要我問吸血鬼……」

「待在絃神島又足以對抗塞維林侯的吸血鬼……我只想得出奧爾迪亞魯公就是了。」

紗矢華似乎不忍看古城苦惱，便如此咕噥。感覺她並沒有完全消氣，但好像姑且放棄了當下立刻砍死古城的念頭。

「奧爾迪亞魯公，是指瓦特拉嗎……？」

古城想起迪米特列．瓦特拉的做作笑容，便露骨地擺出反感的臉。在古城所知的範圍內，那名「戰王領域」的貴族亦屬格外強大的吸血鬼之一，被評為最接近真祖的男人，如果是他，恐怕就能對抗亞拉道爾。可是──

「我不認為那傢伙會在毫無回報的情況下教我怎麼用眷獸就是了。」

「那你就下跪或用盡方法求他啊。關係到你的生命耶。」

「話說那傢伙好歹也是『戰王領域』的吸血鬼，要說的話應該算站在亞拉道爾那一邊吧？就算他肯教，聽信那種人的話不會出問題嗎？」

「沒辦法嘛，又沒有其他實力跟塞維林侯同等或更強的吸血鬼！」

紗矢華挺起肩膀瞪古城。

她說的有道理，但就算這樣，求助瓦特拉感覺仍非上策。

那個男的是惡名昭彰的戰鬥狂，常常無意掩飾對古城的殺意。若有閃失，瓦特拉難保不會講出在古城被亞拉道爾幹掉以前，他就要先親手殺古城這種話。他就是這麼危險。

是否該冒著這樣的風險對瓦特拉低頭呢——

古城對終極的二選一感到苦惱。

「不。」

雪菜用澄澈的聲音斬斷了那層迷惘。古城等人訝異地看向她。雪菜像是在確認自身的想法，表情認真地點頭說：

「有的……肯助學長一臂之力的強大吸血鬼，就只有一位……」

「姬柊？」

妳是指誰啊——古城感到疑惑，雪菜卻什麼話也不回。接著她臉色頗為正經地瞥向店內擺設的骨董掛鐘，時鐘的針稍微過了正午。

「學長。」

「怎、怎樣……？」

雪菜認真無比的嗓音讓古城換了姿勢嚴正以對。雪菜臉色嚴肅地望著古城，最後打定主意似的告訴他：

「我們去吃拉麵吧。」

2

那間店悄悄地在人工島西區的暗巷營業。

那並非特別熱門的店。店面老舊，燈光也昏暗。店裡只有狹窄的櫃台及一張四人座的桌子，進來十個人就客滿了。

然而在生活於絃神島的拉麵通之間，它卻是私底下為人知曉的隱藏名店。「太平洋沾麵」——就是這家店的名稱。

「再怎麼說，我覺得對方不可能那麼巧就讓我們找到……」

穿過門簾的古城探頭看向店裡，然後感到有些眼花地手拄牆壁。

有個年約十二三歲的異國少年態度莫名威風地坐在櫃台的座位。

黑色秀髮與褐色肌膚；與年幼外表不相襯的奇特威嚴——第二真祖「滅絕之瞳（Forgazer）」於中東統治的夜之帝國「破滅王朝」的易卜利斯貝爾・亞吉茲王子。他正是古城他們在找的人。

「你怎麼又在吃拉麵啊！」

古城一邊垂下肩膀一邊吐出不講理的台詞。受騙上當的感覺比尋人有所穫的喜悅強。畢竟古城他們原本最煩惱的就是不知道易卜利斯貝爾的下落。王子的住宿地點屬於外交機密，就算不是機密，要追蹤可以化成霧氣自由移動的高階吸血鬼也幾乎不可能。

唯一的線索，就是易卜利斯貝爾對拉麵瘋迷的情報。因此雪菜提出了「逐一探訪島內知名店家」這種實在是粗枝大葉的作戰計畫。

然後實際上也真的輕而易舉就找到了易卜利斯貝爾。

古城原本對此不太能接受。他有股衝動想吐槽：你身為王子卻每天吃拉麵嗎！儘管精確來說那並非拉麵，而是沾麵。

「——你忽然在別人用餐時冒出來嚷嚷什麼？這不合禮數吧，曉古城。」

易卜利斯貝爾帶著納悶的臉色回望古城，並且悠然答話。

抱歉——古城聽了他中肯至極的糾正，便低頭賠罪了。

「啊，不好意思。我沒想到真的會遇見你，忍不住就失去分寸了。」

「呼嗯。」

易卜利斯貝爾一邊在端來的沾麵上加佐料，一邊挑眉。

雪菜之前點出的與亞拉道爾具同等實力的吸血鬼——正是這名金色眼睛的少年。他身為「破滅王朝」的王子，不只善於操控眷獸，更處於和亞拉道爾毫無瓜葛的中立立場。雖然並不是這樣就代表易卜利斯貝爾會跟古城站在同一陣線，但至少有徵求建議的價值才對。

「也罷。隨隨便便將來訪的客人趕走，有損我們王朝的名聲──先坐吧，第四真祖和擔任隨從的姑娘。店主，用跟我一樣的餐點招待他們。」

易卜利斯貝爾指向背後剛好空著的桌席，然後態度高壓地吩咐。

臉孔看起來凶悍頑固的老闆沒抱怨什麼就點了頭，大概是拜少年天生的領袖氣質所賜。古城他們也決定乖乖接受對方的好意。在店裡散發的湯頭香味牽引下，肚子正好餓了。

古城坐在上了年紀的椅子上，然後拿起送來的裝了冷水的杯子就口。

「對了，聽說你要跟裴瑞修．亞拉道爾決鬥。」

易卜利斯貝爾隨即面色不改地這麼說。古城冷不防被他一問，氣管讓冷水嚴重嗆到了。

「你怎麼會知道這件事──！」

「因為方才我收到了招待函。」

易卜利斯貝爾從上衣袖子裡掏出了裝飾華美的信封。信封背後所畫的飛龍與戰車是「戰王領域」的徽章。

「招待函……？」

「恐怕是『戰王領域』的蛇夫所為吧。雖然猜不透那傢伙懷著什麼鬼胎，但這場爭鬥確實讓人興趣濃厚。若是這一戰賭上沼龍就更不用說了。」

「瓦特拉……原來……他將那些內情都傳出去了嗎！」

古城抱著頭趴到桌上。連易卜利斯貝爾手邊都有收到招待函，表示古城將與亞拉道爾決鬥的消息應該可以想成已經遭人大肆宣傳了。

雪菜坐在古城旁邊，也跟著露出了緊繃的臉色。她不明白瓦特拉散播消息的理由而感到憂心。

另一方面，易卜利斯貝爾則是看似愉快地看著古城他們的反應並哼哼發笑。

「依我推斷，你是認為照現在這樣無法戰勝亞拉道爾才來求教的吧，第四真祖？」

「正是你想的那樣。」

古城帶著苦瓜臉點頭。接著他深深低下頭。

「我明白說這些話很自私，不過拜託你務必通融，請教我打倒亞拉道爾的方法。這關係到葛蓮妲的命。」

「這個嘛……該怎麼辦好呢？賣人情給你感覺是不錯，但為此招惹亞拉道爾，究竟值不值得？」

「……至少能讓決鬥變得精彩。」

「呼嗯？」

易卜利斯貝爾的金色眼睛浮現些許好奇之色了。是古城料想中的反應。

古城在看見瓦特拉寄來的招待函時突然靈光一現。

易卜利斯貝爾是不老不死的吸血鬼，即使外表像個少年，實際上也已經活了幾百年。對長壽的他們來說，最大的敵人是「無聊」，因為他們幾乎享盡了世上的樂趣，對於活著這檔事早就感到厭倦。

這些「舊世代」吸血鬼僅剩的最高娛樂——就是賭上性命互相廝殺。

即使程度不及眾人公認為戰鬥狂的瓦特拉，易卜利斯貝爾應該同樣對血及戰鬥感到飢渴。這樣的他，對於古城和亞拉道爾的決鬥不可能不感興趣。

「憑現在的我不會是亞拉道爾的對手。我恐怕會在轉瞬間輸給他，決鬥就沒戲唱了。」

「難不成有我指點，你就能戰勝亞拉道爾？」

「這我不曉得，但你八成可以看到比目前像樣的對決。」

古城說完便回望易卜利斯貝爾的眼睛。儘管他差點懾於「破滅王朝」王子的強烈目光，卻沒有將視線轉開。

餐桌上的異樣氣氛固然令人疑惑，但年輕店員還是把古城他們的沾麵端來了。易卜利斯貝爾頓時「呵」地放鬆表情，原本緊繃的空氣隨之放鬆。

「我不懂。」

易卜利斯貝爾一邊吸著麵條一邊嘀咕。

「咦？」

古城困惑地應聲。易卜利斯貝爾將水煮蛋整顆吞進嘴裡，並且看著古城問：

「你既無目的也無理由要得到沼龍。可是，為何你寧願如此也要跟亞拉道爾一戰？說起來，恐怕連我都無法輕鬆勝過那傢伙。」

「就算這樣，我總不能默不作聲地看著對方動手殺害葛蓮妲吧。」

古城沒好氣地咕噥。然而，易卜利斯貝爾依然面無表情地瞪著古城。

「即使你明白沼龍是危險的存在？」

「這——」

古城說到一半搖頭。他不曉得葛蓮妲的真面目，亞拉道爾他們將其視為危險的理由亦然。還有，他也不打算刻意探究，因為那與他自己的決斷毫無關係。

「呃……這麼一想也對。王子大人，你說得是。」

「呼嗯？」

「我確實是沒有救她的理由跟目的，我只是因為想這麼做就決定伸出援手了——如此而已。」

「為了救她，甚至不惜與亞拉道爾廝殺？」

易卜利斯貝爾進一步確認。古城帶著苦笑對他聳了聳肩。

「我並沒有要殺他的意思就是了。」

「原來如此。看來，我對你有些誤判……曉古城，你是個遠比想像中傲慢的男人。」

易卜利斯貝爾有些傻眼，也有些佩服似的帶著開朗表情笑了。

「啥？」古城不滿地應聲。他不明白自己為什麼會被人批評成那樣。

「曉古城，你有察覺嗎？你既無理由與目的，只照著自己所願而行動，甚至連敵人的生死都要由你裁量──只有絕對的強者才被允許如此思考，那是王者的特權。或許你具備身為真祖的器量，否則，你就是個沒有底限的蠢材。」

古城摸不清易卜利斯貝爾的心思，便沉默了。雖然他有種被瞧不起的感覺，但王子的心情似乎不錯。不知為何，易卜利斯貝爾好像對古城的答覆感到滿意。

「看在你如此愚蠢的份上，我給你一句建議。」

易卜利斯貝爾手裡握著免洗筷，嚴肅地開口說道：

「你該求教的對象並不是我──」

「……啥？」

古城有些失望地回望易卜利斯貝爾。他嘴上說是建議，到頭來，那不是等於什麼都沒講嗎？

「你要說的……就這樣？」

「只要你能發現真正該求教的對象，應該就可以讓亞拉道爾吃你一招了。若你察覺不了，遲早都會完蛋。」

易卜利斯貝爾如此說完，便享受地啜飲沾麵的湯汁。

古城愕然望著他。「破滅王朝」王子給的建議雖然簡潔，同時卻也難懂得可怕。然而，古城不認為他在說謊。

古城有辦法對抗亞拉道爾，有人曉得該用什麼手段。不過，那個人並不是他——易卜利斯貝爾是如此表示的。

「我以前曾與第四真祖的眷獸交手而落敗。」

易卜利斯貝爾自言自語似的說道。

「咦？」

古城頓時抬起臉龐。他察覺那是某種重要的線索了。恐怕與亞拉道爾實力同等的易卜利斯貝爾曾被第四真祖的眷獸打敗過——

「因此，我會怕『原初』復活。」

「嗯。」古城點頭。

正牌第四真祖「原初的奧蘿菈」在過去曾發揮弒神兵器的凶猛——

古城與尚未徹底復活的她交手，並且奪走了第四真祖之力，奪走了身為她力量來源的眾眷獸支配權。

然而，易卜利斯貝爾卻挖苦似的嘲笑這樣的古城。

他從脣邊露出尖銳的白色獠牙。

「但是，我不會對你感到恐懼。想想看理由在哪裡。」

3

曉凪沙和叶瀨夏音各自捧著愛用的環保袋走出商店。

袋子裡裝著蛋、奶油、麵粉、砂糖、少許鹽巴，以及杏桃果醬和各種巧克力——法式巧克力蛋糕的材料。碰巧學校臨時停課，她們決定親手製作要送古城的巧克力。

「妳說……失戀？大哥失戀了？」

夏音訝異似的大大眨了眨讓人聯想到冰河的藍眼睛。凪沙剛把昨天在購物商場目擊的驚人畫面告訴她。雖然凪沙並不喜歡聊跟別人感情事有關的八卦，但她認為和夏音談這些應該不至於造成問題。

畢竟夏音也認識古城，更不是那種會到處跟人說的大嘴巴性格。何況接下來凪沙還得請她幫忙一起做要送古城的蛋糕。

「唔～～……與其說古城哥失戀，那應該算被拋棄……唉，自作自受的成分居多啦。」

凪沙困擾似的蹙眉頭笑了。

對藍羽淺蔥和古城以外的男生結伴出門這件事，最受動搖的其實是凪沙。跟那種衝擊相比，她敢斷言巨大飛艇凌空掠過校舍還有之後發生的落雷騷動都沒什麼大不了。

對國中時期有大半時間都在病房度過的凪沙來說，淺蔥是珍貴的同性朋友。她常把淺蔥當成親姊姊。淺蔥對古城有好感這件事，除了當事人以外都看得出來，不過凪沙對淺蔥的愛慕是連這一點都包含在內。

「像淺蔥那樣的女生一直沒有男朋友，本來就很奇怪嘛。哎唷，都是因為古城哥動作拖拖拉拉！」

凪沙一邊在路口等待燈號改變，一邊鬧脾氣似的噘起嘴脣。

她無意責怪淺蔥變心，只是一味感到難過而已。不過，對於讓淺蔥做出那種決定的古城，她並非毫無生氣的感覺。

只不過，凪沙也有注意到古城明顯為此焦急的模樣。

雖說這是報應，凪沙難免也覺得古城有點可憐。因此她決定至少要代替淺蔥送巧克力。

「所以嘍，對不起喔，夏音，突然麻煩妳借廚房給我用。可是妳想嘛，我總不能在家裡做要送古城哥的禮物啊。」

「不會，我不介意的。畢竟我本來就打算做點心。」

夏音搖頭露出溫柔的微笑。依舊令人感到犯規的美麗容貌，很能理解她為何會被稱為國中部的聖女。這樣的夏音要準備情人節用的點心，說不定會是天大的事情。

「哇！是喔？送誰呢？妳要送給誰的？」

凪沙眼睛發亮地望著夏音。即使她不喜歡不負責任地聊八卦，但是當事人主動要聊感情事就另當別論。凪沙興趣盎然地追問，夏音卻用一如往常的文靜表情回望她說：

「給平時有所關照的大家，我還想做適合寵物吃的點心給照顧的貓咪們。當然，我也有準備給妳和大哥的份。」

「真的嗎？嗯，要是收到妳的巧克力，古城哥會很高興喔。不過，原來是這樣啊……對妳來說，古城哥跟貓的待遇是同等級……」

一瞬間，凪沙曾對剛失戀的哥哥懷抱新的希望，然而照夏音這種調調看來，似乎別期望太高比較好。不過夏音對貓疼愛有加，因此古城若能和貓排在同等級，倒也不是沒希望。

行人專用號誌綠燈亮起，凪沙和夏音踏出步伐，目的地是南宮那月供夏音寄住的公寓。凪沙之前就對高級公寓才有的開放式廚房耳有所聞，聽到今天可以自由利用，她一直覺得挺期待。

「啊……」

凪沙在路口中間停下腳步了。因為她注意到走在對面人行道的少女身影。

身穿浴衣的嬌小少女，身高幾乎跟凪沙一樣。形象因服裝而有所差異，但是那副具特色的容貌不可能會讓人誤認。

色澤會隨著光線產生變化的奇特金髮，還有火焰般發亮的藍色眼睛——

「凪沙？」

夏音納悶地回頭看向凪沙。燈號已經開始閃了。凪沙猛一回神，急急忙忙穿過路口。

「抱歉，夏音，妳等我一下！」

凪沙沒停下腳步就直接趕往浴衣少女那邊。

正午的陽光灑落，金髮少女默默望著朝自己接近的凪沙。

「狄珊珀！妳是狄珊珀對不對！太好了，之前發生恐怖分子的騷動後就聯絡不到妳，我一直都在擔心。」

「狄珊珀……？」

金髮少女朝連衝帶撲地趕過來的凪沙反問。

「原來如此，羅馬曆的十月（December）嗎……以往第十號都是這樣自稱的。」

「咦？」

少女反應淡薄，讓凪沙有冷汗直流的感覺。即使接近細看，少女的臉仍與狄珊珀十分相

像，情緒的高亢程度卻完全不同。凪沙認識的狄珊珀是個氣質更為友善且貼近庶民的人。

「啊……該不會……我認錯人了？」

凪沙戰戰兢兢地端正姿勢反問。浴衣少女大方搖頭。

「毋須賠禮。因為吾與她出身相同。」

「呃……是像姊妹那樣的關係嗎？」

凪沙對少女有年代感的遣詞感到困惑，還是試著當成大致能理解。

浴衣少女點頭說：

「無誤。家妹似乎受汝照顧了，曉凪沙。」

「不會不會，哪的話。都是我在讓狄珊珀照顧……咦？妳怎麼會曉得我的名字？」

「被汝救的並非只有她一人。汝幫忙存續吾等么妹的命，縱使千恩萬謝也無以報矣。」

「是、是喔。」

說到這裡，凪沙已經聽不懂對方的話了。不只是用詞艱澀，她根本連對方在講什麼事都壓根不明白。

然而，少女不管凪沙的疑惑，還隨意將右手伸過來。

「因此與吾一塊來吧，曉凪沙。吾將授予汝失去的真相。」

「咦……？」

在浴衣少女的邀約下，凪沙打算握她的手。凪沙不懂她的話是什麼意思，可是她的邀約卻有著難以抗拒的魅力。

凪沙無意識地伸出指頭，觸及浴衣少女的手——

「凪沙，不可以！」

夏音在雙方相觸的前一刻出聲制止了。凪沙不知不覺間正向浴衣少女靠近，夏音則從背後將她拉住。

哦——浴衣少女看了夏音那副模樣，像是被勾起興趣而揚起嘴角。

相對地，夏音是用明顯有戒心的臉色望著對方。夏音乍看下好像很懦弱，但只要是為了保護其他人，她其實具備頑固而不惜自我犧牲的一面。即使要承受來路不明的少女直視，她似乎仍無意放開凪沙的手。於是——

「殿下！」

行道樹的枝葉在凪沙等人頭上搖晃。有道苗條人影跳了下來，並且以豹一般的輕靈身手著地。那是個將銀髮剪短削齊的年輕女性。她身穿在純白料子上有著金色刺繡，分不出到底是騎士禮服或忍者裝的謎樣服裝。

「您沒事吧，殿下！請您退下——」

為了保護夏音她們，女忍者拔劍指向浴衣少女。

「等一下，優絲緹娜小姐，不可以攻擊！」

夏音連忙制止女忍者。

「啊？可是此人……！」

被稱作優絲緹娜的銀髮女性露出了明顯困惑的表情。

她似乎是暗中保護夏音的阿爾迪基亞王國騎士。應該是察覺夏音有危險，她才會急忙縱身而出。

夏音是阿爾迪基亞王室成員這件事，凪沙也略有所聞。儘管她多少受了驚嚇，能接納的感覺還是比較強。

畢竟夏音那種說不出的脫俗氣質跟公主頭銜十分匹配，就算聖女變成公主，在凪沙看來也差不了多少。相較之下，有女忍者當護衛這件事還比較令人吃驚。

「夏音……我剛才是……怎麼了……？」

凪沙低頭看著差點伸出的右手，聲音為之發抖。

自己為什麼會聽從陌生少女所說的話？凪沙不太明白。可是，她看著對方就會冒出不可思議的情緒，恐懼與懷念交雜的奇妙感覺。

「這股靈力……汝是與阿爾迪基亞王室血脈相通之人？喚作何名？」

浴衣少女望著攙扶凪沙的夏音問。

「我叫叶瀨夏音。妳是誰？」

夏音毫不畏懼地淡然反問對方。呵——少女露出笑容。

「吾名為第六號——第六號的『焰光夜伯』。」

「什麼！」

優絲緹娜對少女自稱的「焰光夜伯」名號露出驚愕神色。她是阿爾迪基亞王國的騎士——而阿爾迪基亞王國與「戰王領域」的國境有所接鄰。與魔族鬥爭的最前線。他們比誰都了解吸血鬼的威脅。

而且要是凪沙沒記錯，「焰光夜伯」不就是危險居冠的世界最強吸血鬼之名嗎——

因此優絲緹娜會再次擺出攻擊態勢也是理所當然，但是——

「唔！」

女騎士舉起的長劍突然彈開似的脫手了。

槍聲晚了一會兒響起。有人從遠處狙擊，並且精準地只將優絲緹娜的劍打飛。

優絲緹娜立刻後退拔出預備的短劍，凪沙及夏音都茫然望著她。

「第六號大人～」

從兩人背後傳來高級轎車粗裡粗氣發出的引擎聲，還有少女們毫無緊張感的呼喚聲。

「時間到了。差不多得請您回去嘍——」

深紅色敞篷車拐過路口出現，停在凪沙等人的身邊。

坐在駕駛座的是身穿純白禮服的外國少女，而漆黑禮服的少女舉著突擊步槍站在副駕駛座。充滿氣質的兩名少女感覺無論是哪國王室成員都說得通。從兩人所說的判斷，她們似乎是來接第六號。

吾明白——浴衣少女點頭並踏出步伐。但她立刻停下腳步，而且她又勾引似的朝凪沙等人伸出手。

「汝等也來吧，曉凪沙，還有女武神(Valkyrie)王國的巫女。曉古城在等妳們。」

「古城哥在等……？」

凪沙訝異地看向第六號。她不明白古城的名字為什麼會從對方口中出現。可是，凪沙不知為何卻能信任第六號所說的話。不可思議地，理應患有魔族恐懼症的凪沙唯獨不怕她。

「然也。真相亦等著汝——」

第六號落寞似的看著凪沙笑了。

凪沙用力摟住胸前的行李，默默與夏音望著彼此。

4

藍羽淺蔥在杳無人煙的海邊停車場下了巴士。

她一邊介意被海風吹亂的頭髮，一邊用智慧型手機地圖確認目的地。

淺蔥前往之處有座冷清的倉庫街。活像黑手黨會來做毒品交易的廢棄倉庫。

但淺蔥的樣子並不畏懼，還隻身走進倉庫裡頭。她在陰暗的倉庫中停下腳步，一邊等待眼睛適應環境一邊環顧四周，頭上便忽然傳來聲音。

「女帝大人，我們在這裡是也——」

淺蔥將目光轉到聲音傳來的方向。有兩個用智慧型手機玩對戰遊戲的少女從鋼製樓梯上朝她揮手。白色洋裝水手服搭配學校規定的貝雷帽，少女們穿著名門小學的制服。

「抱歉，讓妳久等了，『戰車手』。」

淺蔥朝著呼喚她的聲音主人雙手合十。

不打緊不打緊——其中一名少女用古老的時代劇語氣回話。她是擁有「戰車手」別名的高竿駭客——麗迪安・蒂諦葉。

「妳遲到了十四分鐘喔，淺蔥姊姊。我覺得不守時是不好的。」

宛如脾氣難伺候的貓，還有著大人樣臉孔的小學生用認真語氣說道。她是淺蔥大約兩個月前在蔚藍樂土認識的少女——江口結瞳。

淺蔥對結瞳的囂張口吻表示：「妳還是老樣子耶。」並用年長者的餘裕笑著應付：

「都說過抱歉了嘛。高中女生有很多事要忙，和讀小學的小朋友不一樣。」

「是嗎？真辛苦。畫濃妝這麼費時間——」

「誰、誰化濃妝了啊！我這樣幾乎等於素顏吧！」

淺蔥忍不住賭氣地回嘴。結瞳曾經明目張膽地說過自己長大以後要跟古城結婚，或許是因為這樣，她只有對淺蔥態度會特別尖銳，可以說明顯把淺蔥當勁敵。何況結瞳算相當出色的美少女，因此淺蔥內心也會覺得不太平穩。

『……跟小鬼頭賭氣可就不成熟嘍，小姐。』

彷彿在消遣這樣的淺蔥，從淺蔥的智慧型手機傳出了頗有人味的合成語音。

那是掌控絃神島都市機能的五座超級電腦之化身——被取名為「摩怪」的輔助人工智慧(AI)的聲音。

「要你囉嗦！」淺蔥朝著自己的手機吼。

「我才不是小鬼頭！」結瞳幾乎在同一時間跟著扯開嗓門。

大概是淺蔥她們發的脾氣奏效了，摩怪留下挖苦似的「咯咯」笑聲後便沉默了。真拿它沒辦法——淺蔥一邊嘆氣一邊將手機收進口袋。

「算啦……話說，原來妳們認識啊。」

「正是。我們也參加了相同的社團活動是也。」

麗迪安略顯得意地回答。

她們倆穿的制服屬於紘神市內以頭號明星學校聞名的天奏學館國小部。要求所有學生住宿的貴族學校感覺會是挺麻煩的環境，不過從她們的樣子來看，學校生活似乎都過得無恙。

「是喔？妳們是參加什麼社團？比如時代劇同好會嗎？」

淺蔥覺得有些意外而反問。為什麼是時代劇啊？——結瞳看似不滿地蹙眉說：

「手工藝社。」

「啊，總覺得好普通耶。」

「不說那些了，女帝大人。」

麗迪安突然改了語氣。淺蔥點頭以後又拿出手機。她們會約在這種充滿海潮味的廢棄倉庫見面，並不是為了閒話家常。

「好好好，要交易對吧。妳拜託的姿勢控制軟體、圖像辨識演算法，還有你們公司裝的作業系統出了嚴重缺陷（Bug），所以我已經把修正檔寄去了。」

「……不勝感激。在下確實收到了是也。」

麗迪安打開筆記型電腦，在確認過收到的檔案後行禮答謝。

淺蔥花費一夜建構出的程式是供產業機器人使用的次世代控制軟體。相較於目前所用

的產品，性能足足提升了兩位數，能為企業帶來的利益不下幾百億圓。淺蔥以這款軟體為代價，和麗迪安家裡的蒂諦葉重工做了交易。

「那麼，我這邊要的貨呢？」

「已經送到了是也。」

麗迪安說完後就敲了敲電腦鍵盤。隨後，原本以為空蕩蕩的倉庫裡「嗡」地響起了機械啟動的聲音。

尺寸相當於小客車的成群超小型有腳戰車（Micro Robot Tank）帶著搖曳如蜃景的身影從黑暗中出現了，數量大約有三十台以上。巨大倉庫近一半的空間已經被樣似陸龜的市區戰軍事兵器填滿。

「咒術迷彩是嗎？不錯嘛。」

感嘆的淺蔥滿足地笑了。連近在眼前的她都不會留意到其存在的隱蔽性（Stealth）——光是如此就能輕易理解麗迪安準備的這些戰車有多優秀。麗迪安望著它們的臉上也帶有自豪之色。

「無人有腳戰車Ⅳ號，通稱『吼丸』共三十六機——雖是前一個世代的中古機體，不過已全部經過近代化修繕，也做了完美的分解維修保養（Overhaul）是也。」

「有這些戰力，要制壓基石之門感覺只是小意思呢。」

「假如對手只有特區警備隊，應該用一半戰力也綽綽有餘是也。要對付魔女或真祖就極其困難了。」

「那沒問題。我這邊會想辦法。」

淺蔥無意識地一邊把玩手上的手機，一邊若無其事地這麼說。就算要對付的是魔女或真祖，她表示有必要就會將其打倒。

「不過……女帝大人，妳要這麼多的地面作戰兵力，還把結瞳大人叫來，究竟想著手做什麼是也？」

麗迪安帶著一絲不安的神色看了淺蔥，結瞳也默默望向淺蔥。

「我想著手做什麼——欸，這還用問嗎？」

淺蔥有些害羞似的微笑並張開雙臂。需要用上三打有腳戰車與世界最強夢魔的勾當，根本想都不用想，就只有一件事。

「打仗啊。」

海邊的倉庫響起淺蔥回答的聲音。

她拿著的智慧型手機裡也發出了「咯咯」的嘲笑聲。

5

全身環繞著黑霧粒子的裴瑞修．亞拉道爾降落在船上了。

以個人資產來說，規模超乎常規的大型遊船船頭甲板。船名為「深洋之墓二號」，擁有者則是「戰王領域」奧爾迪亞魯公國領主——迪米特列．瓦特拉。

「瓦特拉——！」

亞拉道爾以賦予魔力的高聲量呼喊船主名字。他手裡握著印有飛龍及戰車徽章的華美信封。幾乎被捏爛的那只信封很能表達亞拉道爾目前的心境。

「出來見我，瓦特拉，我知道你在這裡。或者說，和這艘船一起沉入太平洋海底就是你所求的？」

亞拉道爾的宣告並非單純恫嚇，證據在於驚人魔力正從他全身流出。他正準備在盛怒下召喚眷獸。「舊世代」吸血鬼的眷獸具備連這種大型船隻都能轟沉的威力，若是亞拉道爾的眷獸就更不用說了。倘若他隨意解除對眷獸的管控，難保不會只出一招就將船身撕開。

於是——

瓦特拉大概也不怕對方那麼做，卻意外乾脆地現身了。

俊美吸血鬼穿著純白的三件式西裝（Three-piece Suit），並沒有動用霧化能力，悠然地從上層甲板的樓梯走下來。他望著氣得發抖的亞拉道爾，似乎正在忍耐笑意。

「怎麼了嗎，亞拉道爾？這麼粗魯的拜訪方式，不像你的作風吧？」

瓦特拉用了簡直像在關心亞拉道爾的語氣問。

「住口，蛇夫。你這是什麼意思？」

亞拉道爾說完以後，就對瓦特拉亮出捏爛的信封。那是記載他與曉古城決鬥一事並寄給各國顯要的招待函。亞拉道爾偶然得知有這封招待函，才會氣急敗壞地過來大鬧。

「你滿意嗎？急歸急，東西製作得還不錯吧？」

瓦特拉似乎刻意要挑釁對方，口氣有種自豪的味道。亞拉道爾的臉氣得皺在一起，被捏爛的信封承受不了他洩出的魔力，變得四分五裂。

「別和我胡鬧！你為什麼會知道我跟曉古城決鬥的事？」

「這個嘛……在胡鬧的是誰呢，亞拉道爾？」

露出一絲苦笑的瓦特拉靜靜地說道。亞拉道爾感到有些困惑。

「什麼？」

「想跟曉古城交手的不是只有你，我一直都期待著跟他廝殺的那一天。我在這座島上等

他成長。」

瓦特拉用演戲般的誇張動作來表達自己的慨嘆。

亞拉道爾明白他說的並非全是虛言。

對不老不死的吸血鬼來說，花時間等待火候未足的敵人成長並不苦。而且瓦特拉比任何人都愛爭鬥，只要是為了與強敵交手，他有著不惜付出任何犧牲的一面。

在等待不完美的第四真祖取回原本力量的這段期間，瓦特拉會一直停留於離自國遙遠的遠東「魔族特區」。那正像是他會做的事。

「如此重視的獵物被人橫刀奪愛了，我想我至少有權在近處觀看你和古城的決鬥才對──難道不是嗎？」

瓦特拉猙獰地笑著瞪向亞拉道爾。亞拉道爾沒有轉開目光。

「與曉古城的這一戰，我並沒有引以為樂。決鬥不過是為了奪取受他保護的沼龍。」

「殊途同歸啊，亞拉道爾──都一樣喔。」

瓦特拉帶著攻擊性的氣息緩緩搖頭。

「既然第四真祖要與『戰王領域』的帝國議會議長決鬥，實際上就是國際紛爭。我不會要求將畫面轉播到全世界，但仍應該在立場合宜者的監視下公正地舉行決鬥。若是考慮到我等帝國的利益就該如此。」

「沒想到國家利益這種詞會從你口中出現。」

真是惡質的玩笑——亞拉道爾不屑地說。

「瓦特拉，基本上幫助沼龍逃亡的可是你們陣營的人——假如沒有吉拉・雷別戴夫來礙事，曉古城也不會介入這個問題。」

「我很遺憾發生這樣的誤解，亞拉道爾——然而，當時我們並未得知聖域條約機構有意處分沼龍。就這一點而言，可以說你也有過失不是嗎？」

瓦特拉睜眼說瞎話地反駁。亞拉道爾的嘴唇因鄙夷而扭曲。

「假如有命你捕捉沼龍，感覺騷動不會這樣就平息。」

「沒那回事——這半年來，我自認相當節制。」

「虧你發出這些見鬼的招待函以後還有臉說這種話。」

「畢竟難得有機會，我想跟你敘敘舊。剛好來賓似乎也到了。」

「什麼……？」

瓦特拉朝身後回頭，亞拉道爾也跟著將目光轉過去。有位銀髮飄逸的異國王室成員帶著疑似由獅子王機關派來的日本少女攻魔師（Agent）現身了。

令人聯想到澄澈冰河的藍眼及白淨肌膚。被譽為美神（Freja）再世的美麗臉孔上正露出使壞似的微笑。

「日安，亞拉道爾議長大人。感謝你今天邀請我過來。」

她提著軍禮服的短裙裙襬華麗地行了禮。藉出生環境及血統培養出來的身段無可挑剔。

「拉・芙莉亞・立赫班公主……？」

亞拉道爾從起初的驚訝中振作以後，喚了對方的名字。

拉・芙莉亞・立赫班是阿爾迪基亞王國的第一公主。不只在阿爾迪基亞國內，這位北歐的天之驕女於全球都有瘋狂粉絲。

舉止優雅而充滿氣質，施政深謀遠慮且富慈悲心，廣受人們的稱許。只有少部分政敵知道如此的她其實是位強悍不屈的外交家。

「妳為何會來？」

拉・芙莉亞和氣地笑著回答亞拉道爾的疑問。

「因為古城是遲早會與我成為伴侶的男士，我自然要來見證他進行決鬥。我當然也會祈禱議長大人能打出漂亮一戰——不過還請你手下留情。」

「公主，妳說笑了。」

亞拉道爾對拉・芙莉亞那分不出是打趣或認真的發言板起臉孔。

注重秩序的他不擅長應付拉・芙莉亞這種難以捉摸的人。基本上拉・芙莉亞跟瓦特拉屬於同類，說好聽點是明理的現實主義者，換句話說則是為達目的不擇手段的類型。

「除了我以外，似乎還有許多令人意外的貴客蒞臨呢。沒錯，當中不乏五帝王朝還有美利堅聯盟國的人士——」

「非聖域條約加盟國的關係人士也到了……？」

拉・芙莉亞若無其事說出來的話讓亞拉道爾抹去了表情。他不想在她面前顯露動搖。

聖域條約標榜人類與魔族共存，但並非所有國家都對條約表示贊同。基於歷史性、宗教性的理由，或者領土方面的對立，目前仍有不少國家敵視魔族。

讓非聖域條約加盟國的代表團踏上「魔族特區」絃神島——亞拉道爾摸不清瓦特拉這麼做的真正心思。

「瓦特拉……你在打什麼算盤？」

「表示就是有這麼多的人在關注你們的決鬥啊。」

瓦特拉的神情從容不迫。他視線一轉，目光落在左手臂戴的智慧型手錶上說：

「另外，目前預估輸贏的賠率是六比四，由你占優勢。競爭比想像中來得凶呢，第四真祖的威名實在偉大。」

「原來你這傢伙拿我們的決鬥開賭局？」

亞拉道爾怒氣畢露。瓦特拉擅自將他與古城的決鬥當成節目宣傳，還打算利用於賭博。

第四真祖與「戰王領域」的帝國議會議長決鬥，就是魔族間自相殘殺。既然如此，非聖域條約加盟國的那些人應該都會樂於到場看好戲吧。

「亞拉道爾，我期待能有一場美麗的決鬥喔。哎，雖然你萬萬不可能打出丟人的爛仗就是了。」

「很抱歉，這一戰可不會像你期望的那樣賞心悅目，瓦特拉。」

亞拉道爾勉強壓抑著不讓情緒爆發，並低聲說道：

「這場決鬥轉眼間就會結束。我已經看過曉古城的實力，那傢伙沒有資格自稱第四真祖。你也曉得這一點，才會放著那個少年不管吧？」

「呵呵……不錯呢，亞拉道爾。你這些話似乎會大幅影響預估輸贏的賠率。」

瓦特拉絲毫沒有改過的模樣，還開朗地笑出聲音。亞拉道爾已經氣得沒話說了。

原本拉．芙莉亞一直尋開心似的看著他們互動，卻忽然正色問道：

「那麼，議長大人，你能不能與我打個賭呢？」

「話中之意是妳也賭曉古城會贏嗎，公主？」

亞拉道爾用險惡的眼神看向拉．芙莉亞。銀髮公主巧笑倩兮地說：

「是的。假如他戰勝了大人，我有個心願務必要請你幫忙實現。」

「妳說……心願？」

是啊——拉．芙莉亞頷首。

「煩請大人公開撤回剛才所言，亦即承認古城為正統的真祖，並邀他加入『呢喃庭園』——這就是我的心願。」

「這……就算妳如此希望，我也無法輕易答應這樣的條件。」

亞拉道爾慎選用詞做了回答。

第四真祖的存在不能獲得認同。正因為有三名真祖統治的三個夜之帝國相互牽制，彼此勢均力敵，世界的軍事平衡才得以維持。

第四名真祖的出現將輕易推翻其平衡。第四真祖難保不會成為大規模戰爭的導火線，他本身就是如此危險的存在。

「因為這樣，我才表示要與你打賭。」

呵呵笑的拉．芙莉亞又說了。

「那麼，要是我戰勝曉古城，妳也得付出與本身所求相應的代價才行——」

亞拉道爾有些壞心眼地笑著予以指正，公主臉上的微笑卻沒有消失。

「是啊。當然了，這我明白。」

「妳究竟打算賭什麼呢？」

「賭上我的純潔。」

「欸，公主……！」

擔任公主護衛的攻魔師嚇得瞠目結舌。那是個揹著黑色樂器盒的馬尾少女。

「太荒誕了……妳是說要將阿爾迪基亞王室的血之記憶獻給我？獻給『戰王領域』的吸血鬼？」

亞拉道爾同樣受了驚嚇。現時阿爾迪基亞與「戰王領域」之間的和平雖能成立，卻經常圍繞著國境反覆起衝突。而阿爾迪基亞的公主告訴亞拉道爾她要獻出王室之血，這和賭上國家本身幾乎同義。

「我應該說過了，古城是應當與我結為伴侶的男士——要將自身命運託付於他的勝利，我有什麼好猶豫的呢？」

拉．芙莉亞毫不猶豫地搖頭。亞拉道爾短短呼氣。他對年輕公主坦然賭上自國未來的離譜膽識感到驚嘆。

然而她忘了。上場決鬥的人到底是亞拉道爾與曉古城，亞拉道爾更沒有會輸給曉古城的要素。

「妳做了愚昧的抉擇。」

「大人所言，可以解讀為賭局成立了嗎？」

「是啊，無妨。」

亞拉道爾回望始終毅然的公主，內心感到一絲悲哀。

拉・芙莉亞恐怕是愛上曉古城了，才會天真無邪地篤定他會勝利。但那是致命的錯誤。
還有，亞拉道爾當然沒道理為了體恤她而對曉古城放水。
「我期待這一戰迎來的結局，議長大人。祝你武運昌隆。」
銀髮公主如此說完以後，又像跳舞一樣行了禮。
亞拉道爾默默地目送她帶著少女護衛離去。
瓦特拉則露出迷人微笑，望著他們的身影。

6

古城與雪菜來到對方指定的碼頭是在傍晚時分，太陽即將下山前的事情。
為了尋找戰勝亞拉道爾的方法，他們直到最後一刻都在島上繞來繞去。
古城曾試著向自稱「古時的大鍊金術師」的妮娜・亞迪拉德還有前阿爾迪基亞宮廷魔導技師叶瀨賢生尋求建議，然而他們的專長領域並不在這方面，當然不會曉得眷獸該如何駕馭，結果只打聽到亞拉道爾的實力有多恐怖而已。到最後，古城連可用的對策都沒有，就被迫面臨決鬥。於是——

「…………」

古城與雪菜抵達傍晚的碼頭以後，便困惑地停下腳步。

人工島北區的前端有混凝土堤防朝海面延伸而去。那是用來讓貨輪等船隻靠岸的貨櫃轉運站。

只有大型橋式起重機及成堆貨櫃特別醒目的空蕩碼頭——有艘不搭調的豪華船隻停靠於那裡的泊位。

優美船身被五顏六色的紙帶與萬國旗裝飾，還有無數的ＬＥＤ及燈光點亮。甲板垂掛的布條則有「恭賀決鬥成立」、「世紀的一戰」、「曉古城ＶＳ裴瑞修．亞拉道爾」——諸如此類不負責任的煽動詞句躍然於上。

「這是在搞什麼……？」

「『深洋之墓二號』……奧爾迪亞魯公的船怎麼會……？」

古城與雪菜看了想都沒想像過的豪華排場，只能呆站在原地。

這當然不是亞拉道爾所希望的吧。像他那樣一板一眼，想必並不樂見有人這麼胡鬧。極可能跟之前的招待函一樣，都是瓦特拉搞的把戲。

究竟為什麼要玩這些花樣——心存疑惑的古城看了「深洋之墓二號」的船身，忽然察覺到豪華遊船上頭有許多陌生乘客的身影。

乘客總數大約有兩三百人，人種及性別各有不同，然而衣著奢華的外國人身影很是顯眼。他們有壯碩的護衛隨侍兩側，還單手拿著望遠鏡，模樣好似參訪觀賞賽馬的王公貴族。

「難道……瓦特拉……」

那個傢伙——古城氣得咬牙切齒。「深洋之墓二號」那些乘客的真面目恐怕就是瓦特拉請到的來賓。他們肯定是為了觀看古城與亞拉道爾死鬥，才從世界各地聚集而來。古城等人完全成了表演者。

問題可以靠溝通解決吧？古城原本對此懷著一線希望，這下也告吹了。

亞拉道爾基於立場，已經斷無可能答應和古城談判。要是他放棄與古城決鬥，就會被聚集而來的大批觀眾罵成膽小鬼。

要救葛蓮妲，除決鬥外到底是沒有其他可行的選項了。假如瓦特拉希望讓古城槓上亞拉道爾，那他的目的漂亮達成了。

「第四真祖大人～……」

當古城事到如今才對瓦特拉感到滿肚子火的時候，忽然有人叫了他。

聲音的主人所站之處是「深洋之墓二號」的舷梯。我在這邊～——對方一邊揮手一邊下船迎接古城他們。

她穿著酷似泳裝的深紅色服裝，賽車女郎風格的大陽傘一開，人就趕到了古城身邊。是

張熟面孔。自稱深洋少女組的五人之一，名叫薇卡的金髮美女。

「好久不見了，第四真祖。請跟我來，我們到船上的休息室。貴賓們都在等呢。」

薇卡說完就勾住古城的手臂，想帶他到「深洋之墓二號」之中。

「貴賓？」

是指什麼人？古城感到迷惑。此時，薇卡將胸脯貼到古城的上臂，雪菜望著他們的目光便急速降溫。

「先等一下，妳們怎麼會在這裡？還有，妳那是什麼衣服？」

「討厭，我是舉牌女郎啊～」

金髮美女說完就開朗地笑了。

「舉牌女郎？」

「決鬥不是都要有美女為戰事增色嗎？你想嘛，世界格鬥錦標賽也是啊。這套衣服有沒有得你青睞呢？」

「呃，哪有什麼青不青睞，我又不是來參加格鬥比賽——」

「性質接近啊。因為這是全球矚目的一戰。」

沒救了——古城垂下肩膀。跟對方似乎怎麼講都講不通。他決定放棄抵抗，乖乖地讓薇卡領著上船。

金髮美女帶古城他們到了位於船內的酒吧休息廳。舒適空間裡擺有看似昂貴的椅子，自動演奏的鋼琴演奏著悠揚樂音。

「曉古城！」

古城一踏進優雅的空間，就忽然被人喊了名字。

有個身材頗為姣好的馬尾少女一邊粗魯地踹開桌子，一邊朝古城接近而來。那是理應在獅子王機關的辦事處就已經和他們分別的煌坂紗矢華。瞪著古城的她眼裡並無餘裕，感覺完全像是被逼急了。

「咦，煌坂？獅子王機關要妳接的任務呢……？」

「正在辦啦！就是當拉・芙莉亞公主的護衛！」

「拉・芙莉亞……欸，連她都來了……？」

古城忍不住捂了眼睛。因為他挺怕阿爾迪基亞王國那個城府深沉的公主。拉・芙莉亞恐怕也是瓦特拉招待的客人之一。

而紗矢華接到的任務似乎就是擔任拉・芙莉亞的護衛。既然公主來紘神島的消息未公開，肯定屬機密任務。不過紗矢華應該也沒有料到公主是要來觀賞古城決鬥。

「不講這些了，你有見到易卜利斯貝爾王子吧！」

看似焦急的紗矢華快言快語地逼問古城。

「有、有啦。」

姑且見到了——古城點頭回答。他們確實有見到「破滅王朝」的王子，還讓對方請了一頓沾麵。

「勝算呢？你有帶著勝算過來吧！」

「呃，這個……我完全聽不懂那傢伙在講什麼。」

「什麼！」

紗矢華自個兒激動起來，就使勁勒住古城的脖子。感到窒息的古城一邊悶哼，一邊困惑地問：

「妳幹嘛發飆啦！」

「吵死了，我當然要發飆啊，白痴！都是因為你……公主……公主的貞操……」

「啥？貞操……？」

古城越發糊塗了。至少他對拉・芙莉亞什麼也沒做。在這之前，古城根本連她來絃神島一事都不知情。

「我跟亞拉道爾議長打了賭，賭那一位和你哪邊會贏——」

拉・芙莉亞本人一邊尋開心似的看著古城不知所措一邊回答他。古城訝異地看了久未見面的公主。

「打賭……拉・芙莉亞，妳怎麼會……？」

「亞拉道爾議長硬要逼迫我……獻出自身的純潔。我只得向那一位開出要先戰勝你的條件。萬一你敗陣，亞拉道爾議長就可以對我的身體為所欲為了。」

拉・芙莉亞憂愁似的垂下目光說完以後，立刻就抬起臉龐，欲言又止地露出要古城不用在意她的空靈笑容。若是不曉得拉・芙莉亞本性的人看了她這副模樣，一百人中肯定會有一百人被她的堅強迷住，絕無例外。

可是，古城反而戒心畢露地把臉湊向旁邊的紗矢華。

「她講的有幾分是真話？」

「除了結論以外全是假的啦。再說是公主自己要求打賭的。」

「……這表示，他們有打賭是事實嘍？她說要獻出自己的純潔——」

「這可不是公主一個人的問題喔。像阿爾迪基亞那樣的小國，能在國境紛爭的最前線跟『戰王領域』相抗衡，都是因為有王室巫女的強大力量。」

「嗯……記得那是叫精靈爐和擬造聖劍對吧……」

包含拉・芙莉亞本人在內，古城目睹過好幾次阿爾迪基亞騎士使用神氣繚繞之劍的模樣。那種擬造聖劍能對魔族造成致命傷害，是足以匹敵獅子王機關武神具的強大武器。

「但是，萬一亞拉道爾議長取得了阿爾迪基亞王室的『血之記憶』，『戰王領域』就同

樣可以製造精靈爐了。目前領土紛爭仍是緩和的，但下次萬一發生戰爭，搞不好王國就會滅亡——」

「因為我相信古城會勝利，才會跟他打賭。只要你贏了，就沒有任何問題。」

拉・芙莉亞打斷紗矢華的不吉之語，並且斬釘截鐵地斷言。古城不由得被她毫無根據的信任所震懾。

「等一下喔，妳這樣不對吧！為什麼要背著我擅自提高門檻！」

「請放心。既然勝利的獎賞是我，你同樣也有獲得的權利。」

「欸，就算妳這麼說，我也不保證能贏過那傢伙——」

「古城，拉・芙莉亞・立赫班命令你——戰勝對方。」

拉・芙莉亞用藍眼睛直直望著古城，不容分說地如此告訴他。她散發著近乎神聖的威嚴，讓古城回不了話。

拉・芙莉亞隨即解下自己的領帶，再動手解開襯衫的釦子。從纖細頸根一直到深邃乳溝立刻顯露在外。

接著，她挑逗似的往上瞟向古城說：

「這麼一來，我的身體就屬於你了。還是說，我讓你不滿意嗎？」

「我又不是在談那個……欸，妳為什麼要脫衣服！」

「公主，請自重！我們該走了！」

紗矢華急忙插嘴並且拚命幫拉・芙莉亞把敞開的衣服穿好。這種畫面要是被別人看見，將成為避無可避的外交問題，因此紗矢華也拚了命。

另一方面，拉・芙莉亞則露出了若有深意的微笑，然後瞇細眼睛。

「不要緊——女武神的庇佑與你同在。」

是、是喔……古城莫名其妙地如此點頭應聲。拉・芙莉亞確認過他的回答以後，就被紗矢華用形同硬拖的方式離開了休息廳，最後還不忘拋了飛吻。上一刻仍有的緊張感全毀了。

等到看不見她們的身影以後，古城就近將雙手拄在桌上，疲憊地發出嘆息。感覺在決鬥開始前就大幅消耗了體力，古城甚至開始懷疑拉・芙莉亞是否真的想要他贏。就在此時——

「——這種時候還散散漫漫地擺一副色臉，你真有餘裕啊，曉古城。」

兩道嬌小人影毫無預警地令空間蕩漾，出現在耗弱的古城眼前。

是穿著鑲滿荷葉邊的黑色服裝的南宮那月，以及穿著純白單純款禮服的葛蓮妲。這樣的搭配讓人聯想到童話裡的魔女與公主。

「那月美眉……還有葛蓮妲？妳那身衣服是怎麼了？」

「這女孩是決鬥的獎品。既然如此，多少要穿得體面些吧。」

哼哼——那月得意地抬起下顎。看來葛蓮妲的衣服是那月挑的。關鍵的葛蓮妲本人對穿不慣的禮服有些無所適從。

基本上，葛蓮妲會比平時安靜並不只是因為服裝，她應該是在擔心變成人質的唯里和志緒。

「從你的臉看來，迷惘似乎還沒有消散。」

那月看了古城愁眉不展的臉色便逗弄似的問道。

「才過半天而已，我哪有可能找到勝算啊。」

「這話有意思。你是世界最強吸血鬼吧？」

「就算妳這樣叫我，現在聽起來也只像在挖苦。」

那月看古城回答得敷衍，就失望地感嘆搖頭。

「古城……」

葛蓮妲抬頭看著態度軟弱的古城，發出無助的聲音。古城則像在安撫幼兒一樣輕輕摸了她的臉頰。

「我明白。我會想辦法啦，別擔心。」

「妲……！」

古城硬著頭皮擠出的笑容似乎讓葛蓮妲安心了，她點點頭。

「我們要去甲板，因為蛇夫在那邊等著——」

那月在半空打開空間移轉(Teleport)用的門(Gate)。當那月準備帶著葛蓮姮消失於門當中時，她將黑髮一甩，並且回頭看向古城。

「別受到迷惑，曉古城……你並不是一個人。」

「……咦？」

古城還來不及反問話裡的意思，那月就消失蹤影了。莫名溫柔的語句不太像是那月的作風，反而讓古城感到不安。

「怎麼了嗎，學長？」

雪菜納悶地仰望表情微妙無比的古城。由於那月和葛蓮姮離開了，休息廳只剩古城與她兩個人。自稱負責帶路的舉牌女郎也在不知不覺中消失，或許是出於貼心吧。

「呃……我是在想……居然會有讓那月美眉幫忙打氣的一天……」

古城說完就搔了搔頭。

你並不是一個人——這句話的意思反過來想，該不會就是「有我們陪著你」吧。這年頭就算在廣告歌裡都不會出現這種老掉牙的詞。

「該不會代表狀況就是這麼急迫吧。」

雪菜也語氣認真地說。好像不只古城對那月的態度感到不安。

「的確，以往總是讓姬柊妳們幫我的忙。現在說這些也嫌太晚，不過受妳們照顧了。」

古城硬忍住害臊，一本正經地看了雪菜。

「怎、怎麼了啊？突然……說這些……？」

「雖然被妳跟進跟出常常讓我覺得很煩就是了……」

「很、很煩……？」

「不好意思，假如我出了什麼狀況，葛蓮妲就拜託妳了。還有，幫我哄凪沙幾句。說我去遠方旅行，或者在海裡淹死了之類，隨便妳說。」

「——不可以！」

雪菜厲聲打斷像在交代遺言的古城，意外強悍的拒絕態度讓古城心慌。他不明白雪菜為什麼會突然生氣。

「姬、姬柊？」

「學長，你要平安回來才可以。沒有你是救不了葛蓮妲、拉・芙莉亞公主、唯里跟斐川學姊的！」

雪菜用指頭抓住古城的衣領。距離緊密得氣勢逼人的她眼裡映著古城。

「呃，那我也明白啦……」

「難道學長連我都要拋下嗎？」

雪菜將自己的左手舉到仍想搪塞的古城眼前。銀戒指在她的無名指上散發著淡淡光彩。

「學長將我納為『伴侶』了，請負起責任。你一定要得勝回來才可以，你要回來我的身邊才可以——」

雪菜細聲叫道。古城看了她的樣子才發現，其實她一直在忍。

要送古城單獨去決鬥的不安、本身沒辦法傳授他取勝之道的無力，恐怕一直讓雪菜在私底下感到痛苦。當雪菜為了尋求讓古城取勝的建議而在島上四處走訪時，她都拚命隱藏著那些情緒，為了避免自己的動搖讓古城不安。

「服侍……」

古城回握雪菜發抖的手，慵懶地笑了出來。

「咦？」

雪菜茫然地眨眼。她之所以會掩飾不住內心的不安，是因為古城在這個節骨眼講出喪氣話。這次該輪到自己了——古城心想。為了盡量減輕雪菜的不安，這是他該逞英雄的場面。

「假如我平安回來，妳就要全心全意地服侍我。」

古城將嘴唇湊到雪菜耳邊，用呢喃般的聲音說道。雪菜像是耐不住癢，肩膀顫抖，然後無奈地嘆了一聲。夕陽從船窗照耀而下，染紅了她的臉頰。

「我明白了。隨學長高興吧。」

雪菜語氣有些冷淡。不過，她並沒有甩開古城的手。雪菜紅著臉靠向古城，默默地望著

窗外。

傍晚的海面暗得像塗了一整片的墨，只有海平線如火焰紅紅燃燒著，天空則是仿若鮮血的深紅色漸層。夜晚再過不久就要來到。

「日落了呢。」

雪菜靜靜說道。古城點頭表示：是啊。

「我們走吧——」

古城用好似邀約去散步的輕鬆語氣開口。雪菜悄悄地仰望古城，點了頭。於是，兩人同時踏出腳步。

黃昏時分。屬於魔族的時刻到了。

7

在海風吹過的碼頭上，已經有亞拉道爾站著。或許是為了遵守一對一決鬥的約定，現場就他一個人。

古城看見亞拉道爾後也下了碼頭。儘管雪菜面露不安之色，還是留在舷梯上。

「你到了嗎，曉古城？」

亞拉道爾一邊任由黑色大衣的下襬隨風飛舞，一邊用嚴肅語氣低聲說道。

他看起來有些焦躁，大概是聚集在瓦特拉船上的觀眾所致。連提議決鬥的他都沒想到會落得像珍奇動物一樣供人觀賞的下場。

「你似乎照約定把沼龍帶到了。」

亞拉道爾仰望「深洋之墓二號」船上說。

葛蓮妲穿著純白禮服，站在甲板中央最醒目的地方。由於是珍貴的幼龍，人們的目光集中在她身上，不過沒有人想靠近她。眾人都對站在葛蓮妲旁邊的那月感到畏懼。

「兩個人質呢？」

同樣朝船上看了一圈的古城問。甲板上找不到唯里和志緒的身影。

「在人前拋頭露面應該不是她們所願。那兩人現在有瓦特拉後宮的公主們照料，若你懷疑，要確認也無妨。」

不必——古城對黑髮吸血鬼所做的答覆搖頭。他不認為亞拉道爾會在這種時候說謊。況且，不打倒他就無法救出唯里等人。

「事情鬧到這種地步，似乎不像你的品味。」

「我愚蠢的同胞造成了這樣的騷動。對此我向你謝罪。」

亞拉道爾看似苦惱地蹙眉。

「要道歉的話，你乾脆放棄葛蓮妲還比較讓人感激。」

古城懷著一絲期待提出的意見讓亞拉道爾面無表情地搖頭。

「免談。假如你願意代我處分那名龍族，那倒另當別論。」

「要是我有那種意思，從一開始就不會答應陪你玩丟臉的決鬥把戲啦。」

古城失望地嘆氣。他做出覺悟，跟亞拉道爾的這一戰終究避不掉。

「對了，瓦特拉人呢？那傢伙沒當你的助手嗎？」

「讓那個笨蛋當見證人，對我來說風險同樣太大。」

亞拉道爾不屑地用悶悶不樂的口氣回答。古城差點忍不住發噱，但亞拉道爾似乎沒有開玩笑的意思。

「不過多虧那傢伙，也省得另找見證人了。『破滅王朝』的王子與阿爾迪基亞的公主——有他們在場，想必你也不會有怨言。」

「唉，也對。」

古城坦然地認同對方所說的，他本來就不認為亞拉道爾會使詐，他比較擔心似乎一直在搞鬼的瓦特拉。然而，現場有這麼多人看著，那個男的也只能安分了吧。

這麼一來，問題只剩古城能不能戰勝亞拉道爾而已。到最後，事情將會歸結在這一點。

「決鬥開始的信號要怎麼安排？有人幫忙敲鐘嗎？」

古城語氣平穩地問。

全身的神經都像帶著靜電一樣，刺痛而亢奮。古城想起籃球社時期在比賽前的感覺。對他來說是久違的感覺。不過，這跟運動比賽不同，沒有享受緊張的餘裕。葛蓮妲和唯里她們，還有古城自己的命運都決定於此。

「由你決定。你大可隨意出招。」

亞拉道爾毫無防備地站著回答。與其看作從容的表現，他大概是想清償主動提出決鬥造成的虧欠吧。真是從頭到腳都一板一眼的吸血鬼。

話雖如此，古城沒道理奉陪。

「這是在體貼我嗎？感謝你嘍。那麼，就交給這玩意決定好了。」

古城凶猛地微笑，然後從口袋掏出一枚硬幣。等亞拉道爾點頭以後，古城便用指頭將硬幣高高往上一彈。

在拋起的硬幣落地那一刻拔槍——西部片中可見的決鬥規矩。亞拉道爾應該也是這麼想的。

但是，古城不記得自己有說過決鬥是在硬幣落地那一刻開始——

飛到半空的硬幣即將抵達最高點時，古城便在亞拉道爾眼前消失蹤影。即使對方不至於

完全錯失他的行蹤，反應肯定會變慢。沒放過那一瞬的古城蹬地衝了上去。

亞拉道爾對古城的行動有所察覺，但是慢了。壓低姿勢的古城已經鑽到他的跟前。

「！」

黑髮吸血鬼臉上泛起動搖之色。那是因為古城的肉體並未釋出魔力。亞拉道爾原本一直在提防第四真祖的眷獸，反應因此慢了一拍。

「唔……喔……！」

亞拉道爾的眼睛驚愕地睜大，並且失焦似的閃爍。古城用渾身力氣揮出的右鉤拳掠過了他的下巴前端。

既然無法靠眷獸打倒亞拉道爾，那不用眷獸就行了——古城迷惘到最後做出如此結論。正因為是魔力龐大的吸血鬼彼此交手，不具魔力的攻擊會成為盲點。縱使是吸血鬼的不死之軀，腦部一旦受到震盪，要恢復應該需要相當時間。這樣起碼會爭取到一絲空檔才對——

「迅即到來，第二眷獸『牛頭王之琥珀（Cor Tauri Succinum）』！」

古城朝著停下動作的亞拉道爾釋放出眷獸。不過攻擊並非從地面上發動，而是從地下。第四真祖手中排行第二的眷獸是具備熔岩之軀的牛頭神（Minotaurus），其攻擊化成了灼熱尖樁，從絃神島的人工大地底下將亞拉道爾貫穿，然後徹底吞沒。

熔岩洪流如尖塔噴湧而上，毫不留情地斬斷廣闊的堤防，使整塊地形改變樣貌。噢噢

——「深洋之墓二號」的觀眾們因感嘆而人聲鼎沸。

還有人讓護衛的士兵拿著攝影機，像觀光客一樣留影記念。他們好像把古城命眷獸造成的破壞錯當成自然奇景或什麼來著了。

但是，古城本人當然沒有享受樂趣的餘裕。他一邊對熔岩飛濺的熱度及光芒板起面孔，一邊探尋亞拉道爾的下落。

決鬥的勝利條件是讓對方失去戰鬥能力。若讓對方就這樣喪命難免會於心不安，何況古城對亞拉道爾並沒有什麼個人的仇恨。如果熔岩冷卻凝固後可以將他直接封在裡面，在古城的盤算中就是最佳結局。不過——

「事情……果然沒那麼便宜嗎！」

古城的臉因焦急而皺起。斬開熔岩尖椿從蜃景中現身的，是洶湧魔力環繞於身的吸血鬼身影。

「即使只是一瞬間……失去意識……不知道是隔了幾百年的體驗……」

不帶情緒的低沉聲音從熱風中傳出，異常冷靜的那種語氣讓古城發冷顫慄。

隨後，現出身影的亞拉道爾全身為漆黑鎧甲所覆。

由無數銳利刀械構成的巨大全身鎧（Full Plate Armor）。其輪廓令人聯想到惡鬼，也讓亞拉道爾本身變得像鋼鐵怪物一樣。

「鎧甲……？不對……他用眷獸把自己包裹住了嗎！」

古城察覺到漆黑鎧甲的真面目，因而發出驚呼。亞拉道爾身上的鎧甲和亞絲塔露蒂使用的「薔薇的指尖（Rododaktylos）」一樣，屬於跟宿主融合的眷獸。亞拉道爾用眷獸包裹全身，藉此撐過了連吸血鬼肉體都能燒個精光的灼熱熔岩。

「用硬幣誘導視線……透過不具魔力的肉身發動奇襲……還有從腳下死角的攻擊——先說你幹得漂亮吧，我得承認之前小看你了。」

被漆黑鎧甲包裹的亞拉道爾召喚了新的眷獸。那是他稱作「暴食者」，有著漆黑刀刃的短劍。

短劍的龐大數量讓古城吭不了聲。數目成百——不，成千。足以將整片傍晚的天空塗成漆黑的大群眷獸。眾多具意識的活武器就像大群飢餓的肉食魚（Piranha），一起將劍鋒指向古城。

「因此接下來我會以全力打倒你，曉古城——永別了。」

亞拉道爾命令眷獸攻擊，數千眷獸同時展開攻勢。

沒有玩弄計策的空間。

古城全身被漆黑劍刃貫穿，毫無招架之力地遭到轟飛。

第三章 妖姬之蒼冰

Alrescha Glacies

1

人工大地在震動。

飛散的混凝土碎片如雨一般落在海面，夕陽餘暉將瀰漫的粉塵染紅。亞拉道爾釋出了為數過千的活武器，上千兵刃正為了碾碎古城而不斷猛衝。

雪菜等人躲在豪華遊船上望著那淒厲的景象。

『——噢，亞拉道爾議長猛烈的一擊。第四真祖被轟飛了——！』

穿著紅色服裝擔任舉牌女郎的金髮美女正在甲板中央進行實況講解。

船上來賓們一邊聽著她流暢的解說，一邊感嘆地發出喧嚷聲。吸血鬼之間如此劇烈的戰鬥，連他們也鮮少有機會看見。

眷獸的攻擊接連挖開地面，人工島的結構材料到處外露。

古城勉強撐過了亞拉道爾的猛攻。他在周圍布下有如金剛石結晶（Diamond）的屏障，藉此防阻漆黑短劍。

可是古城沒有餘裕反擊。何止如此，他全身被刻下無數刀傷，鮮血形成的霧正在飛舞。

應該是亞拉道爾的攻勢導致混凝土碎片四散飛射，還變成跳彈對古城造成傷害。失血量只有些微，古城的臉色卻因痛苦及焦躁而皺在一起。

「學……長……」

雪菜望著渾身是傷的古城，祈禱似的將雙手緊握。

攤開蕾絲扇的那月站在雪菜旁邊。葛蓮妲害怕地縮著身體，窩在她們前面的椅子上。

待在甲板上的其他乘客之所以會投以好奇的目光，大概是因為葛蓮妲被當成決鬥獎賞這件事已經傳開了。然而，雪菜察覺到那些目光摻有一絲困惑。

他們果然也不知情，對於葛蓮妲受到覬覦的真正理由——

「你在做什麼啊，曉古城！振作一點……！」

另一方面，紗矢華正在和雪菜等人有些距離的地方哇哇大叫。她從甲板的扶手往外探身，激動地揮著手上拿的劍。

拉・芙莉亞則從背後冷冷地望著她那模樣。

「坐下，紗矢華，妳會礙到其他觀眾。」

「可是公主……假如曉古城就這樣輸了……」

紗矢華被拉・芙莉亞帶著笑容斥責後便露出疑惑的臉色。將自身命運賭在這一戰結果的不是別人，正是拉・芙莉亞自己。

公主卻與失去冷靜的紗矢華形成對比，始終優雅地微笑著。

「不會有問題。戰鬥總算熱絡起來了不是嗎？」

「哪有什麼熱不熱絡，根本就是曉古城單方面在挨打嘛——！」

「那可不一定——」

拉．芙莉亞若有深意地搖頭。隨後，理應被逼到絕路的古城忽然轉守為攻。全身環繞著暴風的雙角獸（Bicorn）令大氣扭曲，如蜃景現身於空中。其咆吼化為破壞性衝擊波，隨機掃過地表。

『第四真祖在這時召喚出新眷獸了。這招厲害。破壞力驚人——！』

實況解說員的情緒一舉高漲。待在船上的觀眾們也吃驚地望著古城以眷獸造成的破壞。衝擊波使海面起浪，搖盪著「深洋之墓二號」理應受結界保護的龐大身軀。

「——照那樣行不通。」

那月用不帶情緒的嗓音說道。雪菜訝異地看向她。

「南宮老師……？」

「看上去壯觀歸壯觀，但那樣只是在拆除人工島罷了。無論他發散出多大的魔力，光是胡亂出招也無法打敗亞拉道爾。白白浪費眷獸。」

「…………」

那月無情道出的話語讓雪菜默默咬住嘴脣。若是毫無節制地解放第四真祖的眷獸，其力量足以消滅整座絃神島。亞拉道爾確實也是強大的吸血鬼，但魔力總量想來並不會勝過真祖。硬碰硬不就可以扳倒對手嗎——雪菜如此抱著的淡淡期待被實況解說員的聲音掩去。

『亞拉道爾議長在此時再度反擊！第四真祖的陣腳不穩了！面對議長的猛攻，第四真祖——撐住了！撐住了！撐住了！多麼強大的防禦力！這就是世界最強吸血鬼的本事嗎——不對！』

身披漆黑鎧甲的亞拉道爾疾奔，鑽過雙角獸吐出的衝擊波空隙。古城被灰色粉塵遮蔽視野，沒有察覺他那樣的動作。

猛衝而來的亞拉道爾右手握著漆黑短劍。他手持自身召喚的活武器砍向古城。分神操控眷獸的古城躲不開他的攻擊——！

『沒想到亞拉道爾議長會直接出手攻擊！這是為了對一開始挨中的那拳還以顏色嗎！第四真祖被砍斷的右臂飛向半空！』

古城凌空接住自己被砍斷的手臂，然後死命後退。或許是吸血鬼之力正在活性化，接回去的右臂切面在轉眼間癒合了。然而，這不代表連精神上的動搖及消耗的體力都會回復。古城發亮的深紅色眼裡無疑有痛苦之色。

雪菜在看見那一幕的瞬間，無意識地握住了收納於樂器盒的長槍。

不知從何冒出的銀色鎖鏈纏住了她的手腕。

「——冷靜點，姬柊雪菜。像那種小傷，他沾個口水馬上就會好。」

那月似乎看透了雪菜的焦慮，便露出一抹微笑告訴她。

「可是再這樣繼續失血，學長的意識就——」

「妳在這裡焦急就能有幫助嗎？」

「唔……」

無法回嘴的雪菜語塞了。亞拉道爾指定的決鬥條件是和古城一對一單挑，如果雪菜闖入其中，古城會當場落敗。那種行為等於踐踏了古城搏上性命的這一戰。

「迷上的男人受傷讓妳不安是可以理解，但妳這算白操心。」

那月用挖苦般的視線看向雪菜。雪菜足足沉默了約三秒以後——

「——他只是監視對象！」

「看來妳意外冷靜。那我放心了。」

那月回望開口糾正的雪菜，並且無奈地嘆了氣。

「不過結果是一樣的。姬柊雪菜，妳可別搞錯在意的對象。」

「這話……是什麼意思？」

雪菜有些疑惑地蹙眉。那月輕輕地摸了摸葛蓮妲的鐵灰色頭髮說：

「情報是從這個龍族女孩口中問出來的就是了，這丫頭在蔚藍樂土遭受亞拉道爾襲擊時，似乎有『戰王領域』的吉拉．雷別戴夫幫助她逃走。」

「雷別戴夫——意思是，渥爾提茲拉瓦伯曾經出手幫葛蓮妲？」

雪菜用心地看了一圈「深洋之墓二號」船上。在視線可及的範圍內，沒有吉拉．雷別戴夫的身影。然而，以好戰派貴族聞名的他是瓦特拉的忠實同志，這是眾所皆知的事實。他的行動肯定與瓦特拉脫不了關係。

「逃來紘神島的龍族自然會求助於親近的曉古城。她沿著曉古城的魔力來到彩海學園就是證據。」

「追著葛蓮妲而來的塞維林侯會自動跟曉學長對立……」

「應該也料得到一板一眼的亞拉道爾會要求與曉古城決鬥。只要是熟知他性格的人。」

「表示這場決鬥，從一開始就是被人策劃好的……？」

雪菜想起今天早上在樓頂的騷動，背脊為之發抖。吉拉幫了葛蓮妲。結果那導致亞拉道爾與古城發生衝突，雪菜及那月又從中介入。或許一切都是被算好的流程，為了實現古城與亞拉道爾的決鬥——

「為何要如此大費周章呢？」

「『戰王領域』的蛇夫不會打多了不起的主意。那傢伙想將亞拉道爾當飼料，充作鍛鍊曉古城的墊腳台。如此一來，曉古城身為第四真祖就能接近完美境界。」

「……他要讓學長打倒塞維林侯？」

「假如無法打倒，表示曉古城的能耐不過如此。」

那月冷淡地拋下結論。不過反過來說，那似乎也可以解讀成她篤定古城會贏。瓦特拉也是一樣。假如古城無法打倒亞拉道爾，他安排這場決鬥就沒有意義。

「劍巫，我應該說過，別搞錯在意的對象。問題不在於曉古城——」

那月說到這裡，就開始撫弄葛蓮妲柔順的頭髮。然而，專注於古城那場戰鬥的葛蓮妲並沒有發現她這樣做。

在碼頭，古城和亞拉道爾的死鬥依舊持續著，戰況是亞拉道爾壓倒性地占優勢。古城的眷獸攻擊固然華麗，卻幾乎沒有讓亞拉道爾受傷。反觀亞拉道爾操控的眾多活武器，都確實在削減古城的體力。古城的衣服被自己流的血染成深紅，誘發了觀眾興奮的情緒。

「妳不覺得不可思議嗎？這丫頭雖是龍族，為什麼像亞拉道爾這等大人物會為了抓區區一個小娃兒而來到絃神島？」

「這——」

雪菜答不上來。擁有帝國議會議長頭銜的男人只為一隻龍族就遠赴極東的「魔族特區」，從某方面而言，這是異常的。假如他的目的是抓葛蓮妲，那只要對滯留於絃神島的瓦特拉下令就行了。

「意思是塞維林侯會來紘神島，還有什麼其他的理由嗎？」

「為了達成那個目的，這個龍族丫頭的存在會礙事——妳覺得這樣想會奇怪嗎，姬柊雪菜？」

「不會——」

雪菜搖頭。那月的想法恐怕是對的。然而，假設終究是假設。為得知亞拉道爾的真正目的，古城非戰勝他不可。這一戰要是敗北，葛蓮妲就會被奪走，古城等人將永遠失去了解亞拉道爾真正心思的機會。

「學長……！」

雪菜又祈禱似的望著滿身是血的古城咕噥。

2

載著凪沙等人的敞篷車在日落後就抵達碼頭了。

黑暗與閃光以不祥的深紅夕陽為背景起舞。擁有龐大魔力者正不斷展開劇烈纏鬥。他們的衝突搖撼了整座人工島，爆炸的餘波形成氣浪並吹向凪沙等人。

「唔哇，打得好精彩耶。」

坐在駕駛座的白禮服少女用純真無邪的嗓音說道。她減緩車速，將敞篷車開到堤防底下的空地，地點離持續酣戰的兩名魔族大約有四五百公尺。要是更接近他們，大有可能被攻擊波及。實際上，擺放在附近的貨櫃已經有幾個被毀得不留原形了。

「不嫌棄的話，要不要用這個？」

副駕駛座上的黑禮服少女遞了東西到凪沙面前。是望遠鏡，看似軍用品的高檔貨。

凪沙卻默默搖頭。因為不必用上望遠鏡，她就認出正在戰鬥的人影是什麼身分了。就算離得再遠，凪沙也不可能看錯他的身影。

「古城哥……」

凪沙喃喃地喚著哥哥的名字。全身受到嚴重傷勢仍在奮戰的，就是曉古城。他率領著眾多巨大的幻獸。古城從異界召喚了擁有獨自意識的濃密魔力聚合體，並在令其具現化之後加以使役。換言之，就是吸血鬼的眷獸——

「什麼情形……為什麼古城哥在戰鬥！簡直像吸血鬼一樣……他和吸血鬼……」

茫然下車的凪沙漫無對象地問。

凪沙不明白出了什麼狀況，更不懂古城戰鬥的理由。於是，有陣極為溫和的年輕男性嗓音傳到了混亂的凪沙耳裡。

「那是因為……妳的哥哥是第四真祖。」

「……！」

凪沙訝異地望向四周。不知不覺中，有個穿著純白三件式西裝的男子已經站在她背後。是個金髮的俊美青年，嘴邊露出了彷彿要蠱惑人的妖媚微笑。那種微笑讓凪沙感到恐懼。

「第四……真祖……」

「沒錯，第四真祖。世界最強的吸血鬼。」

青年看似愉悅地點頭。身為「魔族特區」的居民，凪沙曉得有名為第四真祖的吸血鬼存在。那是她來到這座島以後曾聽過好幾次的都市傳說。

以往毀滅過眾多都市的怪物，不死且不滅，不具任何血族同胞，不求支配，率有災厄化身之十二眷獸，只顧啜飲人血、殺戮、破壞，超脫世理的冷酷無情吸血鬼。

「你騙人……古城哥怎麼可能……會是吸血鬼……」

凪沙猛搖頭。強烈的恐懼使她難以呼吸。

心臟劇烈跳動，視野變暗，全身發抖停不下來。

原本相信是親哥哥的人在不知不覺中變成魔族了，還是恐怖的傳說級吸血鬼。即使想否認，讓人無法否認的光景就在眼前上演。

凪沙覺得自己受騙了。有魔族不動聲色地混到自己身邊，彷彿原本相信的世界正逐漸從腳底崩解的感覺湧上心頭。嫌惡與不信任，恐懼與憎惡。負面的情緒逐步覆蓋意識。

然而，內心深處也響起了予以否定的聲音。連凪沙自己都不認識的某個人正拚命袒護著古城，還強調古城什麼也沒變——

「真祖的妹妹啊，妳害怕什麼？明明『原初』已經不在妳體內了。」

青年在畏懼的凪沙耳邊細語。有東西在凪沙的意識底部發抖，應已喪失的片段記憶像剪影一樣浮了上來。

「『原初』……『原初的奧蘿菈』……」

「沒錯，是你們消滅她的。由曉古城還有妳體內的另一個妳——」

金髮青年望著茫然嘀咕的凪沙，並且溫柔地笑了。凪沙發出尖叫。思緒紊亂，視野扭曲。肉體與意識跟不上復甦倒灌的記憶洪流。擔心的夏音湊到凪沙旁邊，正在對凪沙喊些什麼，凪沙卻連她的聲音也聽不見。

「為什麼……怎麼會……」

凪沙的視野染成深紅了。在這樣的視野中，古城仍繼續和人廝殺。被漆黑鎧甲所覆的吸血鬼將古城千刀萬剮，古城的表情因痛苦而皺成一團。

「為了救妳啊，曉凪沙。他是為了救妳才會與『原初』對抗，然後成了第四真祖。」

只有微笑青年的聲音明確地在凪沙腦中響起。凪沙捂住雙耳，像年幼的孩子拚命搖頭。

「是我害的……是我害古城哥變成魔族的……」

「對啊。全都是妳的責任。」

青年優雅地高聲大笑，從他的脣中露出了白而長的吸血鬼獠牙。

「只要古城沒有成為第四真祖，就不會在這裡和人廝殺。跟他戰鬥的對手是裴瑞修．亞拉道爾——即使在『戰王領域』也名列前茅的怪物。憑目前的古城贏不了他，再這樣下去，妳的哥哥會被吞噬喔。」

「被……吞噬……？」

凪沙抬起被淚水濡濕的臉龐。映於凪沙眼中的瓦特拉正用刻薄的蛇眼回望她。

「沒錯，古城會被吞掉，被好恐怖好恐怖的吸血鬼吞掉——」

「不可……以……」

凪沙眼神空洞地嘀咕。她無意識地搖搖晃晃走向古城等人所在的堤防。

「停止戰鬥……我必須救古城哥……」

「凪沙——！」

夏音想攔住凪沙。然而她的手指還沒碰到凪沙，強烈氣浪便洶湧而至。擔任護衛的優絲緹娜接住了差點被捲走的夏音。

凪沙束起的長髮散了開來，飛舞於風中。

她望著爆發中心點所在的方向——被挖開的地面一角，可以看見古城仰臥倒地的身影。無數漆黑短劍貫穿了他的全身，近乎斷裂的四肢湧出鮮血，喉嚨冒出痛苦的慘叫聲。

目睹那一幕的瞬間，凪沙的眼睛恢復光彩了。

「不要啊啊啊啊啊啊啊啊啊啊——！」

龐大魔力隨著尖叫聲釋放出來。剔透冰翼在傍晚的天空中展開，無情且具破壞性的寒氣將世界逐漸染白。

3

時間感變得模糊。

和亞拉道爾這一戰是從什麼時候開始、持續了多久時間，古城已經不明白了。時間也許短暫得不到一分鐘，感覺也像持續打了好幾個小時。消耗的體力早已超出極限，相當於只拚一口氣站著的狀態。即使如此，古城還是找不出打敗亞拉道爾的方法。得到第四真祖之力以後，他首次對自己的無力咬牙切齒。

「——迅即到來，『麐羯之瞳晶（Dabih Krystalos）』！」

古城新召喚的是被銀水晶所覆的眷獸，擁有閃耀的半透明羽翼與螺旋角的美麗魚龍。

「……！」

亞拉道爾的眷獸們似乎受了那支角的光芒吸引，都停住了。包裹其全身的漆黑鎧甲遭到強制解除，拋下了身為宿主的亞拉道爾。

第四真祖手中排行第十的眷獸「麿羯之瞳晶」能力為心靈支配——亦即吸血鬼具有的魅惑之力。它靠著壓倒性的支配力操控亞拉道爾的鎧之眷獸。

「雙角之深緋（Alnas Minium）——！」

深緋色雙角獸朝著失去鐵壁保護的亞拉道爾咆哮。壓縮過的大氣砲彈在地表炸開，直接將地面挖掉一大塊。

但是，亞拉道爾的身影在受爆炸波及前就消失了。空間移轉。他用另一柄劍之眷獸斬斷空間，藉此逃脫。

「——居然從我手中奪走眷獸的支配權嗎？棘手的力量。」

「啥！」

亞拉道爾的聲音從背後傳來，使得古城訝異地回頭。然而在古城看清其身影之前，亞拉道爾又移位完畢了。

古城臉上露出焦急之色。掌握不到敵蹤，他就無法使用魅惑之力。而且亞拉道爾像是在

玩弄動搖的古城，忽然轉為發動攻勢。迎面撲來的強烈殺氣讓古城全身汗毛直豎。

「宰了他，『傲慢者（Superbia）』——！」

「唔——『神羊之金剛（Mesarthim Adamas）』！」

古城展開以金剛石構成的屏障。從屏障內側冒出宛如以劍刃斬開的空間裂縫。來自異空間讓屏障失效的斬擊，漆黑劍刃砍向古城全身。

「唔……嘎啊……！」

古城吐出鮮血倒下。有著漆黑鋒刃的大群短劍飄在他頭上。它們同時將對血飢渴的劍鋒轉向失去餘力再次展開屏障的古城。

「——舞吧，『暴食者』！」

亞拉道爾的眷獸化為黑色流星雨，將受創的古城釘在混凝土地面。貫穿古城的漆黑鋒刃有幾十道——全身被切成零散肉片的古城潰不成聲地哀號。

「投降吧，曉古城。量你也無力再戰——」

亞拉道爾傲然俯視著古城勸降。吸血鬼的魔力源自本身血液中寄宿的眷獸，然而古城的血液已經流出大半，僅剩的血也被漆黑鋒刃堵住了。傷勢嚴重，換成尋常吸血鬼早已喪命。

「還……沒完……！」

古城似乎想扯斷被釘住的雙臂，硬是打算起身。亞拉道爾冷眼看著他有勇無謀的行為，然後發出嘆息。

「『暴食者』！」

「——！」

原本留在空中的幾把漆黑短劍又飛來刺穿古城的胸與肩。古城吐出大團鮮血，這次徹底動彈不得了。

「我不認為自己能將第四真祖的無窮魔力吞噬殆盡，但是憑你這模樣，想必也無法召喚新的眷獸。認輸吧，曉古城，或者你想永遠像這樣繼續痛苦下去？」

亞拉道爾冷靜地問。被他命名為「暴食者」的眷獸應該具有貫穿目標、剝奪其魔力的能力。正如他所指出的，古城現在沒有另行召喚眷獸的力量。連活動都遭到封鎖，被逼得完全走投無路。

「所謂不死之軀，就是靈魂的枷鎖。我等吸血鬼無法迎接本應在『死亡』名下獲賜的安詳。肉體能夠持續再生，導致神經也不會麻痺。既無法切斷意識逃離苦痛，亦無法喪失心智——你能逞強至何時？」

亞拉道爾淡然地點出事實。身為吸血鬼的他比任何人都明白不死之軀的缺陷。遭受致命傷仍會恆久不斷再生，意義同於無止盡的苦悶。古城除了承認敗北，別無途徑能逃過無限的痛楚。

「你住……口……！」

古城在布滿痛苦的意識中大吼。葛蓮妲的笑容浮現在他的腦海裡。只要亞拉道爾仍打算處分葛蓮妲，他絕不可能放棄。

而且古城跟雪菜約好了，他一定會戰勝回到她身邊。

但古城現在無力履行這樣的約定——

「可……惡……」

在宛如全身遭到剁碎的劇痛中，古城有了奇妙的既視感。

死亡及無力感逼近而來——古城以往嘗過相同的滋味。

那是古城在獲得吸血鬼之力前發生的事情。在「聖殲」遺跡中理應喪失的那段記憶。當時古城想挺身保護凪沙，曾一度丟了命。

出手救他的是——

「霧……？」

亞拉道爾察覺視野開始變得白茫，臉上浮現困惑的神情。

在第四真祖的眷獸中，有司掌霧化能力者，但古城目前沒有餘力召喚眷獸。即使如此，純白霧氣仍持續變濃，轉眼間就完全籠罩住碼頭。

毫無預警出現的這陣霧純屬自然現象。氣溫急遽下降，導致空氣中的水分凝結了。帶有魔力的並不是霧，而是結凍的大氣本身。

「這股魔力是——！」

回頭的亞拉道爾瞠目結舌。連吸血鬼肉體都能凍結的爆發性寒氣隨即化為純白長矛，朝他侵襲而來。

意料外的方向出現奇襲，刮走了亞拉道爾的身軀。結凍的半截身體粉碎四散，他的臉首次因痛苦而皺起。純白寒氣直接將亞拉道爾封入巨大的冰塊當中。

「怎麼回……事……？」

原本貫穿古城全身的漆黑短劍承受到更強大的魔力，全都消失了。仍毫無防備地倒在地上的古城緩緩轉頭。

有個身穿彩海學園制服的嬌小少女悄悄地在古城身旁坐了下來，解開的長髮在夕陽下搖曳變色，稚氣尚存的臉孔沉浸於悲嘆之中。

「凪沙……妳怎麼會在這裡……！」

古城硬撐起再生途中的上半身驚呼。

曉凪沙是不可能出現在這裡的人。同時，她也是不該在這裡的人。患有魔族恐懼症的她萬萬不該牽扯上吸血鬼之間的決鬥。

然而，有著凪沙外貌的少女扶起古城受創的身軀，悄悄地露出了空靈的微笑。

「責怪吾吧，古城……責怪讓汝背負沉重罪業，將如斯憂苦賦予汝的吾……」

「妳……」

古城抬頭看著她，茫然地瞪大眼睛。

看似畏懼而游移的眼神以及獨特口吻讓古城有印象。在絃神島曾與古城一同度過有限的短暫時光，還被他親自殺掉的少女，第十二號的奧蘿菈——

「難道妳是……奧蘿菈？」

「吾為虛假的幻影……立刻就會消失……」

對於古城困惑地提出的問題，少女曖昧地搖頭。接著她靜靜抬起臉龐。

亞拉道爾摧毀掉巨大冰塊，從中現身了。他已經從驚愕中振作，還冷眼望著陪伴古城的少女。

「第十二號（Dodekatos）……第十二號的『焰光夜伯』嗎……？」

「汝總不會說這與約好的不一樣吧，裴瑞修．亞拉道爾？既然吾等同樣是歸屬於第四真祖的一部分——」

從濃霧中出現了新的人影回應喃喃自語的亞拉道爾。

身穿浴衣的嬌小人影。她的外表讓古城再次倒抽一口氣。翻騰如火的金色頭髮，還有綻放藍彩的焰光之瞳。來者跟古城認識的奧蘿菈有著一模一樣的長相。

「第六號……原來如此，是瓦特拉搞的把戲嗎？」

亞拉道爾的嘴唇上浮現看似焦躁的苦笑。

第十二號還有名為第六號的浴衣少女都是為了封印第四真祖眷獸才造出的「人偶」——十二名人工吸血鬼當中的殘存者。

「天部」的人們害怕身為弒神兵器的第四真祖復活，便從第四真祖身上抽出了十二頭眷獸，分別封印在她們的體內。

「第四真祖率有的眷獸該有十二頭——然而，曉古城繼承的卻只有十頭。剩下的兩頭在此。」

浴衣少女說完，就用手摸了自己的胸口。

亞拉道爾沉默片刻以後，猙獰地露出微笑。黑霧從他背後湧出，具現成柔韌如鞭的巨大長劍。

「要求與第四真祖決鬥，卻不認同妳們助陣，確實不算公平——好吧。既然如此，妳們這些人偶就陪主子一起消滅吧！」

「古城哥！把手給我！」

身穿制服的少女這麼說完，握住了受創的古城的手。那不是奧蘿菈，是曉凪沙的聲音。

古城原本想大喊「別這樣」，聲音卻被亞拉道爾釋出的魔力波動掩蓋過去。

看不見的巨大手臂舉起了亞拉道爾的劍之眷獸。劍刃達十幾公尺的長劍有意一次掃過古城等人而進逼。

凪沙瞪著那頭眷獸的主人，舉起了和古城牽著的手。

「凪沙，不可以——！」

從古城等人背後傳來的是叶瀨夏音的尖叫聲。夏音身為出色的靈能力者，已經察覺凪沙打算做什麼了。

凪沙回頭看向古城與夏音，然後露出了短短一瞬的開朗笑容。

接著，她轉向前方用凜然嗓音說道：

「麻煩妳了，奧蘿菈！迅即到來——『妖姬之蒼冰(Alrescha Glacies)』！」

古城感覺到懷念的魔力。清冽寒氣從凪沙嬌小的身軀迸發出來。凪沙她們以古城的身體為觸媒，將所剩的魔力一舉釋出。

出現的是清澈如冰河的巨大幻影。

上半身為人類女性，下肢具備魚的優美體態，背後有翅膀，鉤爪銳利有如猛禽。那是冰之人魚，或者妖鳥(Seirēn)——

世界最強吸血鬼「第四真祖」手中排行第十二的眷獸，「妖姬之蒼冰」——

「——！」

漆黑鋒刃與冰之妖鳥。龐大魔力迎面相互衝突後，凪沙的眷獸勝利了。之前輕鬆應付掉古城猛攻的亞拉道爾被冰椿貫穿心臟，頓時頹然倒地。

古城帶著有些恍惚的表情看著這令人驚訝的結果。

「奧蘿菈……凪沙……」

原本和古城緊握著手的妹妹鬆開了她的指頭。失去血色的凪沙臉頰蒼白，手指像冰一樣冷透。

凪沙以區區的凡人軀體操控著第四真祖的眷獸之力，將裴瑞修·亞拉道爾打倒了。魯莽行為要付出嚴重代價，嚴重得令人絕望——

「凪沙……拜託妳……睜開眼睛……」

受重力牽引的凪沙不支倒下，代替古城接住她的是夏音。夏音拚命呼喚的聲音感覺莫名遙遠。

——你並不是一個人……

古城似乎聽見了那月的聲音。她說的是事實，奧蘿菈還有凪沙給了古城勝利的機會。古城再怎麼用魔力硬拚也無法打倒的亞拉道爾，被她們逼得兩度屈膝投地。

古城終於明白其中的理由了。為什麼自己無法打倒亞拉道爾，還有自己始終駕馭不了眷獸的真正理由——

「原來……是這樣……」

古城蹣跚地起身。理應流出的血液像倒轉一樣，以不自然的動態被傷口吸收回去，只見遍布古城全身的傷痕正逐漸消失。

「原來是這麼回事……假如我能早一點聽見你們的聲音……凪沙就不會……」

古城語氣平穩，冒出的魔力反而有寧靜感，宛如在巨大暴風雨來臨前的片刻風平浪靜。同時，負傷的亞拉道爾也站起來了。他察覺到凪沙倒下的身影，臉上浮現安心之色。憑古城一個人無法動用「妖姬之蒼冰」——那自己必勝無疑。如此篤定的表情。

純白霧氣已經變薄。在豪華遊船占位的來賓差不多也希望看雙方分出高下才對。大概是為了回應他們的期待，亞拉道爾再次召喚巨大的劍之眷獸。

「覺醒吧，『怠惰者』——！」

亞拉道爾出招迅速。被「妖姬之蒼冰」傷到，或許讓他提高了戒心。毫不多言就使出的這一劍恐怕超越音速。

可是，他的攻擊沒有觸及古城。

因為在那之前，亞拉道爾的眷獸就被擊落到地上了。雷光環身的獅子已用前腳迎戰無形巨臂所操控的鋸刃長劍。

奔若疾電的獅子打下音速之刃，直接將其踏得粉碎。

「竟然靠『獅子之黃金』就……曉古城，你做了什麼！」

亞拉道爾的端正臉孔因痛苦而皺起。他的右臂被烤焦，連根消失了。古城放出的雷獅不只擊退對方的眷獸，還讓亞拉道爾本人也跟著受傷。

只傷到右臂是古城手下留情的關係，他刻意讓攻擊失準。最明白這項事實的不是別人，就是亞拉道爾自己。

「已經夠了。無意義的決鬥結束了，亞拉道爾。」

「什麼……？」

「你確實是可怕的對手，在我遇過的敵人當中是最強的，我根本望塵莫及——不過，對第四真祖的眷獸們來說就不是這樣了。」

古城嘀咕的聲音流露出悔恨。他想起易卜利斯貝爾說的話。

——你該求教的對象並不是我……

沒錯。古城該指望的並不是易卜利斯貝爾。

求教對象近在咫尺——就在古城體內。

決定潛在魔力有多強的是固有堆積時間的總量——也就是戰鬥經驗的多寡。吸血鬼真祖之所以令人畏懼，是因為他們保有龐大得超乎尋常的「血之記憶」。

至於眷獸，則是具備自我意識的魔力聚合體。以第四真祖眷獸的身分，或者被封印在少女們體內時，它們都活過了漫長的歲月。

它們擁有的戰鬥經驗遠超出古城。古城身為吸血鬼贏不過亞拉道爾，但是，亞拉道爾也同樣不是第四真祖眷獸們的對手。

這是凪沙與奧蘿菈賭上性命傳達給古城的道理。

古城要做的不是駕馭它們。只要聆聽它們的聲音，發出命令就行了。下令讓它們蹂躪眼前的敵人——

「『傲慢者』！『暴食者』——！」

將右臂修復完畢的亞拉道爾不聽古城所說，又命令自己的眷獸攻擊。

斬開空間發動奇襲的劍刃，還有成群來襲的短劍。

然而，古城毫不費力就予以迎擊。

為水銀色鱗片所覆的雙頭龍將斬開空間的劍刃連同其藏匿的異空間一塊消除。甲殼獸吐出銀色濃霧，使得成群短劍逐漸腐朽。

「唔……！」

亞拉道爾察覺到古城反擊的跡象，便將自身肉體化為黑霧，打算開溜。

在這樣的他身邊颳起了帶有魔力的暴風。搖曳如蜃景的深緋色雙角獸透過暴風屏障，將霧化逃走的亞拉道爾成功攔下。

「你覺得我會讓你逃？」

古城不屑地用毫無感情的語氣說道。亞拉道爾再次化為實體，無數如細針的熔岩尖樁刺穿他的全身。嘎啊——亞拉道爾發出悶哼，然後沉默了。折磨吸血鬼不死之軀的永久苦痛——是亞拉道爾自己教古城這項戰術的。

「投降吧，亞拉道爾。我和它們都在氣頭上，假如你還想繼續無聊的決鬥——」

怒火中燒的古城召喚了青白色水妖——水精靈(Undine)。那頭眷獸司掌的是再生之力，可以倒回亞拉道爾的固有堆積時間，並且消滅他本身的存在。

然而，在古城解放水妖的前一刻——

「到此為止，古城。」

有人用強而有力的手抓住古城的右臂制止了他。

金霧環身的迪米特列·瓦特拉露出看似滿意的笑容站在那裡。

古城以燃燒的深紅眼睛瞪向瓦特拉，還粗魯地甩掉他的手。瓦特拉回望古城時卻一臉溫

和。於是，「戰王領域」的蛇夫以嚴肅語氣宣布：

「決鬥結束了。」

古城帶著有些茫然的臉色聽了瓦特拉說的話。他不明白對方在說什麼。亞拉道爾還沒認輸，古城非打倒對手不可。他必須保護葛蓮妲，還要搶回唯里與志緒。因為古城已經如此約好了——

瓦特拉愉悅地望著在意識混亂間思考這些的古城。

接著，他慢條斯理地又一次宣布：

是你贏了——

4

古城解除了眾眷獸的召喚。

亞拉道爾從熔岩尖椿獲得解放後，便失去支撐落在地面。即使如此，他並沒有摔得慘兮兮。亞拉道爾一手拄著瓦礫，並且用燃燒般的目光瞪古城。

「瓦特拉，你別出手……我們還沒有分出高下……！」

亞拉道爾猛咳血，卻還是主張要繼續戰鬥。然而瓦特拉帶著冷漠的微笑，低頭看了與他互為同胞的吸血鬼。

「你還不肯認栽啊，亞拉道爾——用不著擔心，對手是世界最強的吸血鬼，就算敗陣也不會損害你的名聲。觀眾們都已經滿意了。」

「住口……我戰鬥並不是為了你們的無聊評價。」

亞拉道爾將殺氣指向微笑的瓦特拉。符合亞拉道爾剛毅本色的措辭，讓瓦特拉看似愉快地笑了出來。

「你發揮預期中的功效了。你的職責到此完畢。」

「職責是指……瓦特拉，你……！」

亞拉道爾依舊痛苦地呼吸，並且露出險惡眼神。他發現這場圍繞著龍族女孩的決鬥，有可能從最初就是瓦特拉一手策劃出來的了。

古城確認過亞拉道爾無意再戰以後，微微地吐了氣。

而在古城等人的身邊出現了空間搖盪的跡象。

「——古城！」

身穿白色禮服的葛蓮妲從漣漪般展開的空間移轉門現身了，隨後還有穿著熟悉制服的雪菜，最後出現的則是一身服裝鑲滿荷葉邊的那月。

「古城！你贏了，古城！」

淚汪汪的葛蓮妲毫不介意禮服弄髒，撲上來緊緊巴著古城不放。那陣衝擊讓古城「唔喔」地喘不過氣。亞拉道爾讓他受的傷還沒有完全痊癒。

「學長……你的傷勢……！」

雪菜看古城全身到處都在流血，就神情緊繃地問了。葛蓮妲也不安似的哭濕了眼問：

「會痛嗎？」

「我不要緊。更重要的是，凪沙就——」

拜託妳了——古城聲音沙啞地這麼說道，雪菜則默默點頭。

凪沙癱軟無力地閉著眼睛，讓夏音抱在懷裡。蒼白肌膚感受不到生命的溫暖，伸開的四肢徹底鬆弛，看起來像沒有靈魂的人偶。

就算凪沙是因為使役眷獸的反作用力而昏睡，古城也無能為力。縱使第四真祖被稱作世界最強的吸血鬼，除了破壞以外，其能力幾乎幫不上任何忙。假如現場有人能救凪沙，應該就只有身為靈媒受過訓練的雪菜了。

可是，身穿浴衣的少女用目光制止想趕到凪沙身邊的雪菜，並開口說道：

「此人命數已盡。如今不過是靠著女武神巫女的力量，才留住了她的靈魄。」

「……難道妳想說……凪沙沒救了嗎？」

古城瞪著自稱第六號的少女問。

虹髮少女瞇細發亮的藍眼，冷冷地頷首。

「若以人類軀體充作容載我等眷獸之器，又行使其力量，必然有如斯結果。」

「妳——」

「學長，不可以！」

古城激動得想上前揪住第六號，雪菜則抱住他予以制止。

就算怪罪第六號，凪沙也不會得救。古城同樣明白這一點。即使如此，凪沙會出現在這裡，應該和第六號脫不了關係。

「優絲緹娜小姐，能不能請妳聯絡救護車？」

夏音難受地將目光從失控的古城等人身上轉開，並且叫了擔任護衛的女騎士。守在夏音背後的優絲緹娜回答：「遵命。」然後屈身取出無線電。

「不必張羅。由我來運送。」

那月將手擱在昏睡的凪沙肩膀上這麼說。

夏音似乎明白了那月的用意，便毫不遲疑地立刻點頭。隨後，凪沙和夏音的身影就緩緩地融入虛空消失了。

「殿、殿下……！」

保護的對象消失蹤影讓優絲緹娜露出了焦急的表情。那月嫌麻煩似的回望嚷嚷的銀髮女騎士。

「抱歉，得讓叶瀨夏音再陪著一會兒。因為曉凪沙目前是處於靠著叶瀨注入的靈力才勉強保住一命的狀態。」

「是靠叶瀨才……這樣啊……」

古城聲音微弱地嘀咕並閉上眼睛。

夏音有阿爾迪基亞王室的血統，即使在絃神島居民當中，她恐怕仍是最高階的靈力持有者。儘管和成為模造天使（Faux-Angel）時不同，現在的夏音停留在人類的極限範圍內，但她的靈力量超乎尋常這一點還是不變的。凪沙似乎是借助這樣的靈力才好不容易免於衰弱而死。

「我將她們兩個送到我的結界了。這算權宜之計，但能撐一會兒才對。」

那月漠然補充。她說的結界，應該是指名為「監獄結界」的特殊異空間吧。在為了軟禁魔導罪犯才創造的那個世界裡，時間並不會流逝。

至少在停留於結界的期間內，凪沙的狀況應該不會惡化。

「抱歉……那月美眉，讓妳幫了大忙……」

乏力的古城差點倒下，同樣露出安心表情的雪菜扶了他，葛蓮妲也有樣學樣地攙著古城的手臂。藉著她們兩個的手，古城勉強沒跌倒。

另一方面，亞拉道爾肉體已修復完成，用自己的腳站著。分不出誰才是贏家的一幕。

那月高傲地抬頭瞪了亞拉道爾，並且突然對他提出質問。

「那麼，來把事情做個交代吧，裴瑞修．亞拉道爾——你為什麼要抓龍族的幼體？聖域條約機構畏懼葛蓮妲的理由是什麼？」

「……聖域條約機構？」

古城對陌生的組織名稱皺了眉頭。

「你知道聖域條約吧，曉古城？」

「呃，知……知道啦。」

起碼要曉得的吧——古城點頭。

聖域條約是為了終結魔族與人類的戰爭而締結的和平條約。當中認同魔族跟人類有同等的權利，相對地也要求魔族必須遵守國際法。

假如該條約沒有成立，人類與魔族至今八成仍在互相殘殺，紘神島應該也不會以「魔族特區」的名義存在。

「所謂的聖域條約機構，就是以條約加盟國組成的國際組織。目的在維持人類與魔族之間的和平，還有實現兩者的共存。『戰王領域』為參加國之一，日本也是。」

「……那麼，你是為了聖域條約機構才來抓葛蓮妲的嗎？」

原因何在——古城看向亞拉道爾。亞拉道爾是「戰王領域」的帝國議會議長，古城一直以為他抓葛蓮妲是基於「戰王領域」的立場。可是，問題一旦扯上聖域條約機構這種國際組織，就完全是另一回事了。

「由我來回答這個問題吧——」

瓦特拉口氣輕浮地朝著困惑的古城等人自告奮勇。在場所有人都將視線轉向金髮的吸血鬼青年。

「瓦特拉，你別多嘴！」

亞拉道爾厲聲喝斥。瓦特拉卻不管他又繼續說：

「聖域條約機構的目的在於維持人類與魔族之間的和平。而且，為了排除其障礙，他們被賦予了行使武力的權限。」

「武力？」

「聖域條約機構軍——也就是這群人。」

瓦特拉把手機拋給再次提問的古城。高精細畫面上顯示著解析度低又遲鈍的影片。是軍事衛星從上空拍到的影像。

播映出來的是軍艦。備有飛行甲板的巨大航空母艦、伴隨在側的巡洋艦，還有裝甲飛行船的身影。光從畫面上確認到的數量就超過二十艘。若要對付小國，可輕易將其制壓的龐大艦隊。

影片角落所寫的日期為二月十三日——就是今天。衛星通訊固然會有些許誤差，不過那幾乎是第一時間的轉播畫面。

「聖域條約機構方才對日本政府送出通知了。內容是根據聖域條約，他們認定名為紘神島的人工島是被禁止的大規模破壞魔具。簡單說呢，他們接下來要摧毀紘神島。」

瓦特拉用頗為同情的口氣告訴眾人。雪菜對他所說的大為動搖。

「紘神島……被視為大規模破壞魔具……？」

「原來如此。他們真會想……不把紘神島當成日本固有的領土，而是當巨大魔具來對待。純屬魔具的話，不需要日本政府同意也可以摧毀。」

那月鄙夷地哼聲。什麼意思——古城看了她們的反應做比較。

「等等……魔具是哪來的名堂？紘神島只是一座浮體構造物（Giga Float）吧？」

「紘神冥駕證明了將紘神島當成祭壇就能重現『聖殲』這一點——」

那月瞪著困惑的古城說道。古城默默點頭。由咎神所創造，可改變世界本身的禁戒術式——古城明白它的威力。

「『聖殲』是足以引發全球大規模異象的凶惡魔導災害，而紘神島則是災害的構成要素。聖域條約機構如此定奪未必不合於理，儘管有些片面就是了。」

瓦特拉同意似的對那月這段說明深深點頭，然後望向昏暗的海平線。

「臨時編為聖域條約機構軍的多國籍艦隊已經在南硫磺島近海集結了。快的話，今晚就能將絃神島包圍完畢吧。」

「我們這些……絃神島的居民會怎麼樣？」

古城的語氣流露出焦躁。絃神島是浮在太平洋正中央的人工島，人口約五十六萬人。絃神島若被摧毀，他們當然也不會平安無事。

「攻擊開始前會有十二小時的緩衝。趁這段時間要到哪裡避難都無妨。」

結果回答的並非瓦特拉，而是亞拉道爾。不帶感情的事務性口吻顯然是刻意的才對。

「……你說……十二小時？」

古城無言以對。從日本本土到遙遠的絃神島，交通手段有限，要讓五十六萬人在短短半天內都順利避難根本不可能。聖域條約機構恐怕也明白這一點。他們從一開始就無意讓絃神島的居民避難。

「有方法能推翻聖域條約機構的裁定嗎？」

雪菜語氣僵硬地向亞拉道爾提問。然而亞拉道爾只是默默搖頭。

「假如日本政府有膽識跟聖域條約機構作對就另當別論，不過那大概希望渺茫。要為了小小一座人工島與世界為敵，實在太荒謬了。」

那月語帶自嘲地冷冷笑道。古城的拳頭因為怒氣無處發洩而發抖。葛蓮妲不安地望著他，迷人的鐵灰色眼睛彷若黑膽石（Hematite），映出了古城遍體鱗傷的身影。在此瞬間，古城有了一絲疑問。

「等等，裴瑞修．亞拉道爾……既然如此，你為什麼想要處分葛蓮妲？在艦隊即將攻擊絃神島的這個時間點……」

絃神島若被摧毀，葛蓮妲絕對也不會平安無事。然而，為什麼亞拉道爾卻想要殺她？甚至冒著和第四真祖決鬥這種不必要的風險——

「因為她是守護者啊。」

瓦特拉看似興奮地代替保持沉默的亞拉道爾咕噥。

亞拉道爾的表情愕然僵住了。古城等人沒有發現這一點。

「守護者……？」

古城望著葛蓮妲問。葛蓮妲急忙搖頭表示自己什麼也不曉得。

瓦特拉靜靜地獨自露出陶醉般的笑容。那就像科學家完成宏偉的實驗以後，所得答案正如所料的微笑。

「沒錯……她是咎神該隱所留遺產的守護者——裝載資訊的『容器』。」

亞拉道爾和那月對他的話出現強烈反應。

「瓦特拉，你怎麼會知道這些！」

「嘖——原來是這麼回事嗎，蛇夫！」

亞拉道爾召喚劍之眷獸，那月射出銀鏈。瓦特拉釋出的魔力洪流將那些都擊落了。不久，那股攻擊性魔力便化為全長達十幾公尺的巨蛇樣貌。那是「戰王領域」的蛇夫——迪米特列．瓦特拉的眷獸。

「曉古城，保護葛蓮妲！迪米特列．瓦特拉的真正目的是『聖殲』！」

那月回頭朝古城大喊。古城還沒理解話中的意思，瓦特拉已經先命令眷獸攻擊了。

「『娑伽羅』——」

「『雪霞狼』！」

徹底具現完畢的眷獸張開巨大下巴，撲向古城等人。予以迎擊的是雪菜。她從樂器盒抽出銀色長槍，正面迎戰蛇之眷獸。

眷獸發散出的龐大魔力被耀眼銀光斬斷，沒兩下就消滅了。雪菜的槍被賦予了「雪霞狼」之名，是獅子王機關的祕藏兵器，能斬除萬般結界，並讓魔力失效的破魔長槍。

「七式突擊降魔機槍……不簡單，虧妳擋得住。」

瓦特拉讚賞般為雪菜鼓掌。

趁此空檔，那月射出的銀鏈綑住了瓦特拉受創的眷獸，亞拉道爾則以群劍殺向瓦特拉本人。

瓦特拉仍然笑意不絕，還隨意舉起右手。洗鍊而造作的舉止就像在餐廳裡點紅酒——

「既然如此，換成這招如何——」

凶惡的深紅光芒將毫無防備地站著的瓦特拉包裹住。那月所用的銀鏈爆開了，亞拉道爾的劍之眷獸則消滅得無影無蹤。

光芒籠罩著瓦特拉，其真面目是內含太古魔法符文的細微粒子。

那些粒子每一顆都是蘊藏著強大咒力的魔法陣。眾多深紅光粒逐漸增加密度與亮度。

「這股力量……！」

「難道……是『聖殲』嗎！」

古城與雪菜詫異得說不出話。該隱留下的最凶禁咒——「聖殲」是改寫世界的魔法。

對於其威力，古城等人之前已經嚐到不想再嚐的地步了，連第四真祖的眷獸或者「雪霞狼」的魔力無效化能力都無法抵禦那種深紅光芒。只有雪菜化為模造天使的龐大神氣，才能對抗「聖殲」。

「這樣啊，蛇夫——你奪取了絃神冥駕的『血之記憶』。」

那月用冷靜的嗓音指出其中玄機。

「妳答對嘍，『空隙魔女』。」

瓦特拉露出長長的獠牙笑了。

古城全身失去血氣。瓦特拉吞噬了失蹤的絃神冥駕，並取得對方握有的「聖殲」知識——他話中之意就是如此。

古城並不是同情絃神冥駕。那個人是魔導罪犯，某方面來說更是早已死亡的人。而瓦特拉吸了冥駕的血，還將他的記憶一起納入體內。

為了獲得新力量。

彷彿在對古城宣示，那才是吸血鬼原本該有的立身之道——

「不過，到底是誰包辦了『聖殲』的魔法演算……？」

雪菜用有些畏懼的嗓音提出最後一個疑問。

古城心臟狂跳。

「聖殲」乃咎神所用的魔法，行使其強大力量，要付出總量驚人的魔力以及人腦不可能處理的龐大魔法演算當代價。縱使瓦特拉身為吸血鬼，也無法獨力運用那樣的魔法。

而絃神島這座人工島就是為了發動「聖殲」才設計出來的祭壇。

透過流經太平洋的龍脈，發動「聖殲」所需的魔力便能得到供給。

管控人工島的五座超級電腦會代為進行魔法演算。

不過，就算絃神島作為祭壇再怎麼優秀，光是如此也無法駕馭「聖殲」。只有抵達神之領域的天才程式設計師才能完全駕馭咎神的魔法。而那樣的電腦高手（Programmer），只找得到一個人。

因此，人們這樣稱呼她。

該隱巫女。

「莫非……」

古城的咕噥尚未成句，瓦特拉就先施展攻擊了。深紅光芒將碼頭完全籠罩，使得古城等人的立足點變成美麗剔透的冰之結晶。

能改變物質本身存在面貌的「聖殲」攻擊。

冰晶在龜裂後粉碎四散。碎冰飛舞如雪，古城及雪菜受到重力牽引，無從抵抗地墜落。

葛蓮妲放開古城的手。她立刻打算變回龍的姿態。然而在葛蓮妲張開翅膀以前，從碎冰中伸出的巨大手臂就將她攬入臂彎了。

「葛蓮妲……！」

古城沉入細微冰粒之中，仍拚命伸手。

抓住葛蓮妲的巨大手臂真面目為金屬製的機械臂。鮮紅色有腳戰車從碼頭地底下冒出，然後把葛蓮妲劫走了。

有腳戰車也環繞著凶惡的「聖殲」光芒，而且在戰車肩膀上，有個少女併攏雙腿坐著。

那是個髮型亮麗的高中女生。

「淺蔥……妳為什麼會……」

古城望著戰車上的少女，茫然自失地嘀咕。

淺蔥低頭看著古城，動了嘴脣。感覺可以聽見她在說「抱歉」。

化為冰晶的碼頭到處發生崩塌。海水從裂縫洶湧流入，使崩壞進一步加速。

載著淺蔥的有腳戰車加速以後，便逐漸消失在暮色之中。

瓦特拉的身影也早就不見了，只剩受傷的亞拉道爾與那月留在碼頭上。

「學長——！」

雪菜將銀色長槍捅進冰塊，還拚了命地朝古城伸手。

古城卻沒有察覺到她，一直在結凍的海水中載浮載沉。

第四章 眞祖大戰

The War Of Original Vampires

1

在靠近遊船「深洋之墓二號」船艙的某個房間裡，手腕被綁住的志緒正窺探著窗外。港口入夜後一片昏暗，從狹窄的圓窗看不清外頭狀況。

「變安靜了呢。決鬥是不是結束了？」

身上單薄到只有泳裝與連帽衣的唯里不安地咕噥。

她也和志緒一樣，雙手都被反綁在背後。在蔚藍樂土敗給裴瑞修．亞拉道爾的結果，就是像這樣淪為階下囚。兩人原本受到的待遇要客氣得多，但因為她們倆無視於警告一再試圖逃走，才落得這種下場。

此外，由於志緒的態度太過反抗，她們甚至還被威脅如果下次再逃走，就要換穿滿是荷葉邊的魔法少女角色扮演服。因此，志緒和唯里陷入了連想逃都不能輕舉妄動的處境。

「曉古城輸掉了嗎……」

志緒講出喪氣話。曉古城和亞拉道爾要賭上葛蓮妲決鬥的消息，志緒她們也事先就得知了。然而，之前仍不停有強大的魔力來回招呼，如今卻戛然而止。恐怕是分出高下了。

「怎麼會？古城是第四真祖喔。他是世界最強的吸血鬼喔。」

唯里有些鬧脾氣地否定志緒的話。從元月發生神繩湖事件後，她對曉古城就莫名包容。

「可是對手是第一真祖的左右手吧。感覺曉古城又沒有完全活用吸血鬼的能力，在決鬥的規則之下，照樣有可能會輸不是嗎？」

志緒冷靜地予以指正。接著她忽然喃喃自語似的說：

「何況以真祖來說，曉古城未成氣候，或者該說是不太可靠吧。」

「沒辦法啊，古城還年輕嘛。拿他跟牙城先生比太可憐了。」

「剛……剛才我沒有提到曉牙城吧！」

志緒用變調的聲音反駁。然而，唯里若無其事地忽略了她的抗議。

「萬一古城真的輸了，我們會變成什麼樣啊？」

「……不曉得耶。畢竟有聖域條約，我想不會受到太慘的待遇，不過我們曾經攻擊塞維林侯也是事實……」

志緒說完就咬了嘴唇。保護葛蓮妲是她們從獅子王機關那裡接到的任務，但是跟身為「戰王領域」重要人物的亞拉道爾交戰一事是否能因此正當化就不好說了。志緒她們仍是試用期未滿的實習攻魔師，最重要的保護葛蓮妲的任務也失敗了，與其跟「戰王領域」牽扯出外交問題，她們被獅子王機關切割的可能性更高。

「我猜還是會遭到拷問，會向我們逼問獅子王機關的機密情資——」

「不、不至於那樣吧。再說我們基本上幾乎都不曉得什麼機密情資——」

「那買賣人口呢……把我們賣去從事性產業之類的……」

「白、白痴。再怎麼說，『戰王領域』的貴族才不可能做那種傷風敗俗的事……」

志緒掩飾著內心的不安回嘴。目前扣留她們的並非以人品聞名的亞拉道爾，而是惡名昭彰的迪米特列·瓦特拉。決鬥結束以後，他會怎麼處置以人質而言失去價值的志緒她們，坦白講實在說不準。

「志緒。」

唯里察覺有腳步聲正朝船室接近，便低聲提醒志緒提高警戒。

「妳後退，唯里。」

志緒說完便貼向船室的門。她擺出等負責監視的船員一進來就可以立刻動手挾持人質的架勢。唯里則搖頭安撫志緒說：

「志緒，不可以！抵抗的話，這次真的會讓我們穿角色扮演服！」

「總比被賣去人肉市場好吧！」

志緒自我說服般大叫。有朝一日，若是她們扮成魔法少女的照片被散播到相關人員手中，感覺以攻魔師而言確實會喪失重要的東西，但即使如此，也不能像這樣一直甘於被俘。

志緒如此下定決心備戰，船室的門在她眼前開了。銀髮少年踏著讓人無機可趁的步伐進來。那是個臉孔俊美，讓人聯想到冰冷刀械的吸血鬼。

「男、男的……？」

魔族意外出現，使得志緒心慌地僵住了。她以往成天都在完全住宿制的女校受訓練，雖然沒有同屆的紗矢華那麼誇張，但是對男性仍有微妙的恐懼心理。

而唯里似乎敏銳地察覺到志緒在害怕，就雙腳發著抖擋到少年面前。

「不要對志緒出手。我怎麼樣都無所謂，求你放過志緒——」

「別、別說蠢話，唯里！」

志緒連忙推開唯里，兩人變成互不相讓地在坦護彼此。少年吸血鬼望著她們自顧自地嚷嚷起來的模樣，生厭般嘆了氣。

「哎呀，加坎卿……你對這兩個孩子做了些什麼？」

接著進房的女子仰望少年，並且尋開心似的問道。那是個穿藍色套裝，氣質嫻靜的美女。她說的話讓志緒等人也察覺銀髮少年的身分了。「戰王領域」的貴族——特畢亞斯・加坎，亦被稱為瓦特拉心腹的「舊世代」吸血鬼。

「誰曉得。她們自己鬧起來的。」

加坎口氣不悅地說。他手裡握著銀色長劍以及處於收納狀態的西洋弓。是改良型六式降魔劍與降魔弓——理應在唯里和志緒與亞拉道爾交手時就失去的武器。加坎隨手擺到船室的沙發上。

隨後，穿藍色套裝的女子招手，有個嬌小身影就衝了進來。對方有著飄逸的鐵灰色頭髮，還像家犬撲向飼主一樣巴著志緒她們不放。

「唯里！志緒！」

「葛蓮妲！」

「妳沒事嗎？」

「妲！」

嬌小身影的真面目是葛蓮妲。她穿著光看就覺得價格不菲的白色禮服，還戴了精美頭冠。葛蓮妲臉上露出歡喜的笑容，蹦蹦跳跳地整個人表露出喜悅。

「古城贏了嗎？他贏過塞維林侯了？」

「是啊。大顯身手的他打得相當精彩。」

穿套裝的女子對雀躍地問道的唯里露出柔和微笑。

「我不認同那種灰頭土臉的勝利。亞拉道爾大人對他讓步太多了。」

加坎的口氣有如彆扭的孩子。他似乎不願坦然接受古城戰勝亞拉道爾的事實。

「我們要被釋放了嗎？」

志緒困惑地確認。套裝女子點頭說：

「是的。不過在那之前，要不要一塊用餐呢？」

「用餐？吃飯？」

耳尖聽見的葛蓮妲轉了頭，鐵灰色長髮像尾巴一樣左搖右擺。

「沒錯。畢竟還有人想和妳們幾位見面。」

套裝女子若有深意地告訴她們。唯里深深點頭。

「我們去吧，志緒。」

「唯里？」

「事到如今沒有理由要騙我們啊。假如對方有那個意思，之前隨時都可以處分我們。」

「……的確，就這樣空手而回，對師尊大人也沒辦法交代，至少要掌握狀況才行。誰曉得會被煌坂說成什麼樣……」

「吃飯，吃飯，吃飯～～……」

葛蓮妲一邊開心地哼著歌一邊跟隨套裝女子。志緒和唯里各自拿了武神具，然後踏著緊張的腳步跟到她們身後。

加坎依舊帶著不悅的臉色走在隊伍最後頭。他的職責應該是監視志緒等人，似乎無意積極參加對話。

船裡比志緒她們想像的更加廣大。在咖啡座及大廳，有許多帶著重裝護衛的外國船客身影。志緒等人對他們穿的民族服飾並不熟悉。八成是與日本鮮有交流，且未加盟聖域條約機構的國家人士。

套裝女子帶著志緒等人走進船裡保全尤其森嚴、相當於最頂層的區域。ＶＩＰ專用的總統套房。

一進房裡，映入志緒眼中的是粗線條的現代兵器。經過重裝配備的鮮紅色有腳戰車。

「唔哇！」

仿造複眼設計的感應器對進房者的體溫有反應，滴溜溜地轉動起來，讓志緒嚇得貼到唯里身邊。葛蓮妲卻好像見怪不怪，看了戰車也幾乎沒反應。唯里則茫然仰望戰車嘀咕：

「這輛戰車……我記得是在神繩湖那時候……」

「神繩湖……？」

志緒勉強從一開始的驚嚇中振作，看似納悶地蹙了眉頭。

神繩湖位於丹澤山中，是志緒她們最初和葛蓮妲相遇的地方。假如有腳戰車的駕駛者當時也在場，那就不是用巧合能帶過的奇特緣分了。

而且在那輛圓滾滾的戰車後頭，有一陣缺乏緊張感的稚氣嗓音從房間裡傳來了。

「淺蔥姊姊，請再拿一片披薩過來。麻煩不要加洋蔥。」

「女帝大人，在下想吃肉是也。還有之前拜託妳的遊戲機充電線能不能拿過來乎？」

「哎唷，吵死了。這裡什麼時候變成托兒所啦？」

頗具特色的三個女生一派輕鬆地圍繞著桌子。

其中一人穿著名門女校制服，是個長相可愛的小學生。另一人穿著校用泳裝風格的駕駛服，是個嬌小的紅髮少女。

第三人則是將制服穿得邋遢有品味，還留著亮麗髮型的高中女生。

「啊，人來了人來了。這邊這邊！」

那個高中女生注意到志緒等人進房的身影就招了招手。唯里凝視著她的臉直眨眼。

「藍羽淺蔥……？」

「咦？我們在哪裡見過面嗎？」

高中女生盤腿坐在沙發上，並且將頭偏到一邊。志緒訝異地睜大眼睛問：

「妳說的藍羽淺蔥，是之前那個地方偶像嗎？」

「不要再提那件事了……忘掉吧，拜託。」

淺蔥無力地低頭。志緒似乎不小心談及她不該被提起的過去了。唯里立刻打圓場似的搖頭說：

「我在神繩湖和妳見過一面。妳是古城的同學對不對？」

「……妳認識古城？」

淺蔥似乎對唯里若無其事的口氣感到掛心，便警戒地瞇細眼睛。不過她無奈地聳了聳肩說：「唉，算了。」然後催促志緒等人找位子坐。

桌上擺著外送披薩、零食和瓶裝飲料，氣氛簡直像女生們聚在一起過夜。特畢亞斯一臉不悅的樣子，大概也跟這種氣氛不無關係。

「不過，妳怎麼會在奧爾迪亞魯公的船上？妳不是曉古城的女朋友嗎？」

志緒在淺蔥對面坐了下來，並且語氣正經地問。

「女、女朋友……？」

原本叼著披薩切片的淺蔥冷不防地微微咳出聲音。志緒對她如此青澀的反應感到有些意外。一反外表的華麗，淺蔥的性格似乎意外純情。

「難道不是嗎？煌坂之前是這麼跟我說的……」

「這、這樣啊。原來我在煌坂眼裡……哦～～……」

藍羽淺蔥設法裝得平靜，卻還是一臉開心的樣子。紗矢華提到淺蔥時，其實是說她算曉古城染指過的女生之一，但志緒決定隱瞞不提。

「那個……藍羽淺蔥？」

「啊，抱歉。奧爾迪亞魯公是指瓦特拉先生對吧？我跟他做了交易。」

「交易？」

「沒錯。我會協助瓦特拉先生，瓦特拉先生也會幫我的忙，雙方的利害關係一致。」

「是……是喔。」

志緒曖昧地點頭。她不明白對方在說什麼。能和迪米特列・瓦特拉那種人物對等交易的高中女生——對志緒來說是已經超越理解的存在。

「難道說，之前被深淵之陷視為目標的該隱巫女就是妳？」

「啊～～……好像有過那麼回事。」

淺蔥生厭似的仰望頭上。這樣的反應讓志緒也稍微能理解了。既然她是該隱巫女，要與瓦特拉分庭抗禮應該並非不可能的事。

「那麼，該隱巫女找我們有什麼事？」

「我是在想，姑且先做個說明大概比較好。」

淺蔥說完就看了一圈唯里等人的臉，兩個小學生則規矩地坐在沙發上靜靜聽她們對話。

哼哼——淺蔥得意地笑著說：

「我說啊，妳們想不想知道葛蓮妲被盯上的理由？還有她的真實身分。」

「藍羽小姐，妳都知情嗎？」

唯里探身向前問道。

「那還用說，我是該隱巫女啊。」淺蔥說完挺起胸脯。「另外，妳們叫我淺蔥就好。」

「淺蔥！」

葛蓮妲在淺蔥旁邊親暱地笑了。乖乖乖——淺蔥摸了摸葛蓮妲。

「妳願意信任我嗎？」

「妲！」

「謝謝。那我們來認證密碼，葛蓮妲。」

葛蓮妲點頭答應，淺蔥則使壞似的望著她的眼睛微笑。

淺蔥左手握著可愛的粉紅色手機，醜醜的布偶風格圖示飄在手機畫面上邪惡地笑著。

唯里聽見淺蔥的話，頓時臉色蒼白地起身。然而唯里還來不及阻止，淺蔥就將那句咒語唱誦完畢了。

「我以正統後繼者身分索求遺產——！」（6173 4 9 7265717565737472656c6963737563636573736f72）

2

古城在柔軟的床上醒來。

這裡是全新公寓裡的其中一個房間。由於家具和個人物品稀少，給人冷冰冰的印象，但房間主人好像是女性。牆上的衣架掛著好幾套禮服，餘留的體味帶著微微芬芳。禮服的真面目恐怕是女僕裝。

「你醒了嗎，古城？還真快。」

莫名高傲的聲音從橫躺著的古城頭上傳來。在古城矇矓的視野裡，映出了身高不滿三十公分的異國容貌人偶。

「妮娜……？」

古城抬頭望著人稱「古時的大鍊金術師」的液態金屬生命體──妮娜．亞迪拉德問了一聲。目前妮娜成了叶瀨夏音的寵物，她是被養在南宮那月的公寓裡才對。

「這個房間是？」

「亞絲塔露蒂的寢室。是那月把你帶回這間公寓的。你似乎在與裴瑞修．亞拉道爾決鬥時用盡力氣倒下了。」

未成氣候呢──妮娜傻眼似的笑了。說歸說，基本上她好像在古城恢復意識前都一直守在旁邊。

「這樣啊……淺蔥……她帶著葛蓮妲去哪裡了！」

「假如你要找『戰王領域』蛇夫的船，據說就停泊在絃神島近海。」

「她搭了瓦特拉的船……？」

古城感到混亂而抱住腦袋。當淺蔥和加坎在一起時，他就該發現了。加坎身為瓦特拉的心腹，不可能毫無用意地和淺蔥接觸。恐怕是因為某種理由，淺蔥才會跟瓦特拉聯手。既然如此，搶奪葛蓮妲應該只是用來達成目的的手段之一——

「目前針對『戰王領域』的蛇夫，似乎沒什麼明顯的動作，畢竟對手是他啊。特區警備隊想必也不敢輕舉妄動。感覺人工島管理公社也無暇留意那廝的事情就是了。」

妮娜用豁達的語氣點明局面。在古城倒下的期間，聖域條約機構軍的艦隊仍朝絃神島接近。人工島管理公社的職員光要採取對策，應該就騰不出空了。感覺他們不會為了連正式絃神市民都不算的龍族綁架事件出動特區警備隊。

可惡——古城一邊咒罵一邊迅速撐起上半身。

「我的制服在哪裡？」

「高興吧。妾身親手幫你補過了。瞧，在那邊。」

妮娜指了床旁邊的桌子。古城的制服因為和亞拉道爾戰鬥而變得破破爛爛，有她用鍊金術幫忙修補實在令人感激。不過擺在桌上的並非彩海學園的男生制服，而是散發著耀眼光澤的金色晚禮服。

「喂……那是什麼？」

「不就是讓你換的衣服嗎？妾身可有花心思幫你改良得體面些。」

「哪門子的改良啊！」

古城忍不住大叫。看來妮娜不只修復制服，還順便改變了纖維的分子結構。這是鍊金術的奧祕，物質變換。

「變得像諧星上舞台表演的服裝了嘛！改回來，現在馬上！」

「傷腦筋，你真沒品味……這明明拉風得很。」

「我才不想被妳嫌棄品味……」

古城厭煩地捂住眼睛。妮娜抱怨歸抱怨，還是將金閃閃的晚禮服改回原本的制服。他們嚷嚷的聲音大概被聽見了，正好在古城開始換衣服時就傳來客氣的敲門聲。

等古城應聲以後，雪菜便開門進入房裡，跟著出現的則是藍色頭髮的少女人工生命體——亞絲塔露蒂。

「……學長？你已經可以起來了嗎？」

雪菜看古城坐在床上，就露出看似不安的表情。她關心的好像不只傷勢與出血，還包括被淺蔥背叛的心靈傷害。

古城坦然地反省自己給她添的麻煩並回答：

「是啊，不好意思。我已經沒事了。」

「可是你看起來不像沒事耶。」

雪菜對古城起身逞強的模樣小小地嘆了氣。她直接走到古城面前，將手伸到制服領口。這時古城才發現自己的襯衫釦子扣錯了，因為剛起床恍恍惚惚還急著穿衣服。

「請不要讓人為你太操心喔。」

雪菜語帶苦笑地幫古城重新扣好襯衫的釦子。古城則迷迷糊糊地像是受了誘惑，把臉貼到她的劉海上。

「姬柊……總覺得妳聞起來好香……」

「什、什麼？」

古城突然的發言讓雪菜全身為之緊張。

受不了——妮娜冒出嘆氣的動靜。

「古城啊……妾身認為亂聞照顧自己的女孩身上的體味不太對喔。」

「好色……」亞絲塔露蒂面無表情地咕噥。

「不是啦……我沒有動那種歪念頭，單純是覺得有種甜美的香味……」

「沒想到學長似乎滿有精神的，我放心了。」

雪菜挖苦似的這麼說完以後，就「噫～～」地露出潔白牙齒。然而她還是幫忙把古城的釦子全部重新扣好，這一點很有她的風格。

古城放棄辯解以後，默默地搖頭問：

「亞絲塔露蒂，現在幾點？」

「二十三點五十六分四十秒。再過不久就要凌晨零點了。」

「原來我倒了近五個小時……」

少女人工生命體精確的答覆使得古城莫名焦慮。

和亞拉道爾決鬥是在剛日落的時候。葛蓮妲被搶走以後，已經過了滿長一段時間。無論淺蔥他們目的為何，已經得逞的可能性並不低。

「那月美眉呢？」

「我予以回答，教官(Master)目前所在地為客廳。開始領路——」

亞絲塔露蒂用宛如汽車導航系統的語氣這麼回答，然後在迷宮般錯綜複雜的公寓走廊踏出步伐。古城等人連忙追向她。不久到了客廳，那月正獨自在沙發上優雅地舉起茶杯就口，絲毫感受不到焦急，一如她平時的姿態。

「你總算醒啦，曉古城。」

那月把茶杯悄悄擺回桌上並傲然地問。

古城還沒被指示入座就坐到她的前面了，連多花時間費唇舌都覺得可惜。

「凪沙怎麼樣了？」

「目前還在我的結界中。不用擔心，叶瀨夏音也陪著她。」

即使古城沒禮貌地提問，那月也沒有改變臉色。「監獄結界」是她以永遠沉睡為代價才在夢中構築而成的異世界。如果只是要防止凪沙耗弱，沒有地方會比那月將時間靜止的結界更安全。不過時間停止流逝，也等於完全無法期待凪沙康復。

「話雖如此，你妹妹現在處於靈力枯竭的不安定狀態。在結界裡留置太久，恐怕會被我的夢侵蝕，得盡早讓她出來才行。」

「意思是要在那之前找出救凪沙的方法嗎——」

古城苦惱地垂下目光。

凪沙的主治醫生是母親曉深森，但她終究是科學家，對於魔法的造詣並不高。就算讓深森替目前的凪沙看診，也無法期待得到有效的治療才對。

女兒被第四真祖的眷獸吸盡靈力了——如此恐怖的事情緣由，古城根本不可能有辦法向深森說明。倘若第四真祖其實就是她的親兒子，就更不用說了。

「聯絡不上藍羽學姊嗎？」

雪菜似乎是為了關心沉默的古城，就忽然改了話題。

很遺憾——那月搖頭。

「矢瀨寄的簡訊好像也沒有得到她回應。」

「淺蔥……她為什麼會幫瓦特拉那種傢伙？」

古城抬起臉龐看那月。那月一副覺得不可思議的樣子回望古城說：

「曉，你要不要問問自己的心坎？」

「啥？我對淺蔥什麼也沒做喔。我才沒做任何會壞了她心情的事……」

古城認真對那月怪罪般的話語予以反駁。

那月冷冷地回望他又說：

「畢竟偶爾也有那種會配合迷上的對象而改變自己喜好或性格的女人。想成藍羽拋棄你而改愛那個蛇夫，感覺倒合情合理——」

「哪裡合情合理啊！基本上淺蔥又不是會把精神花在戀愛上的那種人！」

「只有你才這麼認為，蠢貨……」

那月罕見地露出洩氣的臉色。除了古城以外，現場所有人都像講好了一樣嘆氣。這什麼氣氛啊——古城覺得很不舒坦。

「就算跟戀愛有關好了，淺蔥為什麼會忽然迷上瓦特拉？再怎麼說品味也太糟了吧？」

「『戰王領域』的戰鬥狂與第四真祖——我倒不認為有多大差別。況且那傢伙至少比你有錢，臉也長得好看。」

「囉嗦！」

古城鬧脾氣似的托著腮幫子。看來再繼續問那月也沒用。

淺蔥迷上瓦特拉的可能性確實無法否定，但是古城覺得那不像她會有的舉動亦屬事實。腦袋精明的淺蔥想來並不會被瓦特拉騙，更不像遭到洗腦。假設有更明確的利害關係存在才合理，否則就無法說明淺蔥搶走葛蓮妲有何理由。

「這麼說來，聖域條約機構軍那些人怎麼樣了？」

古城再度改變話題。那月默默地點頭，然後按下設在牆裡的電視開關。播出的是人工島管理公社經營的有線電視台頻道。

「多國籍艦隊仍朝絃神島接近中。公社的人八成忙著找對策而兵荒馬亂吧。官方差不多該有所發表了。」

「官方要發表訊息嗎……」

「畢竟消息已經傳開了，他們應該會判斷沒辦法繼續隱瞞下去。不可靠的訊息在外流傳，會有引發恐慌的風險。」

「可是，講出真相未必就不會造成恐慌吧？」

古城刁難地回嘴。是啊——那月毫無情緒地應聲。

「所以他們應該會引導混亂的矛頭，讓恐慌朝損害較小的方向發展。」

「是這麼回事嗎……可惡……」

古城也不情願地接受了。聖域條約機構打算進攻絃神島一事已非模稜兩可的推測，而是既定事項——屬於不爭的事實。何況人工島管理公社本來就無能為力，連日本政府都無法反抗這樣的決定。目前人工島管理公社所能做的，就是盡量減少犧牲而已。他們大概是為此才公開資訊。

然而憑所剩不多的時間，能逃離的島民到底有多少——

「姬柊，獅子王機關有沒有什麼聯絡？」

「師尊大人什麼都沒有指示……畢竟事情的規模不是劍巫一個人就能轉寰的。」

雪菜低頭用力握拳。獅子王機關預設的任務目標僅止於魔導罪犯主導的恐怖攻擊，國家規模的戰爭已經超出其管轄範圍了。

可是，古城一臉嚴肅地望著雪菜搖頭說：

「不，我不是那個意思，假如只有妳一個人，他們應該可以讓妳先逃脫吧？透過政府的特殊管道。劍巫不是獅子王機關的貴重戰力嗎？再說妳本來就不是絃神島的人——」

雪菜愕然望著用冷靜語氣這麼告訴她的古城。

身為「聖殲」事件的相關者，古城對絃神島目前的狀況多少感覺有責任。就算聖域條約機構軍進攻已經是避無可避的事，在那之前也要盡量讓島民逃走——為此他甚至有和多國籍艦隊交戰的覺悟。

基本上就算靠第四真祖之力，也不可能殲滅那樣龐大的艦隊才是。畢竟在聖域條約機構的背後還有正牌的吸血鬼真祖坐鎮，古城生還的可能性近乎於無，他不能將雪菜牽連進那種有勇無謀的戰役。

反正只要身為監視對象的他一死，雪菜也就沒有理由留在絃神島。既然如此，古城希望至少讓她先逃——不過……

「古城……你該不會是個傻子吧？」

妮娜像是打從心裡感到傻眼地說完以後，就同情般看了古城。

那月用更加冷淡的目光對古城說：

「原來如此。難怪你會被藍羽拋棄。」

「我表示同意。建議第四真祖立刻撤回發言並謝罪。」

連一向面無表情的亞絲塔露蒂都用冷冰冰的語氣這麼告訴古城。

她們充滿敵意的反應讓古城困惑無比地問：

「為什麼啦？我沒講什麼奇怪的話吧。不要讓姬柊為了無聊的任務留在絃神島，讓她趕快回本土不就好了——」

「我——」

霎時間，雪菜看似激動地扯開嗓門，硬是打斷了古城說的話。就古城所知，她是第一次像這樣情緒畢露，那驚人的氣勢讓古城嚇倒了。

「怎、怎樣？」

「……因為我有負責監視學長的『無聊任務』，所以要留到最後！反正我會留到最後就對了！」

雪菜只有一瞬間氣炸了。她立刻就壓抑住情緒，並且瞪著古城這麼表示，語氣聽來不容分說。

「呃……可是……」

雪菜瞪了一眼，讓還想反駁的古城閉嘴。古城認命般抬頭看向天花板。隨後，電視的畫面忽然切換了。

「開始了嗎？」

那月端起紅茶杯就口以後，靜靜地說了一句。

畫面上播出的是記者會的會場，有個穿西裝的男子在好幾支麥克風包圍下坐著。人工島管理公社的都市管理室長矢瀨幾磨，古城等人的同學矢瀨基樹的哥哥。

『節目突然更動，在此為各位播送緊急快報。接下來人工島管理公社將對絃神市的各位市民召開臨時記者會——』

臉色緊張的男性播報員朝著鏡頭讀稿。

這樣的畫面忽然亂掉了，取而代之的是經過數位處理，讓人聯想到電腦空間的昏暗空間。宛若新聞攝影棚的播報台正飄在空間之中，坐在座位上的是古城十分熟悉的少女。

「淺……淺蔥？」

「藍羽學姊……？」

古城和雪菜同時發出驚呼。淺蔥身穿像是新聞主播的制服，還戴了紅框平光眼鏡，隔著電視鏡頭望著古城等人。

『紘神市的各位市民，你們好。我是藍羽淺蔥。』

淺蔥用知性無比的語氣開口。古城明白真要說的話，這才是她的「本性」，因為古城剛認識她時，她就是這樣給人文靜印象的正經少女。

『接下來，我想代替人工島管理公社與日本政府向大家宣布重要消息。首先請看這邊所提供的影像——』

淺蔥的背後浮現影片。是聖域條約機構軍的多國籍艦隊。即使和古城等人起初看到時相比，軍艦數量也已明顯增多。

『我想也有觀眾已經得知消息了，距離現在六個小時前，聖域條約機構對日本政府發出了將紘神島認定為大規模破壞魔具的通告。』

觀眾投稿於社群網站的發言被顯示在畫面一角，然後逐漸流過。

起初幾乎都是對淺蔥外表的讚美或者揶揄她的內容。然而，那些發言不久就變得正經了。他們也立刻發現淺蔥的實況轉播並非單純惡作劇。

『聖域條約機構據此編派多國籍軍力組成的艦隊——從通告後十二小時的今日上午六點起，就會對絃神島展開攻擊。』

觀眾們的反應隨即染上驚愕與困惑之色，網路上到處掀起熱烈討論，當中恐怕有幾成是淺蔥安排程式誘導的。佐證其主張的資料正排山倒海地擴散開來。

『遺憾的是，靠所剩無幾的時間要讓絃神島所有島民逃脫有困難。此外，日本國內也沒有都市能收容絃神島上為數超過兩萬的魔族居民。』

淺蔥說到這裡把話打住。她告白的內容太具衝擊性，讓流過畫面的觀眾回應越發迅速。當恐懼、混亂、責怪、怒罵的語句正在打轉時，淺蔥露出了嫣然微笑。

『面對聖域條約機構的霸道舉動，我提議徹底抗戰——』

「徹底抗戰……？」

雪菜畏懼般倒抽一口氣。

「她想跟那支艦隊打仗？要怎麼做……？」

古城茫然嘀咕。人工島管理公社只保有用於取締島內魔導罪犯的些許戰力，不可能對抗那支強大的多國籍艦隊。

像是在回答他的疑問，淺蔥旁邊出現了新的人影——身穿純白三件式西裝的吸血鬼青年。社群網站上的發言欄再次被驚愕填滿。

『本項作戰會基於和「戰王領域」特命全權大使奧爾迪亞魯公，迪米特列·瓦特拉的同盟來執行。此外，以莫斯科皇國、美利堅聯盟國為首，全世界已有二十二個國家及地區表明願意支援我們。』

有好幾個光點在畫面秀出的世界地圖上亮起。表明要支援瓦特拉的國家領土都被標示為發亮的紅色。相對地，聖域條約加盟國的國土則被逐步塗黑。以絃神島為中心，全世界就此分隔為紅與黑兩個陣營，顯示為中立國的白色區塊感覺格外少。

『這項絃神島防衛作戰並非強制參加，想避難的人請盡快逃離絃神島。我們也會盡可能支援讓各位安全避難。』

淺蔥邊說邊露出親切的微笑。她眼裡浮現了古城熟知的堅毅光彩。

『不過敬請放心，我們有足夠戰力對抗聖域條約機構的蠻橫。接下來就請各位一睹為快吧，守護絃神島的咎神遺產——』

淺蔥悄悄地碰了擱在播報台上的手機畫面。

瞬時間，前所未有的衝擊穿過絃神島。強風從四面八方吹起，令整座人工島搖動如樹葉。衝擊性質與地震、颱風之類的自然災害完全不同。

要比喻的話，感覺像整座島被看不見的巨大手臂抓了起來。不對，實際上島嶼周遭的海面正在隆起，空拍機攝影的畫面鮮明地傳達出其景象。

陌生的鐵灰色城牆從分開的海面出現了。

城牆內側有大大小小各式各樣的建築物簇擁成群，可看見壯闊的宮殿與廣場。還可看見巨大砲台、槍座、港口及疑似滑行道的設施。

那模樣有如古代的遺跡，同時也像未來的太空船。

令空間劇烈扭曲並忽然出現於洋面上的，是規模遠勝紘神島的巨大人工島。以紘神島為中心，鐵灰色超大型浮體構造物像星雲一樣圍繞在旁，填滿了夜晚的海面。

「和我在異境……看到的景象一樣……」

古城遭受強烈的既視感侵襲後，便無意識地站起。

他認得那座都市的模樣。在咎神魔具催發的異境侵蝕中，他目睹過一瞬那樣的殘存意念——這座城市的風景就銘記於意念當中。

「這就是咎神的『遺產』……」

雪菜望著畫面所播的景象，感嘆地發出嘀咕。

人工島的景色既優美又凶惡，顯示出它身為都市，同時也是為了戰爭而打造的城塞。被稱作咎神「遺產」的這座城是巨大的軍事要塞。

那應該是咎神該隱的軍勢在冠上「聖殲」魔法名稱的戰爭中實際使用過的兵器。而淺蔥與瓦特拉身為「聖殲」的新使用者，就讓那座要塞都市再度復甦了。

運用龍族少女具備的「守護者」之力——

「這樣啊，淺蔥……妳是為了這個才帶走葛蓮妲……！」

淺蔥等人的身影已經從電視畫面中消失了，只剩巨大要塞都市的景象映在上面。古城只能目瞪口呆地望著那莫名懷念的景色。

3

「好，ＯＫ了～」

深洋少女組的金髮美女說完以後就切掉麥克風的開關了。

在遊船「深洋之墓二號」船內設置的簡易播報棚，強行占據絃神島播送網路的地下實況轉播剛結束。

「辛苦嘍～講得太完美了。網路上的迴響也很驚人。」

拿著黃色平板擔任導播的少女拿了冰礦泉水給淺蔥。淺蔥一口氣喝光，然後精疲力竭地趴在播報台上。

「沒想到當偶像拋頭露面的經驗會在這時候派上用場……」

她甩掉完成職責的平光眼鏡，心情複雜地嘆氣。

淺蔥被迫成為地方偶像替絃神島復興運動掌旗，是前陣子才發生的事情。多虧如此，淺蔥變得亂有名的，儘管她本身覺得困擾不堪，以結果來說卻奏效了。平凡的高中女生就算上電視號召徹底抗戰，肯定也沒有人會聽。

「聖域條約加盟國的反應如何？」

淺蔥一邊脫掉拘謹的外套一邊問麗迪安。

「和摩怪大人料想的一樣(Simulation)，目前各國仍處於觀望階段是也。若是多國籍艦隊實際受到損害，應該就會有國家出面回應談判矣……」

「做得太過火反而會強調出絃神島的危險性，所以不好拿捏呢。」

淺蔥說完就托了腮幫子。

正在接近絃神島的多國籍艦隊是由各國軍隊共同組成。他們的目標在於摧毀絃神島，但同時對兵力的耗損也極為戒懼。

沒有國家會希望自國士兵出現犧牲。

萬一絃神島的抵抗超乎預期激烈，讓士兵蒙受危險，各國在野黨及國民得知後應該不會保持沉默，責難政府輕率涉及軍事行動的聲音必然會因而高漲，趁此機會就可以向他們訴求和平。淺蔥的計畫正是如此。

要實現她的計畫就得將紘神島的戰力強調到最高，同時將實際的人為損害克制在最低限度才行。萬一造成大量犧牲者，將會激化群眾對紘神島的仇恨，恐有正式走入戰爭之虞。

坦白講，這是危險的賭局。即使如此，要救紘神島也沒有其他方法了。

「摩怪，『遺產』狀況如何？」

淺蔥抬起臉龐朝手機呼叫。

有著醜醜布偶外貌的輔助人工智慧「咯咯咯咯」地笑得比平時還開心。管控紘神島的五座超級電腦已經和咎神的「遺產」連線完畢，正逐漸掌握其功能。

『畢竟這玩意擱置了好幾千年。雖然自我修復功能好像有在運作，作為動力來源的魔力卻空空如也，要填充似乎會花上一段時間。』

「紘神島有儲藏用於大規模魔導實驗的靈氣吧。不能用那些設法嗎？」

『要完全復原是不行，不過或許可以讓一部分防衛系統運作起來。』

「先就此妥協嘍，動手。」

『了解。』

摩怪隨口答應淺蔥的命令，開始啟動「遺產」。

淺蔥把變得沒有反應的手機放進口袋，然後回自己的船室。鮮紅有腳戰車亦即麗迪安跟在她後面。她恐怕是認為自己在保護淺蔥吧。

在船室等著淺蔥她們的是唯里和志緒。

葛蓮妲在床上把身體縮成一團，鼾聲此起彼落。結瞳似乎也睏了。麗迪安之所以一派沉穩，大概是她習慣熬夜的關係。

「淺蔥……！」

「這座島就是葛蓮妲守護的『遺產』嗎？」

唯里和志緒注意到淺蔥，便趕過來詢問。

應該啦——淺蔥曖昧地微笑。

「這是在名為異境的異世界用來保護人類的都市、城塞或者避難壕(Shelter)之類的玩意——以現代的詞彙來形容，或許可以叫它『咎神方舟(Cain's Ark)』。」

「方舟(Ark)……」

唯里臉色僵硬地嘀咕。

「不過上面載的並非成雙成對的動物，而是成堆古代兵器是也。」

麗迪安用打趣的語氣說道。淺蔥看著神情緊繃的唯里等人，語帶苦笑地搖頭。

「簡單說呢，這也是名為『聖殲』的魔法當中的一部分。改變世界的能力將咎神的『遺產』整座搬來了。這座都市就是咎神的兵器庫喔。失去人民與士兵的他就是獨自住在這座城裡。」

唯里等人聽完淺蔥的說明，便面面相覷並沉默了。志緒朝睡著的葛蓮妲瞥了一眼，低聲問道：

「葛蓮妲……她會被稱為『守護者』，是有什麼樣的含意？」

「就是字面上的意思吧？藏寶迴廊的守護者——說得好懂一點，只有她才曉得『咎神方舟』封印在異境的空間座標。咎神把自己的『遺產』託付給她了。」

「這樣啊……所以葛蓮妲當時才能進入侵蝕的異境……」

唯里喃喃咕噥。她似乎想到了什麼事情。

呼嗯——志緒像在整理思緒地蹙眉說：

「既然葛蓮妲認同妳是該隱巫女，可以理解成封印已經被解開了嗎？」

「我想不太對耶……因為她認同的不是我，而是古城。」

淺蔥仰望著天花板搖頭。唯里和志緒困惑地眨了眼睛。

「妳說古城？」

「曉古城是第四真祖吧？對咎神來說不是敵人嗎？」

「可是，這孩子跟古城很親暱。我有說錯嗎？」

「嗯……」

「這麼說來……」

唔唔——唯里和志緒交抱臂膀，認真地開始煩惱了。然而，淺蔥無意對她們進一步說明。因為淺蔥做出了某種程度的假設，對於那是否屬實卻沒有把握。

「總之葛蓮妲的職責結束了。妳們要帶她回去也無妨，不過怎麼辦好呢？想現在馬上離開絃神島會有點困難就是了。」

唯里困惑地垂下目光，又望著淺蔥問道：

「淺蔥，妳是真的想保護絃神島嗎？」

「唉，沒辦法。反正聖域條約機構那些人終究會打來。既然政府不肯保護我們，就只好自食其力啦。」

「……為什麼妳不惜這麼做？」

「因為我是在『魔族特區』長大的啊。」

淺蔥稍微避開了唯里直條條的目光才回答。接著，淺蔥望著麗迪安和結瞳這小學生搭檔，苦笑說道：

「何況我又不是自己一個人。」

「我……並不是為了淺蔥姊姊才做這些的。」

臉紅的結瞳鬧脾氣似的嘀咕。

「如此珍貴的實戰數據，要入手可不容易是也。」

麗迪安一臉從容地回答。

此時，手機忽然在換回制服的淺蔥胸口抖了一下。亂有人味的合成語音從中傳出。

『——小姐，敵方艦隊有動作嘍。有兩艘驅逐艦離開艦隊了，大概是打算事先偵察。』

「哎，總要來的嘛……結瞳、『戰車手』。」

淺蔥對摩怪報告的內容點頭以後，又轉向小學生搭檔。

「是的。」

「遵命。」

結瞳還有麗迪安立刻起身點頭。不需要細部指示，一切都依照當初計畫在運作。

淺蔥捧著愛用的筆記型電腦，露出自信的笑容高呼：

「要讓那些人後悔對我們的島出手——開戰！」

唯里和志緒困惑地望著淺蔥等人打起精神的背影。

4

南宮那月的公寓是她在人工島西區台地上蓋的大樓。那月的房間位於頂樓，原本從那裡的陽台應該可以遠遠展望海平線。

然而，目前古城等人眼裡只看得見呈螺旋狀擴散的廣大鐵灰色人工島。淺蔥召出的咎神「遺產」占滿了海面，凶惡扭曲而又讓人感受到機能美的景象。

「不愧是咎神的『遺產』……真壯觀吶。」

搭在古城肩上的妮娜．亞迪拉德一副不關己事地道出悠哉感想。

「未免太大了吧……這座人工島怎麼搞的……」

古城憂心地頂嘴。實際上，那座島實在巨大過頭了。紘神島受其包圍，在三百六十度全方位環繞下，盡是由金屬城牆鞏固的無人街景。就算跑上一天一夜，古城也不覺得自己能將島的外圍繞完。事到如今，他才痛切感受到「聖殲」改寫世界的威力。

「透過三邊測量，已簡略求出其面積。」

亞絲塔露蒂拿出碩大的測距儀，毫無情緒地告訴眾人。

「新出現的人工島面積，推定為紘神島本島的一百二十到一百五十倍。不過這是僅計露出海面的部分，且無視空氣折射率的參考數值。」

「紘神島的一百二十倍……？」

「我表示肯定。相當於幾個小國的合計總面積。」

「從異空間搬出了大得那麼離譜的玩意啊——」

古城感受到深不見測的恐懼，肩膀為之顫抖。

聽似小巧人偶倒下的聲音隨即傳來。察覺情況有異的雪菜頭一個回頭並且迅速衝進客廳，古城也反射性地跟隨在後。

翻倒的茶杯首先映入眼裡。從桌上滴落的紅茶在白色地毯上染出血泊般的痕漬，那月就倒在上頭。

嬌小魔女癱軟地閉著眼睛，以毫無防備的姿態倒在地上。

「南宮老師……！」

雪菜將那月抱了起來，那月端正的臉孔卻沒有恢復生氣的跡象。

「那月美眉？這是怎麼了，為什麼突然就……？」

「我也不清楚。可是……」

雪菜用指頭抵著那月的手腕，應該是在幫她把脈。但雪菜眼裡浮現了強烈的動搖之色。

她從那月的纖細手腕感受不到任何反應。

「老師死了……？」

雪菜一臉難以置信地嘀咕。不會吧——古城當場站不穩，跪了下來。

這樣的古城被人粗魯地戳了戳後腦杓。緊接著，雪菜頭上也被小小的手掌「啪」地搧了一下。

「別擅自咒你們的老師死好不好？」

古城等人背後傳來高傲卻有些口齒不清的責備聲。

回頭望去，古城看見抱著粉紅色熊布偶，還穿著白色連身睡衣(Negligee)的那月。意想不到的景象讓古城瞠目，因為另一個穿著華美禮服的那月仍被雪菜抱在懷裡。

「有兩個……南宮老師？」

「……難道說，妳是活的那月美眉？」

古城低聲問完以後，就用手摸了抱著熊布偶的那月臉頰。他無意識地捏住那月的臉頰，觸感柔嫩，還傳來她的體溫。

「不要把人講得像生鮮食材一樣。」

穿睡衣的那月粗魯地甩開古城的手。

此時，古城發現對方的真實身分了。在這裡的是被囚禁於自身夢中，與惡魔定下沉眠不醒契約的年幼少女——「空隙魔女」的本尊。那月的真身應該在「監獄結界」，如今卻醒來，出現在現實世界，因此她操控的替身人偶才會停止活動。

「這是藍羽動用『聖殲』造成的影響。咎神的『遺產』在具現化之際對空間操控造成干涉，使我的封印遭到破壞了。目前『監獄結界』已經現形在外。」

那月說完後咂嘴，古城也跟著板起臉孔。他想起在晚秋祭典之夜曾經目睹過的森嚴監獄樣貌。

絃神島上尤其危險的罪犯與收容他們的監獄都被南宮那月關在自己創造出來的異空間。那是她為了獲得魔女力量所付的代價。

然而「聖殲」操控空間引發的餘波將那月的異空間摧毀了。結果那月便從睡夢中醒來，「監獄結界」也被送回現實世界。

「……又會出現類似波朧院節慶時的狀況嗎？」

古城壓低聲音。他想起「書記魔女（Notaria）」仙都木阿夜引發的魔導罪犯逃獄事件，臉色不自覺變得僵硬。現在人工島管理公社已經夠混亂了，應該沒空再對付逃犯。

抱著熊布偶的那月卻面無表情地搖頭。

「監獄本身的機能沒有影響。情況跟那時候不一樣，身為看守的我魔力並沒有消失。」

「——意思是那些魔導罪犯不會跑出來嘍？」

「問題在於，我從夢中醒來了。」

那月像是要提醒安心下來的古城，眼睛眨都不眨地瞪了他。

「咦？」

「你忘了嗎？曉凪沙的時間會停止，是因為她之前待在我的夢裡。」

「啊……！」

古城理解那月話中之意以後，就嚐到了全身血液結凍般的滋味。

救凪沙的緩衝時間是那月用結界爭取來的。之前凪沙被收容於從現實時間隔離出來的異空間，身體狀況才勉強保持穩定。

然而，那道結界已被摧毀。凪沙在靈力枯竭的瀕死狀態下，又被帶回現實世界了。夏音供給的靈力雖設法幫凪沙保住了性命，但那種不穩定的狀態不可能長久持續。要救凪沙的命已經刻不容緩。

「不能重新封印『監獄結界』嗎？」

雪菜提出問題。她的聲音也因為焦急而變調了。

「要把那送回異空間，必須舉行費事的儀式魔法。總之在『聖殲』的影響緩和以前，我都無法進行大規模空間操控。封印暫時是不可能修復了。」

「那麼，至少先將凪沙和夏音送回去——」

「『監獄結界』能讓時間停止只是我所受的詛咒帶來的副作用，並不能將無關的人任意從時光之流中隔離。這倒是遺憾。」

那月用不帶感情的聲音回答。無言以對的雪菜沉默了。即使靠那月的魔女之力，也救不了現在的凪沙——雪菜理解到了這一點。

「麻煩妳送我們去凪沙那裡。現在馬上！」

古城逼近身穿睡衣的那月。依然抱著熊布偶的那月點頭。

「我明白。跟我過來。」

5

在飛彈驅逐艦「克洛斯里」的艦長席，海軍中佐正啜飲著冷掉變難喝的咖啡。

他的艦艇原本隸屬於北美聯合太平洋艦隊，現在則是以聖域條約機構軍多國籍艦隊的成員身分行動。「克洛斯里」目前所在地為東京南方海面上約五百二十公里處，正在前往摧毀大規模破壞魔具「紘神島」途中。

眾乘員擠在艦橋，正忙著分析巡邏機送來的情報。

出現在絃神島周圍海域的神祕人工島也已經從影像中確認過全貌了。海岸線超過一千公里長——超乎常理的巨大要塞都市。

「咎神的『遺產』嗎——」

中佐掩飾著內心的動搖，冷冷笑道：

「虐殺五十萬民眾是不太起勁，但這樣就輕鬆點了吧，副長。」

「敵方戰力不明。現階段無法判斷是否會變得輕鬆。」

坐在副長席的白皙少佐以缺乏人味的語氣回答。

副長屬於高學歷的合理主義者，是中佐不擅應付的那種人。惹人厭的傢伙——中佐在內心咒罵。人工生命體還比他像人類。

「無人偵察機（UAV）傳回來的影像呢？」

中佐不耐煩地繃緊嘴脣問。副長依舊帶著不苟言笑的表情將手裡拿的平板電腦遞過來。

「您要過目嗎？」

「這是什麼鬼玩意？」

中佐看了平板顯示的影像以後，眉頭皺在一起。幼兒卡通電影的角色們正在畫面中活潑地跳著舞。

「不只本艦的無人偵察機，巡邏機和衛星傳來的影像也都是這個調調。戰術數據鏈的控制權似乎被竊據了。」

「被駭了嗎？辦得到這種事？」

「假如有技術非比尋常的駭客，或許可以。」

副長面無表情地點頭。中佐無意識地咬起拇指指甲。

「本艦主砲能直接瞄準人工島嗎？」

「離聖域條約機構通告的攻擊開始時刻還有一段時間就是了。」

「又不是攻擊紘神島本島，無所謂吧。攻擊目標隨你們挑。」

中佐粗魯地說道。就算戰術網路不能用，並沒有連人類操縱的偵察機或肉眼進行的觀測都受到妨害。用艦砲開轟，應該就可以得知敵方的防衛系統及裝甲材質等眾多情報。

「了解。二號砲塔，準備發射長距離對地攻擊砲彈（LRLAP）。設想對登陸部隊進行支援，以沿岸構造物為優先摧毀目標。」

『二號砲塔，進入發射管制程序。』

乘員們陸續複誦副長的指示，艦內一舉進入備戰態勢。

「克洛斯里」裝載的一五五公釐單裝砲是透過魔法輔助推進彈來實現半徑超過一百公里的長射程，出現於紘神島周圍的神祕人工島已經在它的攻擊範圍內了。

然而砲手尚未將攻擊目標設定完畢，通訊士就一臉急迫地轉了頭。

「巡邏中的『杜肯』發出緊急通訊。有物體從海中朝本艦接近！」

「——潛水艇嗎？」

中佐稍微起身。他們並沒有接獲絃神島配備有攻擊型潛水艇的情報。不過對手是咎神的「遺產」，出現任何玩意都不奇怪。

「對潛戰鬥預備！CIWS（近迫武器系統）也趕快啟動！」

副長迅速下指示。即使在同世代的驅逐艦當中，「克洛斯里」仍屬備有最高級對潛能力的船艦。靠著應用魔法感測的水中探查系統，軍方已成功讓潛水艦的匿蹤能力幾近無效化。就算對手是咎神的「遺產」，其優勢仍無可動搖。但是——

「影像出來了！」

「……這什麼鬼東西！」

低頭看向艦長席螢幕的中佐兩眼發直。機械念寫特有的青白色畫面上拍到了陌生物體，是看似巨鯨或海龍的巨大身影。牠正悠然游在深度近兩千公尺的深海海底。任何對潛飛彈都無法觸及那樣的深度。

「不明艦（Unknown）目前位置在？」

「西南方約三十五公里處，正以時速四十海浬以上的速度朝本艦航行。不明艦全長超過四、四千公尺以上……！」

聲納員用慘叫般的聲音大喊，強烈的動搖情緒在艦橋散播開來。全長超過四千公尺的潛水兵器從來就沒有存在過，除了某個唯一的例外——

在場所有人都曉得那項兵器的名稱。

聖經中亦有記載的海怪，眾神創造出來的世界最強生物。

神話時代的活體兵器——

中佐伴隨著戰慄說出那頭怪物的名字。

「利維坦……！」

6

被岩塊所覆的小型人工島上蓋有石砌的聖堂。

那座聖堂正是收容紘神島魔導罪犯的「監獄結界」實體。

身為傑出魔女的南宮那月原本一直將那座人工島收納在自己創造的異空間當中，因此紘神島的「監獄結界」才會被懼為絕無可能逃脫的牢獄。

然而，那座小型人工島目前正以毫無防備的姿態浮在海上。

從絃神島本島海濱到岩塊的距離約四五百公尺，連接兩座人工島的是構造簡便的浮橋，橋就像海市蜃樓一樣不可靠地搖晃著。那是「監獄結界」周圍空間並不穩定的證明。

「快點，曉！嗡隆隆隆隆隆～嘟嘟嘟嘟！轟～～！」

「妳少在別人頭上鬼叫！」

古城一邊全力奔跑一邊朝穿著睡衣的那月怒吼。由於有「聖殲」的餘波殘留，他們無法用空間移轉到「監獄結界」內部。

總不能中途擱下舉止變得跟外表一樣年幼的那月，古城只好揹著她通過傾斜的浮橋。

雪菜趕在這樣的兩人前面先一步抵達聖堂了。她用銀色長槍斬斷僅剩的結界殘骸，然後衝進大廳之內。

在廣大空間裡，只剩兩個穿著同款制服的少女。叶瀨夏音正把失去意識倒下的曉凪沙抱在懷中。

兩人身邊有近似月光的淡銀色光芒幽幽地包圍著。夏音釋出的強大靈氣正流入凪沙體內。可是，就算靠夏音格外強大的靈力，也不足以讓凪沙回復，光要維持凪沙瀕臨消滅的肉體就分不出心思了。

「叶瀨——！」

「夏音！」

古城和雪菜趕至夏音身邊。夏音晃了晃銀髮，看似放心地回頭露出虛弱的微笑。空靈笑容讓古城為她痛心。夏音原本就白淨的膚色完全失去了生氣，甚至給人一放開目光就會消失的印象。她的體力也接近極限了。

「大哥，你的傷勢痊癒了呢……太好了。」

夏音望著蹲在身邊的古城，欣慰地瞇眼。

「我無所謂。重要的是妳還好吧？妳為凪沙花了這麼多力量——」

古城摸了夏音的手，像冰一樣冷透了。沉睡在凪沙體內的第四真祖眷獸大概連夏音的體溫都奪走了。

「夏音，妳休息吧。我來代替妳——」

雪菜說完就摸了凪沙，夏音卻婉轉地拒絕。

「不要緊的……因為其他的事情，我什麼也幫不了。」

「可是，這樣下去會連妳也……」

「我還好。我絕對要救凪沙。」

夏音好似在保護動不了的凪沙，用雙手緊緊摟著她。雪菜露出苦惱的表情，然後放手了。其實雪菜也明白自己沒有辦法代替夏音。

光以靈力強度來講，雪菜並沒有遜於夏音多少，單純是適性的問題。附於凪沙體內的眷獸「妖姬之蒼冰」剛好與擅長冰雪系魔法的阿爾迪基亞王室靈力有著高度親合性，所以夏音才能頂替凪沙的靈力。只有她可以——

「可惡……該怎麼辦才好……！」

內心被逼急的古城捶打石板地。

該送醫院嗎——古城一瞬間感到迷惘，但他立刻就打消這樣的主意。靠醫院救不了凪沙她們，這是從一開始就知道的事情。

古城的吸血鬼能力也沒用。第四真祖的眷獸們除了隨機破壞以外，幾乎派不上用場。話雖如此，他也想不到其他能求助的對象。

當古城如此迷惘時，夏音她們仍逐漸在消耗。

此時，出現了有人悄悄降臨在古城等人身邊的動靜。

「——稍事歇息吧，女武神的巫女。汝之職責已盡——」

空蕩聖堂中有一陣像在唱歌的說話聲響起。身穿浴衣的少女從古城等人的視線死角突然出現，然後摸了夏音的背。是個有著燃燒般輝亮藍眼的吸血鬼。

光芒從夏音眼裡消失了。陷入沉眠的她身軀緩緩躺倒在石板地上。

那月靠近倒下的夏音，並從虛空中射出好幾道銀鏈。

銀鏈將浴衣少女的手腳五花大綁，然而她並沒有抵抗。

「構築於異界的魔女居城。現身於此可費了吾不少工夫。」

全身被鎖鏈捆著的少女看了聖堂一圈，露出淡淡笑容。

「第六號……妳怎麼會在這裡……！」

古城茫然地抬頭朝對方望了一會兒，接著才總算用沙啞的聲音提問。事到如今，他不明白第六號為何要再次出現在他們面前。

將凪沙帶到古城與亞拉道爾決鬥現場的，就是第六號。因此，凪沙才會喚出眷獸，進而徘徊於生死邊緣。

可是，讓夏音陪同到現場的也是她。表示第六號將凪沙逼到絕地，同時也準備了救凪沙的手段。

「——何須多問。汝不是要救此人？」

第六號低頭看向讓雪菜扶著的凪沙，並且用靜靜的語氣告訴古城。

古城凝望著她，微微收了下巴。

第六號在銀鏈捆綁下笑了。

「那就開始張羅吧。此乃最後的『宴席』時刻——」

7

北海帝國魔導空降部隊（SAS）史巴尼上士一聽見通訊兵報告，就扯開嗓門笑了出來。報告內容是聖域條約機構軍有兩艘驅逐艦受了攻擊。

「利維坦……？眾神時代的活體兵器是嗎！不愧是『戰王領域』的蛇夫，居然搬出了這種驚人的玩意！」

史巴尼說完便望向背後的海面。他這支部隊目前所在位置就是出現於絃神島周圍的神祕人工島。他們以跳傘從高空降落，比他國登陸部隊先一步抵達咎神的「遺產」了。

「『布爾薩』、『克洛斯里』都無法航行，『杜肯』也正在撤退。」

通訊兵將耳朵貼在衛星通訊機的耳機並繼續報告。

「……哎，當然也只能那樣了。所以說，現在是要我們找出操控利維坦的夢魔（Succubus）嗎？」

「與其和神話中的怪物作戰，這應該算比較妥當的選擇。」

「哈，沒錯。」

史巴尼扛著愛用的機關槍，愉快地揚起嘴角。

北海帝國對他們這支魔導空降部隊下達的指令有兩項。一是以聖域條約機構軍成員的身分收集情報；二是趕在他國之前搶先奪取絃神島保有的魔導技術。抓到夢魔應該就能同時實現兩種目的。

對聖域條約機構軍來說能去除利維坦的威脅，北海帝國還可以得到操控利維坦的手段。完美。

史巴尼想像著回國後可以得到的獎賞便覺得情緒亢奮。

「——伍長，能不能過濾出夢魔精神波的來源？」

史巴尼問了披著斗篷的女兵。她是專精偵敵的魔女。部隊能在迷宮般錯綜複雜的人工島上毫不迷失地移動，也要多虧她帶路。

「往北……約兩公里……在塔上……」

伍長指向遠方的建築物。建造在廢墟城市裡的鐵灰色高塔。史巴尼竊笑。

「還真近。好，菲恩跟寇特的隊伍分別從左右包抄，其他人跟我從正面上。留意敵人的狙擊。」

史巴尼對部下們迅速發出指示，自己也跟著開始移動。他率領的部隊只有十三人，但全員都是魔族或魔法師，因此具備尋常特種部隊所沒有的直接打擊力。儘管還是得避免跟迪米特列・瓦特拉或「空隙魔女」南宮那月正面交手，但如果只是對付夢魔的護衛或特區警備隊，史巴尼認為要全數殲滅對方仍是可行的。

然而部隊走不到兩分鐘，陰沉的魔女就將史巴尼叫住了。

「被發現了……有機體……正在接近。」

「什麼！」

「兩點鐘方向。距離四百——」

魔女話還沒說完，槍林彈雨就朝史巴尼等人來襲。是大口徑的機槍彈。

火線毫無意義地從史巴尼等人腳邊斜向掃過。宛如禁止進入的標示，雜亂彈孔在地面上構成一線。

「——對付魔族的無人戰車(UFV)嗎？對方擁有的兵器滿有趣的嘛！」

史巴尼看見敵蹤以後，猙獰地微笑了。

對他們發動攻擊的是灰色有腳戰車，研發用於在市區對付魔族的無人戰鬥兵器。在這座廢墟街道應該算頗為有效的兵器。

但姑且不論對付都市裡的罪犯，要襲擊能與重戰車部隊打得平分秋色的魔導空降部隊，對那小巧機體來說未免太吃力了。

史巴尼的部下們轉而發動反擊。魔導空降部隊的主要武裝是二十公釐口徑的反物資步槍或者七・六二公釐的電動格林機關槍。使用琥珀金彈頭(Electrum Tip)的那些武器火力都能輕易貫穿有腳戰車的ＦＲＰ裝甲。

有腳戰車的前腿噴出黑煙了。霎時間，有腳戰車便放棄交戰，看都不看旁邊一眼就開始撤退。史巴尼的部下用格林機關槍開火，將那輛可憐的戰車摧毀。史巴尼連獸化都不必動用，輕鬆獲勝。

「喂喂喂，已經玩完啦？這樣連攔都攔不住我們啊——」

不過癮的史巴尼發出嘆息。

隨後，驚人閃光掃過他們眼前。

宛如巨刃的灼熱光束洪流。那貫穿了長達數公里的廢墟街道，還在人工大地刻出深溝。威力不凡的雷射砲。

「剛才那是啥……！」

史巴尼的全身因恐懼而僵住。連最新型巡洋艦都沒有裝載這種威力的光線兵器。更讓史巴尼害怕的是，那道雷射砲和有腳戰車起初用機槍掃射的軌道分毫不差。那波槍擊真的是警訊，警告他們要是繼續前進就肯定得死。

『隊長……是古代兵器！克里斯多福・賈德修用過的……！』

通訊機傳來部下的尖叫。史巴尼緩緩抬起臉，目睹剛才發射「迸火長槍」的物體。

肉體被厚實裝甲所覆，而且分不出是野獸或昆蟲的怪物。它和現代的任何兵器都不像。

儘管如此，卻獨獨散發出壓倒性的凶惡氣息。

「居然是……納拉克維勒……！」

史巴尼咬牙切齒。人工怪物陸續從鐵灰色廢墟街道出現。保護夢魔的是古代兵器（納拉克維勒）。瓦特拉他們具現出的咎神「遺產」中也包含由古代兵器軍團組成的防衛組織。

「別開玩笑！撤退！各自散開，我們撤！」

史巴尼朝著部下們怒吼。

古代兵器發出閃光，將廢墟街道及夜空染為深紅。

8

古城抱著持續昏睡的妹妹走出聖堂。

雪菜用力握著凪沙冰涼冷透的手。為了幫凪沙維持生命，她正在灌輸所需的靈力。

可是，這種行為就像在乾涸的沙漠中用水瓢灑水一樣絕望。靈力灌輸後隨即消失，凪沙不會好起來，顯然遲早要迎接破局。

「第六號……妳會救凪沙對吧？」

古城朝走在前面的浴衣少女問。

為了治療消耗過度的夏音，那月已經帶她回家了。留在「監獄結界」的只剩古城兄妹、雪菜還有第六號。

「不。能救此人的並非吾。曉古城，是汝與汝的『伴侶』。」

浴衣少女回過頭，瞇細藍眼望著雪菜。

第六號的意外之言讓雪菜露出困惑臉色。

「我……該做些什麼呢……？」

「將曉凪沙帶到此處──」

第六號脫掉塗漆的木屐，走下盡是岩石的斜面。

古城等人疑惑歸疑惑，還是追了過去。「監獄結界」是用岩塊聚集而成的小型人工島。一行人轉眼間便抵達海邊。荒涼沙灘，還有用來栓小船的腐朽棧橋，波浪靜靜地從昏暗海面打過來。

「良辰吉夜。」

第六號說完仰望天空。

眾星於黎明前的天空閃閃發亮，亞熱帶具濕氣的風正吹拂著她虹色的頭髮。

「在這種地方就能舉行妳說的『宴席』嗎？」

古城急躁地問了第六號。第六號微笑著回頭，尖銳犬齒從她的脣縫露出。

「然也。汝與吾所在之處，即為『宴席』的舞台——」

「第、第六號……？」

古城愕然地睜大眼睛。因為第六號將手伸向浴衣腰帶並隨手解開。接著，她毫不躊躇地脫掉身上的浴衣。

即使在夜裡看去也一樣白皙的少女裸體頓時吸引了古城的目光。

「原來妳在浴衣底下都沒穿內衣嗎……！」

「學長，那不是該在意的部分。」

雪菜用毫無感情的嗓音糾正。不過，她一樣感到困惑。

第六號看都沒看杵著不動的古城等人就轉身背對他們。接著她毫不猶豫地走向海裡，沒有迷惘的腳步讓古城臉色發青。

「她想死嗎……！」

海面已經來到第六號的腰際。每當波浪靜靜湧來，她嬌小的身體就會隨之搖擺。第六號似乎打從心裡對此感到愉悅。她每次撥水，纖細的肩胛骨線條便會浮現，解開的金髮像金魚尾鰭蕩漾於海面。

第六號的身軀當著茫然凝望的古城面前溶化般消失了。她沉到海裡了。

「學長！」

「我明白。凪沙拜託妳了——」

「好的！」

古城把抱在懷裡的凪沙交給雪菜，然後脫掉連帽衣。為了救沉到海裡的第六號，他直接跳進海裡。

「第六號！妳在哪裡！」

古城一邊粗魯地撥開海浪一邊尋找第六號的身影。

夜晚的大海昏暗，看不見底。凝神靜靜望去，就會陷入可以無限下沉的錯覺。即使如此，他還是找不到第六號的身影。

從第六號沉到海裡以後，已經過了相當時間。她會不會就這樣消失了——當古城開始感覺到如此恐懼時，有水花撲向他的臉。

「噗哇！」

迎面受到意外的突襲，使得古城猛咳。逆流的海水讓鼻腔深處作痛，眼角浮出淚珠。第六號只將鼻子以上露出海面，看著他那副模樣。

「啊哈哈哈哈哈，啊哈哈哈哈哈哈哈哈！」

大概是古城慌亂的樣子太逗趣，浮上來的第六號爆笑，發出有如年幼少女的純真笑聲。

古城搞糊塗了似的望著第六號。胸口會有沉痛感是因為古城想起了和第六號有著相同臉孔，令他懷念的那個少女。

「學長，你沒事吧？」

雪菜將凪沙揹在肩膀，從腐朽棧橋上擔心地問。

「我還好……」

古城撥開濕漉漉的劉海，生厭般嘆氣。他不明白第六號有何目的，心裡強烈感到混亂。關鍵的第六號本人正專心地與波浪嬉戲。她改用仰臥的姿勢，胸脯赤裸裸地在星光下緩緩起伏。奇妙的是沒有猥褻感，有如欣賞西洋繪畫的夢幻景象。

不久以後，第六號似乎游累了，就悄悄把腳伸到水底。她起身以後，透明的海水便從白皙肌膚滑落。

「劍之巫女，伸出汝的手——」

第六號接近棧橋，把手伸向待在那裡的雪菜。這樣的舉止太過自然，使得雪菜回握了她的手。

瞬時間，第六號露出賊笑，還硬是把雪菜拉向她。

「——呀啊！」

雖說是人工仿造品，第六號好歹也是吸血鬼。雪菜抵擋不住她的力氣，一個不穩跌到了海裡。雪菜揹著的凪沙當然也一樣。格外大的水柱湧上，三名少女因而交纏著浮在海面。

「姬柊！凪沙！第六號，妳在想什麼啊！」

古城一邊確認雪菜和凪沙平安無事，一邊逼向第六號。

於是，第六號用手臂勾住古城的頸根。被赤裸胸脯貼著的古城說不出話，第六號仰望他，使壞般笑了出來。

「別激動，古城。聆聽風聲，感受大海之母的溫暖。汝可是王者，世上一切皆為汝的血、汝的眷屬——脫掉不識趣的衣物吧。」

「第六號……？」

「『妖姬之蒼冰』——第十二號眷獸就在此人體內。汝可知曉？」

「是、是啊。」

古城對第六號的問題點頭。

妹妹身上會出現異狀，古城到底是搞懂理由了。那一天，在古城射穿第十二號的奧蘿菈的夜晚——凪沙就將奧蘿菈的靈魂連同其眷獸收容到自己體內。凪沙天生具有的強大靈媒能力實現了這件事。

在古城消滅前任第四真祖並成為新第四真祖的前一刻——凪沙利用那短暫的空白時間，改變了奧蘿菈的命運。理應由古城吞噬的奧蘿菈之魂被凪沙搶走了，為了將奧蘿菈從消滅的命運中救出——

「要救曉凪沙的命是小事一件。將第十二號眷獸從此人身上剝離便行了。」

第六號放開古城，然後靠近漂在水面的凪沙。她用白淨指尖解開凪沙的制服緞帶，凪沙的纖細頸根從敞開的制服領口露了出來，失去血色的蒼白肌膚上浮現藍色血管。

「這樣啊……意思是只要我奪走附在凪沙體內的眷獸就行了嗎……？」

太過單純的答案讓古城捂住自己的眼睛。

乾笑聲從古城的喉嚨深處冒出。凪沙會瀕臨死亡，是她身為區區凡人還讓第四真祖眷獸這樣的怪物寄宿在體內所致。既然如此，讓眷獸回到原本的歸宿就好。身為第四真祖的古城只要將眷獸吞噬掉就行了。

然而，拒絕這個答案的並非別人，就是凪沙自己。

「那樣……不行喔，古城哥……」

理應昏睡著的凪沙微微睜開眼睛，虛弱地搖了搖頭。

「凪沙，妳恢復意識了……？」

「要是那麼做，奧蘿菈這一次……真的……會消失……」

凪沙斷斷續續地告訴趕來身邊的古城，然後又力竭似的閉上眼睛。

「倘若曉凪沙逝去，第十二號同樣會消失。」

第六號在倒抽一口氣的古城耳邊冷冷地細語。

古城低頭看著妹妹失去生氣的臉孔，將牙關咬得格格發響。第十二號眷獸一旦解放，封印住眷獸的奧蘿菈之魂就會消滅。這是他從最初就明白的道理。

「我還要……再殺奧蘿菈一次嗎……？」

古城的雙手強烈發抖。以往他曾親手射穿奧蘿菈。

而這一次，他被迫做出剝奪奧蘿菈靈魂的決斷。就算他明白那並非凪沙所願，除此以外也沒有別的方法能救凪沙——

「不——」

古城陷入苦惱，第六號用小小手掌裹住他的手指。古城驚訝地抬起臉龐，第六號帶著微笑凝望他的眼睛。

「吾不會讓第十二號消滅。既然她是吾等的希望。」

「希望？」

「正是。因此該消滅的是吾——」

第六號在疑惑的古城凝望下，目光轉了一圈。她眼前有雪菜濕漉漉地呆站著的身影。第六號轉向雪菜，將臉貼到會碰到彼此氣息的距離。

「劍之巫女——第四真祖在永恆盡頭首次得到的伴侶。吾將眷獸託付予妳。」

「咦？」

第六號用雙手抱住緊張得身體僵硬的雪菜，溫柔舉止宛如疼愛自己的孩子。接著第六號將嘴脣湊到雪菜耳邊。她低聲說了些什麼，使得雪菜訝異地瞠目。

「……！」

雪菜看似害怕地瞇起眼睛，因為第六號咬了雪菜的右耳垂。

「第六號！妳想對姬柊做什麼……！」

古城急忙趕到兩人身邊。第六號回望焦急的古城，愉快地笑了。她爽快地放開雪菜，改而抱住古城。

「別掛懷。接下來吾的血與靈魂全會歸汝。」

第六號撒嬌般往上瞟著古城這麼說完，就解開古城的制服釦子。她悄悄將手湊到古城露出來的胸膛，還把臉埋在他的頸根。令人發顫的快感使古城繃緊臉孔，因為第六號舔了他。

「第……第六號……妳走開！姬柊……姬柊在看……！」

「那好。讓她見識吾等的痴態——順便也讓汝的妹妹看清楚。」

第六號用挑釁語氣說完以後，朝凪沙瞥了一眼。

理應失去意識的凪沙又睜大眼睛了。她眼裡之所以散發著碧藍光芒，應該並不是出於古城的心理作用。

「覺醒吧，第十二號……不，第十二號的奧蘿菈。否則這廝就歸吾了。」

第六號將獠牙扎向古城的頸根。她嘖嘖有聲地舔掉冒出的鮮血。凪沙看了這一幕，眼裡寄宿著嫉妒般的強烈情緒光彩。悠晃飄在虛空的是冰之妖鳥——第十二號眷獸的幻影。

「這樣就對了，第十二號——」

第六號摸著古城的頸根，靜靜地咕噥。

「第六號……妳該不會……！」

回神的古城低頭看向第六號。他察覺她的目的了。

劇烈的饑渴感朝古城來襲。他對自己臂彎裡的第六號產生了強烈的吸血衝動。這也是第六號幹的好事。她吸了古城的血，藉此讓古城身為吸血鬼的本性覺醒。

「曉古城，吾要問汝。與『原初』的那一戰，第九號、第五號在焰光之宴當中，都願意替汝和第十二號撐腰是出於何故……？」

「……！」

第六號的問題讓古城吃了一驚。

古城挑戰身為正牌第四真祖的「原初」時，她們確實都有提供助力。眷獸們本著自己的意志違抗了「原初」。

「那是因為吾等在第十二號身上看到了希望。」

第六號毫無防備地對古城露出自己的喉管。古城彷彿被吸過去，還將獠牙扎向她的頸根。第六號苗條的身軀哆嗦，滿足地繼續說：

「和眷獸一同活過永恆歲月，始終期望著自身滅亡的吾等十二具人偶當中，唯有那廝……第十二號仍希望活下去。她想和汝一起活在這世上——」

第六號保有的「血之記憶」流入古城體內。

她們這十二個「焰光夜伯」是為了封印第四真祖的眷獸才創造出來的寄體——也就是單純的人偶。

若眷獸解除封印，寄體便會喪失肉身。然而第六號在過去從未解放過自己的眷獸，她的眷獸仍被封印著。

只要古城在這種狀態下吞噬第六號的靈魂，之後便會留下肉體的空殼。這就是第六號的真正目的，更是她的願望。

「第十二號……吾等心愛的么妹啊。吾最後剩下的人偶肉身就留給妳了——收下吧。」

第六號溫柔地朝凪沙呼喚。

隨後，肅穆禱詞響起。

「高神劍巫奉繼承『焰光夜伯』血脈者曉古城之名於此祀求——」

「姬柊……？」

雪菜將左手舉至眼前，望著漂在海面上的凪沙。

戴在雪菜無名指上的戒指綻放著深紅光輝。那是串起古城與她的契約之戒——用古城肋骨創造出來的魔具。透過相互連結的靈脈，古城的魔力流入雪菜體內。

「迅即到來，第六眷獸『冥姬之虹炎（Minelauva Iris）』——！」

身穿虹色鎧甲的女騎士——女武神呼應雪菜的召喚現身了。她背後張著巨大的火焰翅膀，手裡則握有閃耀的黃金長劍。

虹色女武神以光劍掃向漂在海面的凪沙，還有冰之妖鳥。

連接凪沙和奧蘿菈靈魂的羈絆，也就是兩人的靈脈被斷開了。

「冥姬之虹炎」是象徵斷絕的眷獸——其光劍不只對物質有效，甚至連因果律都可以斬斷。凪沙讓奧蘿菈附身的現象被斬除，相連的兩道靈魂自此切離。

第十二號眷獸從凪沙的靈力獲得解放，回到原本該在的地方，換句話說，就是封印眷獸的容器——第六號「焰光夜伯」的肉身當中。

眷獸們消失蹤影。

夜晚的海洋又恢復寧靜。

虹髮少女在古城的臂彎中靜靜地發出鼾聲。她脣邊浮現看似得意而滿足的微笑。

用自己的身軀讓第十二號復活，這就是第六號的心願。被她託付「血之記憶」的古城明白這一點。她的心願實現了。

「第六號……」

古城呼喚如今已經不存在的少女名字。

天空在黎明前發出淡淡的白色光芒，照亮沉睡的少女臉龐。

9

江口結瞳從建造在廢墟街道的塔上望著海。

從制服裙襬底下露出了近似蛇的細細尾巴，背上則張著以魔力編織而成的半透明翅膀。

結瞳運用世界最強夢魔——「夜之魔女（莉莉絲）」的力量，正在跟利維坦通訊。

有陣薄薄的霧氣在她身後瀰漫開來。

霧氣隨即變濃，並幻化為穿著軍裝的男子身影。陌生臉孔，襲擊者。是聖域條約機構軍的吸血鬼。

「找到妳了，夢魔——！」

結瞳表情畏懼地回頭，吸血鬼男子則用步槍指向她。對方是為了除掉夢魔而派來的特種部隊士兵。

聖域條約機構軍的艦隊受到結瞳召來的利維坦阻擋，始終無法接近絃神島。原本先來偵察的兩艘護衛艦都毫無招架能力地被擊退了。畢竟利維坦是神話時代的活體兵器，至少以海中的戰鬥來講，人類並未保有足以對抗他們的兵器。

因此，聖域條約機構軍對士兵下了命令，除掉操控利維坦的夢魔——就這麼回事。

但步槍尚未發射子彈，結瞳面前就出現了巨大的召喚獸。那是全長達四五公尺的鋼鐵魔像（Golem）。

「『崩擊之鋼王』！」

銀髮少年為保護結瞳而現身，並命令狀似鐵塊的魔像攻擊。

「唔……！」

吸血鬼士兵也召喚出自己的眷獸，是頭全身籠罩著鬼火般光芒的猛牛。然而鋼鐵魔像一拳揮下，就將那頭猛牛的腦袋粉碎了。

「特畢亞斯．加坎！難道你要幫這個夢魔嗎——！」

吸血鬼士兵語帶哀號地斥責加坎。他八成與加坎一樣，也是出身於「戰王領域」的吸血鬼。既然第一真祖是聖域條約機構的成員，加坎與機構敵對的行為就是背叛了真祖。

加坎卻鄙視般對那個士兵冷冷地笑了。

「少吼我，你這條聖域條約機構養的走狗——！」

加坎的鋼鐵魔像將失去眷獸的吸血鬼士兵抓了起來。它直接捏爛士兵的軀體，然後狠狠地往地面砸。

然而士兵仍活著，拜吸血鬼的不死特性所賜。話雖如此，他已經失去繼續戰鬥的能力。士兵化為汙濁的霧氣，並開始逃亡。

幾乎同一時間，廢墟四處湧現強烈的爆炸。古代兵器的重砲攻擊。麗迪安遙控的古代兵器們似乎將吸血鬼士兵的部隊趕跑了。

「沒事吧，小丫頭們？」

加坎不苟言笑地回頭問杵著不動的結瞳。他的用詞固然粗魯，但姑且還是有對結瞳她們表示出關心的樣子。

『厲害，幹得漂亮是也。加坎卿。』

搭乘鮮紅有腳戰車的麗迪安從附近台地上搭話，其間古代兵器還繼續在攻擊。這表示想對結瞳不利的部隊應該就是那麼多。

「對不起，讓你為了我這樣的人費心——」

結瞳對加坎賠禮。

對於自己遭受生命危險這一點，她不可思議地並沒有感覺到恐懼，恐怕是以往的體驗所致。結瞳身為夢魔的力量覺醒後，就從家人及朋友那裡承受了比殺意更醜陋可怕的感情。

「別用自卑的口氣跟我講話。礙耳。」

加坎看似不悅地回答，嗓音感覺意外溫柔。

「瓦特拉大人就是認同妳那『夜之魔女』的力量，才會命我保護妳。雖然要對付的全是那種雜碎，感覺不太過癮。」

「好、好的。」

結瞳點頭以後微微笑了。因為她發現加坎似乎是用他的方式在誇獎自己。

沒錯，現在有人願意保護結瞳，因此結瞳也想保護他們，保護接納自己的眾多恩人，還有他們所居住的「魔族特區」絃神島。

「所以妳別大意。利維坦的管用範圍只到真祖們出現為止。假如他們出現了，就立刻逃吧。會死的，利維坦和妳都一樣。」

「我、我明白了，特畢亞斯哥哥。」

「哥……」

加坎那刀刃般銳氣畢露的臉像抽筋一樣微微皺起。他差點反射性地開口抱怨，卻什麼也沒說就轉過頭。

『……瓦特拉大人果真想跟真祖交手乎？』

回到塔上的麗迪安對加坎問道。

「大人就是為此才期望這一戰。」

當然了——加坎立刻回答。

結瞳感覺到一絲不安，因而垂下目光。瓦特拉得到「聖殲」睿智後的力量恐怕甚至凌駕於真祖們。超越真祖的力量出現——那表示三個夜之帝國帶來的世界均勢將會失衡。

『新的戰亂之世要揭幕了是也。唉，雖說與在下無關……不過，女帝大人，這樣真的好嗎？』

麗迪安自言自語似的嘀咕。

咯咯——保持沉默的結瞳耳裡好像聽見了某人如此嘲笑的聲音。

10

古城與雪菜拖著沉重疲倦的身體回到沙灘。

之前被稱為第六號的少女由古城照料，凪沙則由雪菜照料，他們各自讓兩人躺到乾燥的岩石上。

「古城哥……奧蘿菈呢……？」

凪沙用小得快要聽不見的音量問道，即使從昏睡狀態甦醒，消耗的體力仍沒有回來。但她的肌膚還是恢復溫暖了，臉頰也有了一絲紅潤。大概是因為奧蘿菈的附身解除，凪沙的靈力就能夠自給自足。

「別擔心。她在這裡。」

古城將凪沙的手掌疊到沉睡的第六號手上。如今，在第六號體內的是奧蘿菈的魂魄。凪沙似乎理解了這一點，便虛弱地露出微笑。

「這樣啊……對不起喔，古城哥……都是我害的……對不起——」

嘴脣發抖的凪沙又閉上了眼睛。

「凪沙？喂……！」

妹妹變得沒有反應，讓古城又露出不安之色。雪菜把手湊在凪沙胸口，確認仍規律地上下起伏著。

「不要緊，她只是睡著了。學長，重要的是衣服——」

「對、對喔……」

古城把留在裸岩上的連帽衣撿回來，然後遞給雪菜。雪菜讓原本是第六號的少女穿上那件衣服。在這段期間，古城還去撿了第六號脫掉的木屐。

第六號說過要救凪沙的並不是她。然而，那是騙人的。古城什麼也沒辦到，救了凪沙也救了奧蘿菈的終究是第六號。古城把木屐擺到沉睡的奧蘿菈身邊，低聲對她說了謝謝。

「對了，姬柊妳沒事吧？剛才妳召喚了第四真祖的眷獸……」

「第六號有把力量借給我。再說，我是學長的『伴侶』……」

雪菜無意識地一邊觸摸左手的戒指，一邊回答。緊接著，她卻像對自己說的話感到心慌，紅著臉說：

「啊，沒有，即使稱為伴侶，也不是妻子之類的意思，單純是以魔法上的定義來講。」

「對啊，我了解。妳不用特地強調那種事。」

「是嗎……不用特地強調那種事喔。這樣啊。」

雪菜瞟向平靜回答的古城，語氣忽然變得不高興了。古城沒有察覺，就一臉困擾地望著沉睡的凪沙等人。

「總之，得把她們送到醫院才行——」

「說得對。還有夏音的狀況也讓人在意。」

「話是這麼說啦，也只能等那月美眉回來了。姬柊，妳那樣不冷嗎？」

「不會，我沒有特…………哪樣？」

雪菜微笑著搖頭，然後納悶似的把頭偏到一邊。她發現古城的視線落在哪裡以後，才警覺地遮住自己的胸口。被海水浸濕的制服緊貼肌膚，讓雪菜的內衣及身體曲線鮮明浮現。

「學長，你在看著哪裡講話啊！」

「欸，我純粹是在關心吧！」

「唔～～……算了，沒關係。反正我早就知道學長是這樣的人。」

雪菜鬧脾氣般鼓著腮幫子，並繞到古城背後。接著，她把身體緊緊靠向古城的背。古城從背後感覺到雪菜的肌膚，不由得端正姿勢。

「姬、姬柊？」

「果然沒錯。學長自己才冷透了，不是嗎？」

「呃，我並沒有……」

「我覺得像這樣就可以互相取暖，一舉兩得，還省得被學長用下流的目光看。」

「妳喔……」

儘管古城撇嘴，卻沒有多反駁什麼。因為他發現雪菜是在表示體貼。

凪沙和奧蘿菈確實得救了。然而，那是因為第六號犧牲了自己。古城沒能救她——這樣的事實在折磨古城。

不過，第六號看了古城這樣應該會笑吧。她並不是死了。如今第六號的「血之記憶」也在古城體內，那就跟狄珊珀還有其他「焰光夜伯」一樣。

古城往後必須背負她們的意念活下去。那就是吸血鬼真祖被賦予的使命——也是詛咒。而吸血鬼的「伴侶」就是與他們一同背負那種詛咒的人——雪菜的體溫從背後傳來，教了古城其中的道理。

「雪、雪菜……」

「啪」——在這樣的古城與雪菜背後，有東西掉下來的聲音。

黑色樂器盒掉在沙灘上。原本揹著那東西的少女眼睛睜得快要掉出來，直盯著古城與雪菜。那是個將長髮束成馬尾，還有著標緻臉蛋的少女。她驚愕得嘴唇發抖，瞪向古城說：

「曉古城……！你這個變態真祖，讓雪菜做了什麼啊……！」

「煌、煌坂？」

「紗矢華？妳怎麼會來這裡……？」

古城和雪菜嚇得叫了她的名字。紗矢華看著仍舊依偎在一起的古城他們，嘴巴空虛地開闔闔。因為她氣到發不出聲音了。

「呵呵……昨晚各位似乎過得很愉快呢。」

有個穿軍禮服的銀髮少女在紗矢華背後對他們微笑。她看著躺著的凪沙等人，眼裡閃閃發亮，充滿了好奇的光彩。

「發生過許許多多的狀況啦……拉·芙莉亞，話說妳是怎麼知道這裡的？妳不是在瓦特

拉的船上嗎？」

「我一直在找你啊，古城。不過，先讓她們休息吧。優絲緹娜，將那兩位送到蓓茲薇德——」

銀髮的阿爾迪基亞公主命部下將凪沙等人帶回去。不知從何出現的女騎士回答「遵命」，然後抱起兩人。

一回神，在古城等人的頭頂上，有艘巨大的裝甲飛行船正無聲無息地飄著。

繫了細鋼索的優絲緹娜抱著凪沙她們，輕靈地被飛行船逐漸拉上去。那景象與其說是忍術，更像大費周章的戲法。

「……所以，拉．芙莉亞，妳找我有什麼事？」

古城感到有些頭痛地回望公主。

「古城，你明白這座島目前所處的狀況對不對？」

拉．芙莉亞難得用認真語氣問道。

「大致了解。淺蔥她打算和聖域條約機構軍打一場對吧？」

「是的。據說他們已經和先遣部隊展開小規模衝突。古城兵器擊退登陸部隊，利維坦則讓多國籍軍的艦艇受了損傷。」

「利維坦……難道結瞳也有參戰？」

雪菜看似愕然地嘀咕。

「是嗎……這麼說來，我記得淺蔥早就將古代兵器的操控指令解析完成……」

古城認真地為此抱頭苦惱。淺蔥不只和瓦特拉聯手，還保住了自己用來對抗聖域條約機構軍的戰力。

拉．芙莉亞語帶嘆息地點頭。

「以結果而言，該隱巫女阻止了聖域條約機構單方面對紘神島的破壞行動。不過，那並非問題的核心。」

「還有別的問題啊……？」

「於好於壞，聖域條約都是以三位真祖的武力為背景才成立的機構。但是在目前的紘神島，有人已經靠著『聖殲』的記憶得到了可以與那幾位真祖匹敵的力量。」

「瓦特拉嗎……」

嘖——古城咂嘴。銀髮公主微笑著說：「答對了。」然後緩緩地張開雙臂，彷彿要將世界從中分隔開來。

「他還與聖域條約非加盟國締結同盟，並取得其支援——結果世界分成了兩個陣營，就此相互對立，以這座紘神島為中心。」

「意思是紘神島會成為戰爭的導火線嗎？」

雪菜語氣僵硬地反問。是的——拉．芙莉亞頷首。

「而且是全球規模的大戰。聖域條約機構為了迴避那樣的局面，為了殲滅絃神島，只得投入他們保有的最強戰力，亦即三位真祖。」

「是嗎……所以瓦特拉……」

古城背後冒出汗水。

「那傢伙打算跟真祖鬥？為此才找淺蔥幫他的忙……？」

「沒錯。這是牽連了所有真祖的全球戰爭——真祖大戰。」

「真祖大戰……」

雪菜靜靜地重複那個缺乏現實感的字眼。

「不能設法阻止那場戰爭嗎？」

古城逼近拉．芙莉亞。銀髮公主看著他，嫣然笑了出來。那是讓人感覺到其城府之深的可靠笑容。

「那就要看你的決斷了，古城。我們走吧。」

「看我的……決斷？」

古城目瞪口呆地望著公主。拉．芙莉亞優雅地轉身，然後帶著擔任護衛的紗矢華邁出步伐。古城和雪菜則疑惑地看了彼此的臉。

「拉・芙莉亞？妳叫我走，是要去哪裡——」

古城朝著公主的背影問。拉・芙莉亞停下腳步，銀髮一甩回過頭。

海平線開始發亮，將世界撕裂為光與暗。

拉・芙莉亞背對那緋色的光輝，嚴肅地告訴古城：

「『呢喃庭園』——聖域條約機構的最高理事會。」

第五章　曉之帝國

Empire Of The Dawn

1

拉・芙莉亞準備的黑色禮車將古城等人載到了基石之門。位於絃神島中央的第五座人工島，不只設有人工島管理公社總部，還有辦公處及大型商業設施、高級飯店等鱗次櫛比的巨大建築物。公主帶著古城與雪菜前往當中接近頂層的一角，外國顯要專用的高級住宿設施。

「你來啦，曉古城。」

在裝潢豪華驚人的總統套房裡，有個穿著古風大衣的男子正等著古城。那是個留黑色長髮的吸血鬼。

「裴瑞修・亞拉道爾……？」

與意想不到的人物再次碰面，使得古城反射性地作勢戒備。短短半天前才進行過壯烈決鬥的對手，氣氛並不是用尷尬就可以形容的。

「呃，你的身體沒事了嗎？」

「……不用費心。對那場決鬥潑了冷水的是我等『戰王領域』的同胞。雖然我沒有承認敗北的意思，但事到如今也不會怪在你身上。」

亞拉道爾同樣露出苦澀的神情，並勸古城就座。

雪菜帶著提心吊膽的臉色觀望古城跟他之間的生硬對話。另一方面，拉・芙莉亞卻一臉莫名愉悅的樣子。

「你對咎神的『遺產』知情對吧？」

古城一邊把手湊在自己的太陽穴一邊問。亞拉道爾會將葛蓮妲視為危險，其理由顯而易見。他戒懼的並非葛蓮妲本人，而是她守護的咎神「遺產」。實際上「遺產」已經在瓦特拉他們手中復活，還成了聖域條約機構的威脅。

「我只是按照聖域條約機構的意向行動，對『遺產』的真面目就不知情了。如此而已。坦白講，瓦特拉曉得沼龍用途這一點是失算的，無論對我或聖域條約機構來說都一樣。」

「瓦特拉想對真祖們發動戰爭吧？」

「似乎沒錯。」

亞拉道爾焦躁似的換邊翹腿。

「一旦演變成全球規模的戰爭，哪怕是真祖們也無法漠不關心。瓦特拉應該是想利用咎神的『遺產』當餌，將他們拖進戰場。很像是那個男人會有的主意。」

「不能讓那傢伙得逞。」

古城挺身斷言。亞拉道爾冷冷地回望古城，然後發出嘆息。

「想阻止戰爭的話，現在就立刻摧毀紘神島。憑你的眷獸應該辦得到。」

「——那樣只會更糟吧！我說過，我想保護住在紘神島上的人！既然你也是領主，起碼要懂啊！」

「…………」

有意反駁的亞拉道爾差點開口，結果卻沉默了。不知道為什麼，他興趣盎然地望著提到「領主」一詞的古城。

「——亞拉道爾議長，您還記得和我打的賭嗎？」

拉．芙莉亞嗓音裡帶著笑意問道。亞拉道爾不情願地點頭。

「既然決鬥的輸贏被含混帶過了，我本來想說這場賭局無效，但我對妳的勇氣及伶俐甘拜下風——跟我來吧，曉古城。公主也一樣，這邊請。」

亞拉道爾起身以後，領著銀髮公主到隔壁房間。

古城則警戒地跟在他後頭。那裡是供住宿者用的小小書齋。

雪菜和擔任公主護衛的紗矢華都在書齋前待命。

昏暗房間的中央只擺了一把椅子——讓人聯想到中世紀拷問器具的老舊鋼鐵椅，扶手附有金屬製手銬，椅背刻滿了密密麻麻的詭異魔法符文。

「……這個是？」

古城板著臉問。亞拉道爾面無表情地回答：

「我等真祖所賜的魔具。通往『呢喃庭園』之門。」

「門？用這個就能和聖域條約機構的最高理事會談話嗎？」

「沒錯。」

古城半信半疑地反問，亞拉道爾便淡然地繼續對他說明：

「最高理事會成員為三個常任理事國及九個非常任理事國的代表，共十二人。聖域條約機構的行動方針是由他們協商決定。只要能說服過半數的理事，應該就可終結這場戰爭。」

「十二人中過半數……意思是最少要拉攏到七個人？」

「是這樣沒錯。不過，攻打絃神島是一度定案的事情，要推翻並不容易。況且，理事們八成也各有盤算。」

亞拉道爾出言煽動絕望情緒，使得古城收斂表情。即使是對政治生疏的古城也明白國家在拿定主意的背後會牽扯到種種利害關係，何況這次連各國的軍隊都出動了。光考慮到派遣多國籍艦隊需要的費用及工夫，就能輕易想像要說服理事會有困難。

「不是還有另一個推翻理事會決定的方法嗎，亞拉道爾議長？」

拉．芙莉亞若無其事地套話。亞拉道爾的臉色越發凝重了。

「否決權嗎？」

「否決權？」

「最高理事會的常任理事，就是三個夜之帝國的代表——亦即吸血鬼真祖。吸血鬼真祖被賦予在最高理事會的否決權。」

「……意思是只要有哪個真祖反對，就能讓最高理事會的決定翻盤？」

古城的表情變得開朗。與其辯倒七個國家的代表，期待有哪個真祖會臨時變卦感覺可能性還比較高。

「別期待事情會那麼稱心如意。畢竟吸血鬼真祖是比瓦特拉還要悶得慌的一群。難得有機會發動戰爭，我不認為他們會眼睜睜地放棄。假如你能開出讓他們打從心裡高興的條件，那倒是另當別論——」

亞拉道爾說完便催促古城坐上椅子。古城下定決心似的大口吸氣，然後坐上冰冷的椅面。金屬製手銬自動扣起，將古城的兩隻手腕牢牢固定。魔力從中流出，使椅背上的符文開始發光。

「接下來，被允許發言的只有你了。我能幫忙的只到這裡為止。」

拉．芙莉亞如此告訴古城，隨後她的身影就泛白淡出了。古城周圍開始有霧氣飄散。

「不會，這樣夠了。感謝妳的恩情，拉．芙莉亞。」

古城感覺到自己呼喚公主的話語變得格外遙遠。理應在同一個房間的雪菜以及亞拉道爾的身影也幾乎看不見了。

「請記住一點就好，古城。你要知道自己如今是什麼人——」

拉・芙莉亞呢喃似的聲音逐漸模糊消失。

於是，等視野再次變清晰時，古城就站在陌生的庭園了。

2

大理石白色通道無邊無際地擴展於眼前。薔薇花牆圍繞著四周，不知名的巨木樹枝像屋頂一樣籠罩頭頂。

位於日夜夾縫中的黃昏世界被耀眼的黃金色霧氣包裹著。古城只知道有一個地方和這個空間極為相似。南宮那月的「監獄結界」。這裡恐怕也是以魔法構築而成的人工異世界吧。

這就是拉・芙莉亞所說的「呢喃庭園」——聖域條約機構最高理事會的議場。

「歡迎，第四真祖。」

霧中傳來了聲音。

聽不出聲音主人的性別，近似呢喃的模糊聲音。

猛一回神，巨大的圓桌已經將古城包圍。

圓桌所設的座位共有十二個，坐在那裡的參加者全用銀色面具遮著臉。他們就是主持聖域條約機構的十二名理事。

「這座庭園多久沒有不速之客進來了呢——」

有人在古城背後說道，面具上的僵硬表情讓古城感到強烈緊張。光是看不透對方的目光，壓迫感就強了好幾倍。

「雖然無法款待，聽聽看他要說什麼吧，看在這些親筆信的寄件者分上。」

「親筆信？」

古城邊回頭邊問。戴著面具的其中一名理事對他亮出了三只信封。

「阿爾迪基亞王國的拉・芙莉亞・立赫班公主、『破滅王朝』的易卜利斯貝爾・亞吉茲王子、『戰王領域』的裴瑞修・亞拉道爾帝國議會議長——他們分別表示要為你擔保。」

「你最好別辜負他們的期待。」

「……我明白了。打開天窗說亮話吧。」

古城一邊在內心感謝拉・芙莉亞等人，一邊調整紊亂的呼吸。他們在古城背後都有幫忙遊說聖域條約機構，古城確實不能辜負他們的期待。

「我的要求只有一點，別對絃神島出手。撤銷那什麼大規模破壞魔具的認定，現在立刻遣回多國籍艦隊。」

「駁回其要求。」

理事們回答得很快。

「摧毀絃神島是既定事項。我們的決定不容推翻。」

「或許會因此演變成全球規模的戰爭耶！」

古城扯開嗓門。圓桌的各個角落冒出冷笑。

「你的發言不就顯示了名為絃神島的魔具多麼具有危險性？」

「只要絃神島消滅，『聖殲』的威脅也會立時消失，聖域條約非加盟國就沒有理由與我們敵對了。」

「迅速摧毀絃神島才可說是替世界的安全保障盡一份心力吧。」

「胡扯！」

古城猛踹大理石地板。

「利用『聖殲』，還把聖域條約非加盟國扯進來，全都是瓦特拉玩的把戲耶。要是戰爭開打，不就完全順了那傢伙的意嗎！」

「我們對迪米特列·瓦特拉的罪狀已經有所掌握。」

新的聲音冷冷告訴古城。

「該員是隸屬聖域條約加盟國——『戰王領域』的吸血鬼，因此要由聖域條約機構軍出手誅討。理所當然的歸結。」

「假如你們無論如何都要攻打紘神島，那我也會與你們為敵。」

古城撇嘴說道。擁有咎神「遺產」的瓦特拉若與古城聯手，有眾真祖當靠山的聖域條約機構應該也無法全身而退。就算守不住紘神島，多國籍艦隊也會出現莫大損害才是。

即使如此，理事們的態度仍無動搖。

「那是你的自由，第四真祖。」

「我等不會屈服於威脅。」

「你的主張就這樣嗎？」

那就請回吧——面具出聲告訴古城。

「意思是不管怎麼樣，你們都無意改變決定嗎……？」

古城氣得肩膀發抖。他甚至在想：乾脆用眷獸掀了整座庭園吧。然而，那恐怕是沒用的。這裡是構築於異世界的結界，和「監獄結界」一樣，古城的眷獸在這裡無法使用。

到此為止了嗎？當古城絕望地咬住嘴脣時，就在此刻——

——請記住一點就好，古城……

古城腦海裡浮現了銀髮公主的最後那句話。

哈……古城從喉嚨如此發出氣息。

不久，那陣氣息就斷斷續續地變成了「哈哈……」笑聲。古城的腹肌抽搐似的發抖，肺臟為了索回吐出去的空氣而喘息。他正在捧腹大笑。

理事們隔著面具，茫然望著古城笑個不停的模樣。

「這樣啊，拉·芙莉亞……原來是這麼回事……根本從一開始就不需要和他們談判。」

「節制不明確的發言，第四真祖……！」

一名理事露骨地表現出不耐煩如此說道。

「啊，不好意思。」

嘴角依然揚起的古城坦然道歉。

「我順便提一個問題……在『呢喃庭園』這裡進行的會議，只有吸血鬼真祖才被賦予否決權吧？」

「……這是事實。」

戴面具的理事嚴肅地告訴古城。

「基於聖域條約的規定，吸血鬼真祖在重要議題的決議上會被賦予否決權。」

是嗎——古城滿意地點頭。

「那事情就簡單了。我對攻打紘神島這件事發動否決權，以第四真祖的身分。」

「什麼……」

庭園內的氣氛在嘈雜之下動搖了，聽不見之前那種即刻的反駁。古城靈光一現，出乎他們的意料。

「……原來如此，你用這招啊，曉古城。」

就座於圓桌的一名理事從喉嚨格格發笑。那是保有其獨特威嚴，卻又讓人覺得有些俏皮的笑聲。

她隨手摘掉銀色的面具，綠寶石般的淡綠色頭髮流瀉而下，大大的眼睛是與深邃湖泊相似的翡翠色。少女讓人聯想到野豹，有著既嬌媚又毅然的美麗臉孔。

「嘉妲……這樣啊，妳就是常任理事之一……！」

古城轉向少女，發出驚呼。

統治中美夜之帝國「混沌境域」的第三真祖——「混沌皇女」嘉妲・庫寇坎。三名正統真祖之一正看似愉快地笑著凝望古城。

「聖域條約中，確實只有規定吸血鬼真祖具備否決權的條文，任何地方都沒有寫到真祖僅限三人。因為那在過去實乃不言自明的道理。」

哼哼——嘉姮微笑著瞇眼。庭園裡的鼓譟聲變得更大了。

「既然這樣——」

「但是，那余可不能認同，曉古城。要自稱第四真祖，你還有所不足。」

「我……有所不足……？」

「自稱真祖之人，必須是夜之帝國的領主。不過你想必沒有領地吧？」

嘉姮用挑釁般的目光對古城質疑。唔——古城握緊雙手。

事實上古城只是區區高中生，根本不可能有領地。這點事情，嘉姮當然也理解才對。這樣的話——古城如此問自己。她露出挑釁目光的理由是什麼？簡直像在測試古城——

「領地嗎……要領地我有。」

古城掩飾迷惘並開口。哦——嘉姮挑眉。

「在什麼地方？」

「妳以為我是為了什麼才來到這裡？絃神島就是我的領地。」

「呼嗯。」

嘉姮加深笑意。古城沒有從她身上轉開視線。

「日本政府身為聖域條約機構的一員，已經放棄絃神島的領土權了吧？既然如此，即使由我占領也不能抱怨才對啊。」

「就算是這樣好了，咎神的『遺產』又該怎麼算？」

「既然你們把那視為絃神島的一部分，當然也由我收下。畢竟該隱巫女是我的同伴。」

「從亞拉道爾手中保護了『遺產』守護者沼龍的人確實是你，姑且合於道理。」

嘉姐悄悄地瞇眼。其餘十一名理事都默默聽著她與古城的互動。古城這次只要一露出破綻，連嘉姐在內的理事們就會將他攆出庭園吧。古城重新體會到嘉姐身為真祖的發言有多少分量。

「不過，重要的是你實質上似乎並沒有支配那座島喔。」

嘉姐隨口指正。古城恍然大悟地睜亮眼睛。

「表示我只要將瓦特拉轟出絃神島，妳就會認同我是真祖？」

「我們會將絃神島視為危險，是因為那是『聖殲』的祭壇。假如你能打倒握有『聖殲』的瓦特拉，我們戒懼絃神島的理由就會消失。」

嘉姐講完便凶狠地笑了。提出能取悅真祖的條件──亞拉道爾曾這麼說過。由得到「聖殲」之力的瓦特拉與身為第四真祖的古城一戰，那正是無聊得發慌的真祖們想要的才對。

何況，古城注定得與瓦特拉交手。

就算聖域條約機構撤兵，只要想利用咎神「遺產」發動戰爭的瓦特拉還在，和平就不會降臨於絃神島。

「若能不耗兵力就去除『聖殲』的威脅，對聖域條約機構來說並不吃虧。余認為第四真祖的要求有評估餘地，諸位意下如何？」

嘉妲向十一名理事問道。

「……在附加條件下可以同意。」

從圓桌陸續傳出聲音。因為他們也沒有理由拒絕嘉妲的提議。

「聖域條約機構軍已經進入戰鬥態勢了。我們無法悠悠哉哉地等待第四真祖搶回絃神島的支配權。」

「從此刻算起，多國籍艦隊會在二十四小時後再度對絃神島展開攻擊。能在那之前鞏固實質的支配，我們才認同第四真祖的否決權。」

「這表示把瓦特拉轟出去有二十四小時的緩衝時間嗎——」

古城環視戴面具的理事們，然後微微地露出獠牙。

「——誰怕誰。」

3

咎神「遺產」是由超過六百個元件組成的人工島。

每個元件的大小，正好與組成紘神島的單一超大型浮體構造物規模相當。它們平順地相互連接，以漩渦狀擴散並包圍著紘神島本身。

超過六百個的元件當中，約有一成是具備防衛機能的城牆或砲台，古代兵器的機庫及補給設施則占兩成左右，剩下七成是純粹的都市，失去區民的廢墟街道。那模樣和昔時特攝電影中的巨大太空船十分相似。

藍羽淺蔥從「深洋之墓二號」船窗望著那座廢墟的街容。

『小姐，有通訊進來了。』

透過淺蔥愛用的手機，摩怪一如往常地以挖苦般的口氣報告。

「聖域條約機構發來的嗎？事到如今還有什麼好說。難不成他們想求饒？」

淺蔥懶洋洋地撐起上半身，然後問了搭檔的輔助人工智慧。時刻是正午前，原本就算聖域條約機構軍發動總攻擊也不奇怪的時候。

然而，摩怪不知為何刻意露出嚴肅的表情。

『沒那回事。發訊人的名義是第四真祖。』

「啥？」

淺蔥困惑地看了畫面顯示的醜布偶。

「第四真祖……是指古城嗎？那傢伙為什麼會用這條通訊回路？」

「古城那傢伙怎麼說？」

矢瀨基樹抓了吃剩的披薩，還一邊舔著弄髒的手一邊問道。他是以人工島管理公社代理者的名目過來跟淺蔥談判的。

淺蔥蹙起眉頭，將目光落在手機畫面上說：

「……『絃神島』及其周邊海域的人工島乃聖域條約機構認定歸第四真祖所有的領地。因此，非法占據該地者應解除所有武裝投降，並讓出所有權……啥！」

『不應允要求的情況下，將強行予以排除……這是在宣戰嘛。所謂的最後通牒嘍。』

摩怪唸完訊息以後，就「咯咯」地笑了出來。

相對地，淺蔥氣得滿臉通紅。

「那……那……那個白痴在想什麼啊！他以為我們是為了什麼才著手弄這些……！」

「哎……不過，這樣子局勢就變了。」

矢瀨像是要安撫憤慨的淺蔥，語氣冷靜地開口說道。

淺蔥納悶地瞪了叼著披薩的矢瀨問：

「局勢？」

「由古城打倒你們——應該說，打倒迪米特列．瓦特拉的話，就能避免戰爭。摧毀紘神島的行動，還有聖域條約非加盟國的介入都可以免了。我倒覺得這是不錯的條件——」

「——那就沒有意義了啦！」

淺蔥粗魯地捶了桌子。她像隻豎起體毛的山貓，剽悍地發出「吼～～」的吐氣聲。因為青梅竹馬從未露出這麼情緒化的模樣，讓矢瀨看得目瞪口呆。

淺蔥無視於困惑的矢瀨，又把臉轉向手機。

「摩怪，瓦特拉先生對這項情報知不知——」

「我當然知情嘍。」

走廊傳來從容不迫的嗓音，使得淺蔥「哎呀」地抱頭懊惱。

船室的門敞開以後，金髮貴族青年便帶著滿面笑容現身了。

「雖然順序和預定的不太一樣，但這樣反而方便行事。說起來，我原本以為要讓古城提起幹勁比較難。他願意主動進攻，我可是大為歡迎。」

瓦特拉像是高興得受不了，雀躍地說道。

儘管瓦特拉玩弄了許多謀略想挑起大戰，行動原理卻極其單純。身為戰鬥狂的他，只是想跟強敵交手。

話雖如此，瓦特拉在形式上屬於保護絃神島的吸血鬼，要跟立場相同的古城直接對決，可能性較低。然而在意想不到的趨勢演變下，古城主動要求一戰，難怪瓦特拉會高興。

「再說，要是你打倒古城，就沒有人能阻止戰爭了。」

「應該是這樣沒錯。」

矢瀨敷衍地攤開雙臂，瓦特拉則像是感到有趣地望著他點頭。

淺蔥狠狠瞪著金髮貴族青年說：

「我可沒打算幫你對付古城。」

「那當然無妨。好不容易能與第四真祖開開心心地廝殺，用上『聖殲』那種不解風情的技倆就太掃興了。」

「是喔。」

淺蔥用冷冷的口氣說完以後，就捧起了愛用的筆記型電腦。

矢瀨有些焦急地抬頭望著她說：

「……淺、淺蔥？」

「我出面跟他談。我要說服古城加入我們。可以吧？」

「隨妳高興。由古城和我並肩對付三名真祖，也是相當吸引人的主意。我會期待妳說服的成果。」

瓦特拉用作戲般的誇張口氣說了。淺蔥不悅似的發出嘆息，然後默默離開船室。

「那麼，你打算怎麼辦呢？矢瀨家的新總帥大人？」

「何苦問我呢，我也只是個監視者啊。」

矢瀨被瓦特拉笑著問了以後，便無力地聳聳肩。

結瞳和麗迪安為了防備多國籍艦隊來襲，都在船外待命。唯里她們和完成職責的葛蓮妲都已經獲釋。留在船室裡的，只剩矢瀨與瓦特拉兩人，事到如今再掩飾身分也沒有意義。

「這可難講。和『混沌皇女』聯手在背地到處活動的就是你吧？」

瓦特拉的藍眼正冷酷地凝視著矢瀨。矢瀨平靜地笑著搖頭。

「你太看得起我了。我頂多只會像個旁觀者，默默地將事情看到最後。」

4

古城一睜眼，就回到了原本的書齋。

金屬手銬已經解開，魔法符文的光芒也消失了，周圍的霧氣更是已經散去。等暈眩感緩和以後，古城就從像拷問器材一樣讓人坐了難受的椅子起身。

亞拉道爾一聲不吭地交抱胳臂。拉．芙莉亞倒是不知道為什麼心情大好，還帶著微笑凝望古城。

「——漂亮的談判，古城。這才是被我看中為將來夫婿的男士。」

「別擅自選婿啦。呃，不是，雖然妳給的建議幫了我大忙……」

古城說完以後，擦拭自己汗濕的額頭。他到現在才開始發抖。

看來古城目睹的景象也有傳達給被相同霧氣籠罩的公主等人。

古城本身有感覺到拉．芙莉亞他們在身邊的氣息。要不然在那種情況下，他應該無法冷靜地進行談判。在「呢喃庭園」見到的理事們就是有如此壓倒性的魄力。

不只三名真祖，其餘九人也具有相當可觀的力量。古城能和他們對等談判，回想起來仍近似奇蹟。

「剩下的，就是從奧爾迪亞魯公手中奪走咎神『遺產』的支配權呢。呵呵……只要古城名符其實地成為一國之主，我父親也就不能等閒視之了吧。」

「原來妳還沒忘記那件事啊……？」

古城表情緊繃地驚呼。

雖然古城早忘了，但他在最初遇見拉．芙莉亞時曾經被逼婚。理由是古城好像可以幫她對抗溺愛女兒而不肯放手的父親，實在不像樣。當然照拉．芙莉亞的個性，大有可能和平時一樣是鬧著玩的，但不是的話就恐怖了。

亞拉道爾不曉得背後因素，便對古城投以納悶的目光。

拉．芙莉亞不顧古城他們的動搖，頭也沒回就朝背後發號施令。

「優絲緹娜，通知『蓓茲薇德』。接下來我們阿爾迪基亞聖環騎士團為了支援同盟國君主曉古城，要攻打『深洋之墓二號』。騎士團的裝備交由各團長決定，叫他們迅速進入戰鬥態勢。」

「遵命。」

原本靠魔法迷彩隱身的優絲緹娜．片矢忽然現身回答。

在書齋外面等著的紗矢華聽見她們那些互動，變得心慌意亂。

「公……公主？難道您打算親身參戰嗎……？」

「這是當然的職責與義務。受精靈庇佑的阿爾迪基亞神子若不前赴戰場，如何自許為王族？」

拉．芙莉亞用充滿威嚴的口氣說完以後，又喃喃嘀咕：

「——再說錯過這麼有趣的事情，我哪裡受得了。」

「這才是真心話嗎……！」
聲音變調的紗矢華大叫。
「不可以！我身為獅子王機關的舞威媛，奉了日本政府之命要保護公主！我絕對不認同那種危險的行為！」
「但是，紗矢華，日本政府放棄了絃神島的所有權。換句話說，這裡目前並不是日本，所以妳無權指使我吧？」
「這……這個……」
拉．芙莉亞的理論毫無破綻，使得紗矢華無話反駁。銀髮公主接連又問：
「何況雪菜身為古城的監視者，不也打算陪同前往他與奧爾迪亞魯公的那一戰？」
拉．芙莉亞看向雪菜之後，雪菜彷彿理所當然地回答：「是的。」紗矢華「唔」地語塞了。拉．芙莉亞像是要誘惑她，微笑著說：
「換句話說，妳只要與我一同前往戰場，就能一面繼續執行護衛任務，一面幫助雪菜。即使如此，妳仍不認同讓我上戰場嗎？」
「難、難道公主從一開始就料到事情會變成這樣，才指名我當護衛……？」
「呵呵，妳會保護我的人身安全吧，紗矢華？」
「唉……」

對於拉・芙莉亞無邪地笑著提出的疑問，紗矢華用長長的嘆息予以肯定。厚黑公主原本就是公認的交涉好手，紗矢華不可能說得過她。拉・芙莉亞一如所料地大獲全勝。

公主確認過紗矢華沉默以後，又叫來背後的女騎士。

「優絲緹娜，把那東西交給雪菜。」

「是。劍巫大人，請把這拿去。」

優絲緹娜接到主子的命令，就恭恭敬敬地將東西遞到雪菜面前。那是大小和書包差不多的軍用手提箱。

「請問……這個是？」

女騎士忽然送上禮物，讓雪菜露出疑惑之色。

「恕我僭越，這是我私自判斷準備的物品。因為原本是為王妹殿下所準備，我想多少會讓妳覺得不便——還請見諒！」

「謝……謝謝。我收下了……我會收下的，請妳不要下跪！」

雪菜懾於女騎士的認真態度，收下手提箱了。優絲緹娜深深地對她鞠躬。

「那麼古城——很慶幸我們又能一同作戰。之後在戰場上再會吧。」

拉・芙莉亞提起短短的裙襬，優雅地露出微笑。

公主隨即轉身，並帶著女騎士離開房間。紗矢華用有些自暴自棄的步伐追了過去。公主她們要去的是機場，那裡有阿爾迪基亞王國引以為豪的裝甲飛行船「蓓茲薇德」。

「——你們倆來這裡，曉古城。」

被留下來的古城和雪菜顯得無所適從，回到會客室的亞拉道爾就叫了他們。黑髮吸血鬼望著的桌子上擺了軍方使用的平板電腦。

大型畫面中秀出了擴散如星雲狀的陌生島嶼地圖。

「這是？」

「環繞在絃神島周圍的咎神『遺產』全景，由人工島管理公社傳來的情報。據說該隱巫女的駭客技術讓偵察衛星失靈了，但他們似乎有傑出的能力者。」

「哦……」

古城聽了亞拉道爾的誇獎，也覺得有些意外。被淺蔥霸占記者會的實況轉播以後，人工島管理公社一直沒有什麼存在感，不過該做的工作似乎還是有做。

冷靜來想，絃神島在目前的情況下都沒有發生大規模恐慌，其實是件了不起的事。即使剔除絃神島居民對災害習以為常這一點，公社肯定也採取了各式各樣的對策。

「這就是『深洋之墓二號』的目前所在地嗎？」

察覺地圖上有紅點顯示的雪菜問了。迪米特列・瓦特拉的遊船正以順時針方向不停地穿梭於排列成漩渦形狀的人工島空隙。

以距離來說，那是和古城等人所在的絃神島本島相隔約四十公里的地點。「深洋之墓二號」有眾多的砲台以及古代兵器保護。不愧是反聖域條約聯合軍的根據地，護衛森嚴。然而，和利維坦迴游的外海相比，從內側還比較容易靠近才對。

「支援交給阿爾迪基亞的飛行船，我們則趁機搭『夜梟』——兩棲飛艇殺過去。因為我們的航速比較快。」

「……你也願意協助我們？」

古城訝異地看了亞拉道爾。以常識來想，他沒有任何理由幫古城。

對亞拉道爾來說，瓦特拉是同胞，古城反而是決鬥的對手。哪一邊的立場接近於敵人，明顯到想都不用想。

然而，亞拉道爾用一本正經的臉色回望古城說：

「瓦特拉這次的行為是對『戰王領域』的反叛。我會參與制裁他，以夜之帝國臣民來說是理當履行的義務吧？」

「……哎，不管理由是什麼，你願意幫忙的話，坦白講省事多了。」

古城老實地這麼表示。意想不到的幫手出現，朝瓦特拉進攻的程序也就敲定了，剩下的就是實際登上咎神「遺產」，將瓦特拉趕出去而已。

亞拉道爾搖鈴叫來管家。由於是高級住宿設施，這個房間有管家與女僕部隊常駐。

他迅速對這些人做出指示，然後語氣誠懇地告訴古城他們：

「我替你們張羅了房間。飛艇準備好啟航以後，就會利用空間移轉到機場。你們要在那之前先完成補給——」

「……補給？」

古城和雪菜困惑地看了彼此的臉。

5

「會不會是幫我們準備了餐點呢？」

補給是什麼意思？歪頭如此思考的古城耳裡傳來雪菜細語的聲音。

原來如此——古城釋懷地點頭。餓著肚子沒辦法打仗，這句諺語似乎是萬國通用的真理。亞拉道爾為古城他們著想，會命人準備餐點也沒有什麼好奇怪的。

「那樣的話就太令人感激了。畢竟我們只有在昨天中午跟易卜利斯貝爾吃過拉麵。」

是啊——雪菜也開心地表示同意。飯店氣派成這樣，餐點想必也相當豪華吧——古城暗自期待。然而被帶到房間之後，古城一下子就明白那樣的期待落空了。

穿著古典圍裙裝的女僕說著「這邊請」，然後示意讓古城他們進去的是間頗為豪華的寢室。寬闊的特大號床，還有為數眾多的枕頭。被間接照明點亮的室內雅致而夢幻，成熟風格的香氛燭散發出芬芳。寬廣的浴室採用玻璃牆，氣氛實在無法用餐，怎麼看都像供蜜月旅行男女利用的臥房。

「亞……亞拉道爾……！」

古城用雙手拄著床，低聲咕噥。

「為人再怎麼正經，那一位終究也是吸血鬼呢。」

雪菜也失望似的垂下肩膀。不適合用餐的臥房，這對吸血鬼來說有另一層意義。因為會引發吸血衝動的並非食欲，而是性慾。亞拉道爾要古城事先補給，話裡的意思就是叫他吸雪菜的血。

為此，亞拉道爾甚至準備了這種房間。雖然很像他正經八百的作風，但這份貼心完全搞錯方向了。

「對了，優絲緹娜小姐給妳的是什麼來著？」

古城坐到床邊問。因為他覺得在這個房間默不吭聲，真的會讓氣氛變得不對勁。

「會是什麼呢？她說過這其實是讓夏音用的東西就是了。」

雪菜說完就打開優絲緹娜交給她的手提箱。厚約十公分的箱子中有彩海學園的女生制服以及全新內衣褲，都摺得整整齊齊收在裡面。純白蕾絲搭配粉彩條紋的胸罩與內褲上下成套，是清純可愛又具備高級感的一品。

「這是……叶瀨穿的……」

「你在想像什麼啊！真是的！」

雪菜粗魯地闔上手提箱的蓋子，責備似的瞪向古城。為什麼自己會挨罵啊？儘管古城心裡無法接受——

「拉·芙莉亞幹嘛給妳制服？」

「我想這是她的心意。畢竟我的制服從掉到海裡時就一直沒換……呃，內衣也是……」

「啊～～……這麼說來是有點海潮味，皮膚也感覺黏黏的……」

「海、海潮味……黏黏的……」

雪菜看似受了衝擊而低下頭，還露出黯淡沮喪的神情。

「我一樣有下海啊，不必介意吧。再說，我又不討厭這種味道。」

「就算這樣也請你不要聞味道！」

雪菜拿了枕頭朝出聲猛嗅的古城臉上砸。明明古城並沒有貼近雪菜，他撇嘴抱怨：「太不講理了吧。」總之，既然有這層因素，亞拉道爾準備附浴室的房間也就不致白費了。

「咦，妳不換衣服嗎？」

「換是會換……可是內衣被學長看過以後，穿了不是很尷尬嗎……」

捧著手提箱的雪菜幽怨地看了過來。會嗎——古城幾近傻眼地說：

「沒關係吧。反正款式感覺滿適合妳的。」

「我說過，請學長不要想像！」

雪菜紅著臉又抓了枕頭砸過來。古城承受不住衝擊，滾到床上。接著他嘆氣停下動作。

「學長？」

「啊，我沒事。只是覺得肚子有點餓。」

古城發出虛弱的聲音。因為亞拉道爾害他有多餘期待，空腹感已經惡化到不是開玩笑的地步。仔細想想，他們近一整天幾乎什麼也沒吃。

就算是不老不死的吸血鬼，有活動肚子就會餓。倒不如說，古城和亞拉道爾決鬥白花了那些體力，消耗的情況反而比常人更嚴重。

「緊急口糧的話姑且有，你要吃嗎？」

雪菜似乎是不忍看古城餓得無法動，就怯生生地問道。古城猛然睜大眼睛，使勁撐起上半身。聽見緊急口糧這個詞，讓他感覺到希望的光芒。

「那是現在馬上就能吃的嗎？」

「嗯，算吧。」

不知道為什麼，雪菜露出了猶豫般的表情，然後把手伸向平時用的吉他盒。她從用來裝樂譜和漆包線的內袋裡面拿出了用緞帶包裝過的紙盒。

打開盒蓋，有烤過的奶油和巧克力香味散發出來。

盒子裡裝的是餅乾。形似古城那些眷獸的手工巧克力餅乾在盒子裡裝得滿滿的。

「姬柊，這個是……」

「緊急口糧。」

雪菜用缺乏抑揚頓挫的嗓音堅決地主張。

「因、因為學長在南宮老師家睡著時有一點空閒，亞絲塔露蒂說要做，我就順便……這跟情人節絕對沒有任何關係……」

「啊～～……唉，怎樣都好。謝啦。」

我開動了——古城雙手合十，然後就抓了雪菜做的餅乾吃。糖分似乎逐漸沁入古城因空腹而叫苦的肉體，他感動得全身發抖。

不知道為什麼，雪菜屏息用認真的眼神看著古城那樣的反應。

「味……味道怎麼樣呢？」

「超好吃。」

「真、真的嗎？」

「是啊。」

「太好了。」

雪菜放心地捂了捂胸口。接著她忽然燦爛地微笑說：

「那麼學長，不好意思，能不能請你到外面一下？因為我想在換衣服以前先沖個澡。」

「啊，對喔。說得也是。」

古城轉眼看向浴室的透明玻璃牆，然後語帶苦笑地點頭。就算雪菜能平心靜氣地在裡面沖澡，也沒有比那更尷尬的了。為了彼此的內心安寧，古城暫時到房外似乎比較好。

「這些餅乾，我可以拿走嗎？」

「是的。因為那是為學長準備的，請你盡情享用。我會期待學長的回禮。」

「妳說的回禮，是指緊急口糧……？」

「呵呵……我開玩笑的。」

「咦？哪個部分是開玩笑的啊……姬柊？」

這真的只是緊急口糧？還是情人節禮物？雪菜的話用哪種方式解讀都能通，使得古城大為混亂。

然而雪菜沒有再回答什麼，就硬是把古城趕出房間了。

6

飛艇完成啟航準備是大約一小時過後的事。

阿爾迪基亞王國的「蓓茲薇德」已經先行開始朝咎神的「遺產」靠近，要正式進入戰鬥是遲早的事。

古城等人所搭的飛艇則是從絃神島本島的機場離陸，然後直接飛在不足海拔兩百英尺的低空，朝著「深洋之墓二號」而去。照這樣應該不到十分鐘就能與瓦特拉等人接觸。不過，前提是不受任何妨害。

「看來你恢復體力了，曉古城。」

亞拉道爾看著坐在飛艇客艙裡的古城說道。「夜梟」是全長超過四十公尺的大型機體，客艙裡的空間足以讓人覺得不像在飛機上。

「唉，總之有填了肚子。」

古城沒想太多說完以後，才發現自己失言了。亞拉道爾肯定是以為古城在那個房間吸了雪菜的血。

「等、等等，不是的。亞拉道爾，你誤會了。我說填了肚子，是因為吃了餅乾──」

「那名劍巫是你的『伴侶』，不必覺得心虛。」

「被你這樣說，反而更像是我跟她做了什麼虧心事吧！」

亞拉道爾用漠不關心的語氣表示，使得古城拚命跟他計較。此時，雪菜臉色蒼白地檢查了好幾次安全帶。她怕搭飛機。

忽然間，雪菜把目光轉向窗外。

「學長，利維坦來了！」

「什……」

古城和亞拉道爾同時起身。「夜梟」剛離陸完畢，離機場不到十公里。淺蔥等人把利維坦配置在與絃神島如此靠近的地方。

巨大海龍正拮据地浮在呈漩渦狀擴散的人工島空隙。從牠的背後一口氣釋出了幾百隻看似海鳥的黑色物體。

牠們一邊冒出白煙一邊盤旋，然後就同時朝「海梟」殺過來了。察覺其真面目的古城變得臉色蒼白。

「活體飛彈嗎——！」

「嘖……舞吧，『暴食者』——！」

亞拉道爾朝飛艇前方召喚出自己的眷獸。數百支漆黑短劍集合成群。

它們同時散開，並迎擊利維坦射來的活體飛彈。靠著亞拉道爾具備的龐大魔力以及眷獸身為活武器的特性，才能辦到如此蠻橫的技倆。

「結瞳居然二話不說就開打！」

「你都主動向人宣戰了，豈有說或不說的道理。」

古城忍不住發牢騷，亞拉道爾則冷靜地予以吐槽。

那倒也是——古城發出嘆息。戰爭早就開始了。

「——迅即到來，『麿羯之瞳晶』！」

古城召喚眷獸，有著銀水晶羽翼與鱗片的美麗魚龍。近似山羊的螺旋角綻放光輝，利維坦像是被光芒迷住而停止動作。

「原來如此……魅惑的眷獸啊。」

亞拉道爾佩服似的嘀咕。結瞳身為「夜之魔女」的後繼者，是靠著夢魔的心靈支配能力來操控利維坦牠們。然而，具備心靈支配能力的未必只有夢魔，第四真祖手中排行第十的眷獸「麿羯之瞳晶」，能力同樣是支配心靈。

古城用那頭眷獸的能力蓋過結瞳的心靈支配，然後將利維坦送回海底，送到連結瞳的支配力都不能企及的遙遠深海底部。緊接著——

「姬柊，找得出結瞳的位置嗎？」

「在正前方。『深洋之墓二號』前面的台地上——」

雪菜感應到結瞳的念波，便指著飛艇前進的方向高呼。然而她的話還沒說完，駕駛室就傳來機長的怒吼聲。

『前方有不明飛行物——！』

「唔——？」

亞拉道爾進入駕駛室以後，眼神變得更為險惡。狀似甲蟲的巨大怪物為迎擊「夜梟」，從地面起飛了。怪物從裝甲內的管口噴出火焰，並以驚人速度飛來。

「古代兵器！它是在天上飛嗎！」

礙事——亞拉道爾命眷獸們攻擊。漆黑短劍殺向古代兵器，將厚實裝甲包裹的巨大身軀不留蹤影地撕裂了。

亞拉道爾召回完成任務的眷獸，再朝著第二具古代兵器發射出去。但是——

「這樣不行，亞拉道爾！」

「什麼？」

古城來不及制止，古代兵器就與漆黑短劍衝突了。

於是，被彈回來的是亞拉道爾的那些眷獸。古代兵器射出戰輪(Chakram)型飛彈迎擊漆黑短劍，改變它們的軌道。

「它在學習我方的攻擊……？」

亞拉道爾低聲驚呼。在學習型網路及自我修復機能下改良進化，這正是古代兵器被稱為眾神兵器的恐怖之處。相同的攻擊對成群古代兵器不管用。

古代兵器鑽過亞拉道爾的攻擊，射出大口徑雷射。深紅閃光將防衛變得空虛的「夜梟」機翼撕裂了。四座引擎當中的一座發生爆炸，飛艇的巨大機身嚴重傾斜。

古代兵器繞到「夜梟」後方，打算以大口徑雷射進一步開火。就在這時候，身上覆有水銀色鱗片的雙頭龍飛來了。

「『龍蛇之水銀（Al Meissa Mercury）』！」

古城召喚的眷獸張開巨顎，將古代兵器連同周圍空間一起吞下。對機體未造成損害，古代兵器的學習網路就不會運作，即使想自我修復也已經沒有機體可修。

「我早就習慣對付像你這樣的不死之身（傢伙）了。抱歉——」

古城望著大群古代兵器陸續被吞噬，便有些自我嫌惡地嘀咕。第四真祖手中排行第三的眷獸能吞噬空間本身，對周圍造成的負面影響相當大。可以的話古城並不想召喚這頭眷獸。

何況古代兵器的威脅過去以後，不代表飛艇的損傷就會復原。失去半邊翅膀的「夜梟」與其說正在降落，更像以墜落的速度衝向地表。再加上原本飛行高度就低，離墜落前的緩衝時間幾乎為零。

「大人，無法維持高度！要迫降了！」

「所有人穩住身體——！」

機長和亞拉道爾各自高喊。「夜梟」的乘員們在搖晃的機內拚命抓住東西。雪菜怕得動不了，古城將她摟到身邊。

而雪菜全身緊繃地厲聲發出警告了。

「學長！有地上型的古代兵器！」

持續飛降的「夜梟」前方有地上型的古代兵器在等著。大口徑雷射砲口已經填充能源，正發出紅色亮光。它們打算趁「夜梟」墜落的瞬間發動砲擊。

「淺蔥根本是認真想讓我們死嘛……！」

波狀攻勢毫不留情，讓古城腦裡某個部分的理智斷線了。既然對方有意如此，古城也沒有道理手下留情。

「可惡……迅即到來，『甲殼之銀霧（Natra Cinereus）』！『水精之白鋼（Sadalmelik Albus）』——！」

古城召喚出新的眷獸。被銀霧籠罩的巨大甲殼獸像要包裹飛艇似的現身了。它將迫降的「夜梟」連乘員一起變成銀色濃霧，化解掉墜落的衝擊。

同時，從水路出現的水之精靈將自身肉體化為激流，將大群古代兵器沖走。

沉入水中的古代兵器無一例外地開始崩解了。理應具備自我修復機能的裝甲像沙子一樣逐步瓦解消散。它們並非無力修復，事實上正好相反。司掌再生能力的水之精靈讓古代兵器超越了自我修復的極限並進行還原，還原成古代兵器完成前的元素狀態——

「好痛……妳沒有受傷吧，姬柊？」

背脊摔在地上的古城問了抱在胸前的雪菜。迫降勉強成功，「夜梟」的機體卻七零八落了。古城的眷獸能讓任何物質變成霧，但是未必能恢復原狀。墜落的衝擊讓霧氣嚴重散失，復原的狀況也就變得更馬虎了。

「是的，我還好。乘員們似乎也都沒事。」

雪菜扶著疲倦的古城站起來。所幸「夜梟」的眾成員幾乎毫髮無傷。用不著確認，亞拉道爾自然也平安無事。

「……這就是第四真祖原本的力量嗎？感謝你救了我的部下。」

亞拉道爾低頭對古城靜靜說道。事到如今還客氣什麼——古城聳了聳肩。亞拉道爾將某塊東西扔到古城面前。是經過防震加工的軍用平板電腦，上面顯示著之前那張地圖。

「離瓦特拉的船大約剩下十公里。你先走吧，曉古城。」

「你要怎麼辦，亞拉道爾？」

古城納悶地反問。黑髮吸血鬼不予回答，而是帶著嚴肅的表情抬起臉龐。

亞拉道爾的視線前方，有個站在無人建築物上頭，身穿白色大衣的身影。

嬌小瘦弱的體格，中性秀氣的容貌。然而其眼裡散發著深紅光彩，脣縫則露出了銳利的獠牙。「戰王領域」的吸血鬼，吉拉·雷別戴夫——

「我來對付那傢伙——」

低聲回答的亞拉道爾全身為魔力之霧所籠罩。

吉拉望向愕然呆立的古城等人，秀麗地笑著。

7

對於認同讓拉·芙莉亞前往戰場一事，紗矢華很快就開始後悔了。因為反聖域條約聯合軍的攻擊遠比想像中劇烈。

「『夜梟』——遭到擊墜了。第四真祖大人、劍巫大人皆健在。塞維林侯正與渥爾提茲拉瓦伯交戰中。」

「刺刀巡弋飛彈，殘彈四。右舷所有砲塔及左舷二號砲塔冷卻中。」

「精靈爐離運轉臨界尚餘一百四十秒——」

在裝甲飛行船「蓓茲薇德」的艦橋，有通訊員們死板的報告聲交相往來。雖然他們態度冷靜，但報告內容全是告知戰況惡化的訊息。

敢正面挑戰聖域條約機構軍，咎神「遺產」內含的戰力到底有其過人之處。就算是最新銳的裝甲飛行船，也無法獨挑這樣的對手。

「接下來要怎麼辦，公主？這艘船似乎被那些蟲子看上了。我可不擅長採集昆蟲啊。」

長相粗獷得有如中世紀海賊的船長用打趣似的口氣問公主。

鐵灰色人工島上空，「蓓茲薇德」正與九架古代兵器的機群交戰。儘管戰況勉強持平，「蓓茲薇德」的武裝對古代兵器卻幾乎無效。古代兵器的進化型自我修復機能對「蓓茲薇德」的攻擊產生抗性了。再這樣單方面承受攻擊，「蓓茲薇德」的防禦鐵定遲早會被攻破。

「公主……？」

船長大概是對公主沒有回應感到納悶，就朝艦橋看了一圈。然而在擁擠的艦橋內，任何地方都找不到拉．芙莉亞的身影，只剩下空蕩的座位。公主趁紗矢華等人放開視線的一瞬間，從艦橋中溜掉了。

「空間移轉室啟動！移轉目標為『夜之魔女』的推測潛伏處！」

通訊員之一忽然發出急切的聲音。

「哎呀……」

船長認命似的摀住臉，然後搖了搖頭。從「蓓茲薇德」的現在位置到「夜之魔女」的潛

伏處，直線距離恐怕約有十四五公里。

要以空間移轉飛躍那麼長的距離幾近不可能。因為操控空間所需的魔法演算量，會與移動距離按比例呈指數函數增加。能隻身達成那種壯舉的施術者，恐怕只有專精於空間操控的魔女——南宮那月而已。

然而拉・芙莉亞身為出色的精靈使，只要利用「蓓茲薇德」裝載的戰艦級精靈爐，就可以化不可能為可能。以大量魔力彌補演算精度的不足，強行讓空間穩定。當然，那屬於單程移轉，更無法派出騎士團進行護衛，但是拉・芙莉亞並不會在意這種事。

「公主！」

紗矢華衝出艦橋，然後闖進位於船體下層的空間移轉室。刻有空間操控魔法的移轉室（Chamber），頂多只能同時容納兩個人。之所以無法用來傳送騎士團，理由便是如此。

一如所料，銀髮公主正看似愉悅地在移轉室把玩控制面板。

「拉・芙莉亞公主！難不成妳想降落到地上？在這種情況下？」

「反正照這樣下去逃不掉。我要直搗操控古代兵器的元凶。」

拉・芙莉亞看到紗矢華追來也沒有改變臉色。反而讓人覺得她就是在等紗矢華追過來。

「『蓓茲薇德』將我們傳送下去以後，就在上空待命。精靈爐輸出的能量全部用在聖護結界上也無妨。」

『——了解。不過您千萬別玩命啊。要是公主出了什麼事，我會被令尊宰掉的。』

透過艦內無線電可以聽見船長沙啞的聲音。

「——欸，船長！」

「你說的話，我會放在心上。」

阻止她啦——紗矢華抗議的聲音還沒傳到艦橋，拉．芙莉亞就啟動傳送裝置了。一般空間移轉下絕無可能發生的強烈空間震盪朝紗矢華等人來襲了，視野染上青白色閃光。長距離傳送造成的反作用。

著陸的紗矢華與拉．芙莉亞四周被轟出了半徑約四五公尺的窟窿，周圍幾十公尺內的建築物全數被颳倒。假如這是在一般市區，就釀出重大慘劇了。然而紗矢華和拉．芙莉亞都毫髮無損，拜公主與「蓓茲薇德」精靈爐催發的強大魔力屏障所賜。

「紗矢華——」

玩命的傳送剛結束，拉．芙莉亞卻語氣冷靜地叫了紗矢華。公主的右手握著鑲有黃金裝飾的咒式槍。

「是。」

紗矢華微微點頭，然後從揹著的樂器盒拔出長劍——獅子王機關的試作制壓兵器「煌華麟」。紗矢華用劍鋒指著面前所見的橋樑。

「……唷唷唷，原來是阿爾迪基亞的公主殿下啊。」

與繞行於紘神市內的單軌列車軌道十分相像的鐵灰色高架橋。有個金髮的美麗女孩曬著午後陽光，站在那上頭。她察覺到空間移轉的前兆，就守在這裡等紗矢華等人來。

金髮女孩身穿鮮紅色兔女郎裝，有金屬製的簡易強化外骨骼（Exoskeleton）像拘束衣一樣圍繞著衣服。她輕而易舉地一手抬起六連裝的對魔族機關砲，將砲口指向拉・芙莉亞。

「久未見面了，真是榮幸。居然不帶護衛的騎士團就隻身在戰場上散步，公主您依舊對世上藐視到極點呢。不過，這裡可不是舞會的會場。我建議您在嚇哭以前趕快溜回去喔。」

穿強化兔女郎裝的女孩以優雅度不輸拉・芙莉亞的身段行禮。

「呃……」

與現場毫不搭調的敵人出現，讓紗矢華難掩困惑。不過從對方的語氣聽來，她似乎和拉・芙莉亞互相認識。

紗矢華求助般看向拉・芙莉亞的臉龐問：

「……她是誰啊？」

「誰曉得呢？」

拉・芙莉亞如此說完以後，就俏皮地對著紗矢華微微偏頭。原來妳也不認得她啊——紗矢華有些手足無措。

穿著強化兔女郎裝的金髮美女愕然睜大眼睛說：

「——薇卡啦！我是薇卡！艾森特公國的維多莉亞！我們前年也在克洛米斯的舞會上見過面吧！」

「啊……！艾森特的維多莉亞公主！聽說和『戰王領域』簽訂互不侵犯條約以後，妳就被送到奧爾迪亞魯公的後宮當人質了，原來傳聞是真的啊。」

拉．芙莉亞「啪」地輕輕拍手，然後純真無邪地瞇了眼睛。接著她像在同情深洋少女組的金髮美女，誇張地當著對方眼前嘆氣。

「由於奧爾迪亞魯公對人類女性不感興趣，妳都一把年紀了卻仍未破處，還被迫在每晚每夜扮成軍人玩遊戲——結果就落得了這副德行。」

「要、要妳管！沒破處又怎樣！話說我才十九歲耶！別把我講得像嫁不出去好不好！」

我跟妳也只差兩歲而已吧——金髮美女用高八度的嗓音抗議。拉．芙莉亞不發一語地呵呵冷笑，金髮美女就氣得無話可回了。

這時候，紗矢華也發現拉．芙莉亞是故意要惹對方生氣。黑心公主活靈活現地只用短短一瞬便激怒了在戰場上重逢的舊識。

「為什麼要特地挑釁對方啊！」

「何來挑釁……我不過是講出事實罷了。」

紗矢華傻眼地問，拉．芙莉亞則由衷感到意外似的眨了眼睛。

「喀鏘」一聲，穿強化兔女郎裝的金髮美女把對魔機關砲的保險裝置解除了。

「虧我本來還想將妳毫髮無傷地逮住……！瑪爾莎！拉娜！蜜絲莉娜！瓦蕾麗亞！」

「是～～……」

伴隨夾雜著認命及苦笑語氣的回答聲，有幾個穿強化兔女郎裝的女孩陸續從周圍建築物的窗戶及樓頂現身了。藍與黃色，白與黑——連最初的紅色在內總共五人。她們幾個已經將紗矢華等人包圍完畢了。拉．芙莉亞就是為了將埋伏的她們引誘出來，才故意挑釁頭一個人——大概。

「公、公主……」

妳有什麼打算嗎——紗矢華窺伺拉．芙莉亞的臉龐。於是，拉．芙莉亞用頗為認真的眼神回望紗矢華。

「紗矢華。」

「是、是的。」

「說真的，你對古城有什麼感覺？」

「什麼……？」

「我在問妳喜歡還是討厭古城。妳有認真打算和古城修成正果嗎？這就是我的意思。」

「妳、妳在講什麼啊！都這種時候了！請看看現在的狀況啦！」

紗矢華拉高音調吼回去。穿強化兔女郎裝的五人組已經準備好發射各自手上的重武器。反觀紗矢華等人的周圍，連躲藏的掩體都沒有。無論怎麼想，這都不是讓她們悠哉地聊感情事的狀況。

然而，拉．芙莉亞卻語氣認真地繼續說：

「正因為是這種時候我才要問。聽好，紗矢華，這一戰是為了讓古城成為夜之帝國的王者。成為帝王以後，代表他說的話就是法律，一夫多妻制已經不成阻礙。而王所需要的東西，正是後宮。」

「——哪有可能啊！」

「有。因為他是吸血鬼真祖。」

拉．芙莉亞的答覆讓紗矢華猛然倒抽一口氣。

真祖的妻子。那是指吸血鬼的「血之伴侶」——不老不死的假性吸血鬼。假如同為男性，那大概就會成為「血之隨從」。對真祖發誓永遠效忠，與其一同作戰的不死軍團。那正是拉．芙莉亞所說的後宮真面目。

「真祖的『伴侶』並不是單純談情說愛或寵幸的對象，其本身就是保護夜之帝國的兵力。真祖不只要保護自己，也要保護帝國的子民及領土，為此便有義務蒐集傑出的『血之隨從』。妳有覺悟成為其中的一員嗎？」

「我、我又沒有想過，要成為曉古城的伴、伴侶……」

「是嗎……我想這樣也好。和別的男士正常地相戀，正常地年老死去。那同樣也是幸福的一種形式。」

「啊……沒有，要我喜歡曉古城以外的人，感覺還比較不可能……」

紗矢華連忙否定拉．芙莉亞格外達觀的說詞。紗矢華對於男性的不信任根深蒂固，至今仍未改善，古城則是唯一的例外。

「何況能和雪菜在一起的話……我什麼都無所謂，無論要去後宮或地獄都行。」

「哎，目前能聽妳這樣說就夠了——」

拉．芙莉亞抹去微笑，然後抬頭看向穿強化兔女郎裝的女孩們。由於紗矢華花時間回答公主的問題，她們倆完全錯失逃走的時機，現在已經無法突破對方的包圍。

「無聊的拌嘴是不是結束了呢？拉．芙莉亞．立赫班——？」

穿紅色服裝的金髮美女驃悍地微笑問道。隨後，她手中的機關砲轟然開火了。同時，其他四個人也一起展開攻擊。

「咒式電擊彈，發射！」

「電磁網射出！」

「我要開槍了。」

「發射（Fire）——！」

「唔……！」

毫不留情的砲火從四面八方灑落，令紗矢華的臉皺在一起。深洋少女組所使用的武器都是用於捕捉的彈體，但承受如此猛烈的砲火，就算是非致命性武器也不會平安無事。

拉・芙莉亞卻回望著飛來的子彈笑了。

「紗矢華，用弓，不是用劍。」

「咦……？」

紗矢華困惑地看了自己握著的長劍。獅子王機關的試作制壓兵器「煌華麟」被賦予兩種功能——劍與弓。無論怎麼想，在這種狀況能派上用場的都是可以斬斷空間化為無敵護盾的「劍」才對。

「——眾神的女兒宿於我身。軍勢的護法，劍之時代。死亡的推手終要帶來勝利！」

為了保護疑惑的紗矢華，拉・芙莉亞向前一步。她誦出的祈禱詩優美地迴盪於戰場。像是要呼應那聲音，她們周圍被冰河般的藍色靈氣光芒包圍了。

深洋少女組發出的攻擊全被那陣光芒擋下並且彈開。

「聖護結界……！」

「已確認有戰艦級的防護力場。」

「冰凝系統的擬造聖盾（Svalinn）……！」

穿強化兔女郎裝的女孩們各自從口中發出訝異之聲。

擬造聖盾是被譽為防禦系魔法巔峰的阿爾迪基亞王國之祕咒。靠精靈爐供給神氣創造的屏障與吸血鬼眷獸一樣，具備讓所有物理性攻擊失效的特性。拉．芙莉亞一個人就展開了同等於大型軍艦裝載精靈爐才能輸出的結界。

「——狻猊之舞伶暨高神真射姬於此誦求！」

禱詞從紗矢華口中流瀉而出。銀色長劍分為前後兩截，變形成西洋弓。

現在紗矢華明白公主交代用弓而非用劍的心思何在了。既然公主已布下防禦結界，紗矢華被要求扮演的角色就不是盾，而是痛擊敵人的咒術砲台。

「薇卡，撤退嘍！」

穿藍色強化兔女郎裝的女孩朝著同夥的金髮美女叫道。

「唔……」

穿紅色兔女郎裝的女孩一邊懊悔地咬脣，一邊拋下機關砲。然而在那之前，紗矢華的砲擊已經準備完成。

「極光的炎駒、煌華的麒麟，汝統天樂及轟雷，乃披憤焰貫射妖靈冥鬼之器——！」

銀色西洋弓射出金屬製的咒箭。具咒力的嚆矢代為唱誦人類不可能辦到的超高速咒語，在天空描繪出巨大魔法陣。從魔法陣中灑下了數不盡的閃電風暴，以及剝奪人體行動自由的高濃度瘴氣。

勝敗瞬間分出。

兔女郎女孩們的慘叫在廢墟街道迴盪開來。「煌華麟」屬於制壓兵器——原本是用來癱瘓魔族大軍的兵裝，即使靠簡易強化外骨骼的機動性也逃不過它發出的咒術砲擊。深洋少女組所有成員直接承受高濃度的瘴氣及雷擊，毫無招架之力地倒在地上。

大約半天以內，她們恐怕連站起來都沒辦法。雖說這算是在戰場上採取的措施，但這樣對待一國的公主，無法否認感覺是過火了點。拉・芙莉亞似乎看穿了紗矢華有這種後悔的想法，就「哎呀呀」地嘆氣說：

「妳下手真重呢，紗矢華。」

「誰害的啊！」

紗矢華口氣粗魯地回嘴。

趁著那一瞬空檔，有東西從廢墟的瓦礫死角衝出來了。是輛尺寸相當於小客車的鮮紅超小型有腳戰車。有個戴貝雷帽的嬌小少女緊抓著戰車的甲殼型裝甲，她背上長了魔力編織成的翅膀，短裙底下則有黑尾巴露在外頭。她對紗矢華來說是個面熟的少女。

「江口結瞳……！我們不用追上去嗎……？」

紗矢華回頭問拉・芙莉亞。

既然利維坦是身為夢魔的結瞳在操控，那指揮大群古代兵器的想必就是那輛紅色有腳戰車的駕駛者——麗迪安・蒂諦葉。只要逮住她們兩個，咎神「遺產」的防衛網就會瓦解。

拉・芙莉亞卻從拔腿準備要跑的紗矢華背後抓住她，硬是攔住她。

「還沒結束，紗矢華！」

「咦……？」

在拉・芙莉亞意想不到的力氣牽引下，紗矢華停住動作了。

間隔片刻，龐大得甚至可以感受到物理性衝擊的魔力在她們頭頂出現。

只見那股魔力逐漸凝聚，成了一頭猛禽的形貌。

灼熱火焰環繞於身的巨大猛禽——是吸血鬼眷獸。

「『妖擊之暴王（Irrlicht）』！」

那頭猛禽露出了炎爪，然後飛落。它的目標是拉・芙莉亞布下的擬造聖盾屏障。

巨量魔力與靈力相互衝突，大氣軋然作響。

綻放藍色光芒的屏障承受不住那股壓力，因而碎散。連戰艦都能摧毀的吸血鬼眷獸將拉・芙莉亞的傲人戰艦級防禦結界擊碎了。

「即使用擬造聖盾也擋不住嗎……」

拉・芙莉亞並未顯露多大的動搖，只是溫和地微微苦笑。

公主望去的方向有個銀髮的吸血鬼少年站在那裡。是「戰王領域」的特畢亞斯・加坎。強化兔女郎裝的女孩們只算牛刀小試，他才是江口結瞳原本的護衛吧。

「果真名不虛傳，加坎卿。不過，男士來插手弱女子間的爭執，未免有些不識趣吧？」

「別怪我，拉・芙莉亞・立赫班——就算被謗為卑鄙，投注強大戰力的一方才會贏。戰爭就是如此。」

加坎聽了公主責備似的話，面色依舊不改。

紗矢華在握著西洋弓的手上使勁。特畢亞斯・加坎是瓦特拉的心腹，在「戰王領域」尤以好戰派著稱的吸血鬼之一。若有人能獨力打倒他，那大概非同等或更甚於瓦特拉或亞拉道爾的吸血鬼莫屬。即使紗矢華與拉・芙莉亞聯手，與之相抗衡的可能性仍微乎其微。

拉・芙莉亞應該也理解這一點。即使如此，公主嘴邊仍流露出些許從容。俄頃過後，紗矢華也察覺其理由了。

紗矢華發現有人正居高臨下地俯視著與加坎對峙的她們。

「我有同感，特畢亞斯・加坎——」

「什麼……！」

傲然迴盪於天空的聲音讓加坎警覺地抬頭。

白晝的太陽照亮蒼穹，有艘裝甲飛行船正飄在上頭。船體雖比「蓓茲薇德」小，卻擁有更具攻擊性的輪廓。

外殼顏色是優美的鈷藍色，上頭所畫的徽章為黃金之瞳。第二真祖「滅絕之瞳」統治的中東夜之帝國，「破滅王朝」的徽章。

「既然如此，就算我對這兩人伸出援手，敢情你也不會有怨言吧——」

在黃金色魔霧環繞下，有個金眼的吸血鬼少年翩然而至。

沒有人對那道身影感到驚訝。他身為聖域條約機構的一分子，又是替曉古城擔保身分的保證人之一——同時更是程度不遜於瓦特拉的戰鬥狂，對眼前所展開的戰爭自然無白白錯過之理。

「能與閣下一戰，榮幸之至。感謝你，易卜利斯貝爾．亞吉茲！」

特畢亞斯．加坎瞪著降臨於戰場的吸血鬼王子並露出獠牙。

紗矢華與拉．芙莉亞則從背後感受到吸血鬼之間衝突的魔力，拔腿追向結瞳等人。

8

古城與雪菜在鐵灰色的廢墟街道上持續奔跑。對吸血鬼化的古城來說，跑十公里左右的距離並不苦，用咒術強化過體能的雪菜也是。不過，前提是要知道正確路線。

「可惡……完全迷路了。這座城市的路有夠難認！」

古城拋開亞拉道爾給的軍用平板電腦，然後咒罵。儘管上面確實顯示著「深洋之墓二號」的現在位置，但終究是供飛機用的地圖，要查閱街區路線幾乎派不上用場，只讓人覺得笨重。

「對不起，因為剛才咒術砲擊造成的餘波，探索用的式神都壞了……」

雪菜一邊微微地喘氣，一邊困擾似的垂下目光。咒術砲擊在運河對岸灑下閃電是大約十分鐘前的事。她放出的偵察式神在當時被灑落的瘴氣波及，已經全數陣亡了。

「我看那應該是煌坂用弓箭造成的吧。」

「是的。紗矢華會用上『煌華麟』，我想表示情況非常急迫。而且差不多在那之後，結瞳的念波也跟著中斷了——」

「就算想聯絡煌坂，在這座島上也沒法指望有手機訊號。」

古城低頭看著顯示為收不到訊號的手機，然後咂嘴。

「總之先找『深洋之墓二號』的位置吧。到地勢高一點的地方——」

為了尋找能爬的建築物，古城停下來環顧四周。

鏗——就在此時，伴隨著像是將道路劃開的噪音，有輛形狀奇怪的交通工具衝出來了。

儘管還不到大得離譜的程度，其尺寸讓人看來仍舊覺得十分恐怖，那是以鐵還有強化塑膠構成的聚合體，背上載著小學女生的鮮紅有腳戰車。

『唔喔，男友大人！』

「古城先生！」

有腳戰車發出刺耳剎車聲停了下來。

從結瞳的表情可以察覺，她們似乎正在逃亡途中。不過以古城的立場來看，能在這裡遇見她們實屬僥倖。只要在這裡抓住她們兩個，起碼就可以讓利維坦和古代兵器失去作用。

「姬柊，別讓她們逃了——！」

「是！」

古城話還沒有說完，雪菜就朝著有腳戰車疾奔而去。

身為第四真祖的古城動手抓小學生，在觀瞻上會有許多問題，但是交給雪菜就不用擔心了。然而，結瞳卻賠罪般朝著雪菜雙手合十說：

「對不起，雪菜姊姊……！」

「咦！」

有腳戰車將槍口朝向表情緊繃的雪菜。那是內藏於雙腿的七・六二公釐對人機關槍。

「！」

「唔喔！」

鎮壓暴徒用的橡膠彈隨轟響射出，雪菜立刻躲進死角。打中廢墟牆壁的橡膠彈變成跳彈，從意想不到的方位朝古城來襲。

「妳們想殺我嗎！」

古城一邊閃躲橡膠彈雨，一邊朝結瞳她們怒罵。雖說是橡膠彈，發射裝置仍與一般機關槍相同，威力足以讓人類骨折。單論可以有效造成痛苦這一點，某方面而言，這樣的兵器對吸血鬼來說比普通槍彈還恐怖。

『抱歉是也！因為在下目前還不能被逮——！』

麗迪安一邊隔著喇叭喊話，一邊將戰車調頭。她打算繼續逃，而古城他們並無有效的手段予以阻止。

雪菜的長槍對不用魔力的戰車無法發揮力量，古城的眷獸要拿來對付結瞳她們又嫌威力過強。

只能眼睜睜看著結瞳她們溜掉嗎——當古城差點放棄時，有雙虹色翅膀在有腳戰車的行進方向展開。

漣漪般令虛空蕩漾並且現身的是身上禮服華美得幾乎與現場不搭調的嬌小魔女，以及女僕裝扮的少女人工生命體。

「動手，亞絲塔露蒂——」

「命令領受。執行吧，『薔薇的指尖』。」

亞絲塔露蒂收到南宮那月的命令，便召喚出眷獸。

不久，從少女背後長出的虹色翅膀變成巨大手臂，包裹住身為宿主的亞絲塔露蒂全身，化為完整的人型。亞絲塔露蒂的真面目是眷獸共生型人工生命實驗體——世上唯一讓眷獸寄宿於體內的人工生命體。

『噫……！』

物理性攻擊對亞絲塔露蒂的眷獸「薔薇的指尖」不管用。有腳戰車發射橡膠彈，只會白白被人型眷獸的身體表面彈開。

有腳戰車反而被眷獸用雙臂制住，動作因而停止。有如拔去水煮螃蟹的腿，亞絲塔露蒂的眷獸輕易扯斷有腳戰車的腿。

而原本搭乘於戰車背上的結瞳全身也被從虛空射出的銀鏈五花大綁。儘管結瞳手腳拚命掙扎，想設法逃離咒縛，結果卻只是讓鎖鏈纏得更緊。連身款式的制服裙子被掀起，白皙大腿和尾巴露了出來。

『在下懇求妳……！至少……至少放過記憶裝置（storage）就好！備份還沒完成是也！』

「放開我……請放開我！會被古城先生看見的……！」

那月對兩個小學生的哀求完全不理睬。在這段期間，亞絲塔露蒂仍默默地繼續將有腳戰車解體。

「……原來那月美眉也來啦。」

古城一邊無奈地搔頭一邊起身問道。那月則短短地哼聲：

「我並不是來幫你。我只是受了那個夢魔的監護人拜託，要幫忙管教小丫頭們。順帶一提，我跟她們的小學級任導師認識，她們老師似乎有準備特別的處罰方式喔。」

結瞳和麗迪安聽見那月嘀咕以後，臉色都變了。級任導師要處罰她們的這段話似乎起了作用。

「等、等等是也，老師大人！請大發慈悲！看在武士的情面——」

「呀啊啊啊啊啊！」

那月打開空間移轉用的門，亞絲塔露蒂便將兩個小學生扔進其中。

到頭來，結瞳她們的人身安全因此得到保障了。向聖域條約機構發動戰爭，假如只要受處罰就能了事，代價應該算便宜。

於是利維坦和古代兵器的威脅都出乎意料地輕易消失了。在這座咎神「遺產」裡的敵人，只剩瓦特拉與他麾下的吸血鬼。

「……那月美眉，能不能請妳送我到瓦特拉的船上？」

那月辦完了原本的事，古城便用認真的語氣拜託她。

嬌小魔女回望古城，然後默默地考慮。那月的正式身分是隸屬於日本政府的國家攻魔官，要與瓦特拉正面敵對，在外交上大概會有麻煩的限制。她跟可以託辭要監視古城的雪菜立場不同。

不過，結果那月露出妥協似的表情，然後嘆了氣。

「唉，好吧。我對這場胡鬧的風波正好也覺得有點煩了。」

「得救了。」

古城不禁露出放心的表情。就在此刻，雪菜舉起了銀色長槍，臉色變得凝重。

「不好意思，南宮老師。請你們先走。」

「……姬柊？」

古城納悶地反問，深紅閃光便從他的視野一隅迸散四射。亞絲塔露蒂用眷獸將無聲無息地從背後飛來的子彈擊落了。

然而，當著回頭看去的古城等人眼前，虹色眷獸出現異變。能反射魔力並讓物理性攻擊失效的「薔薇的指尖」右臂被分隔成馬賽克狀，然後消滅了。

「亞絲塔露蒂！」

「警告，這種子彈無法防禦——危險。」

人工生命體少女面無表情地告訴眾人。古城等人對她的話吭不出聲音。深紅彈雨持續撒下，像是要扒開亞絲塔露蒂的眷獸一樣，使其逐漸解體。

能改寫世界，將異能之力整個消滅——古城認得那樣的攻擊。

「這種子彈……是『聖殲』嗎！」

古城抬頭望向廢墟樓頂，新的有腳戰車蹤影就在那裡。死氣沉沉的灰色機體上塗了鮮豔的綠松色花樣。

有個髮型亮麗的高中女生正從開啟的駕駛艙探出上半身。

「淺蔥……！」

古城叫了她的名字。

沒錯，剩下的敵人不只吸血鬼，還有一個——最惡劣的強敵存在。是她的話，就有能力駕馭咎神創造來改寫世界的禁忌魔法「聖殲」。因為她正是世上絕無僅有的「該隱巫女」。

「我來阻止藍羽學姊。學長就趁這時候打倒奧爾迪亞魯公！快！」

雪菜令銀槍發出奪目光芒並瞪向淺蔥。

古城咬緊牙關，祈禱似的閉上眼睛。

「拜託妳了，姬柊。」

9

古城穿過暈眩般蕩漾的空間以後，降落在「深洋之墓二號」的甲板上。瓦特拉並未照預料現身迎擊，船上充斥異樣的寧靜。

「驅逐入侵者的結界被解除了……蛇夫打算誘我們深入？」

那月環顧四周嘀咕。古城有些忐忑不安。這艘船理應是反聖域條約聯合軍的根據地，就算對方設了陷阱才讓他們輕易移轉至此，感覺仍太沒防備了。

感受不到本應在船上的聖域條約非加盟國代表與護衛的動靜。相對地，船上瀰漫著銹鐵般的異味。

「這股臭味……難道說……！」

古城全身猛烈發抖。他捂著嘴邊，像在忍耐噁心感地低聲驚呼。

「……曉？」

那月納悶地對古城不尋常的反應蹙眉。然而，對於船內傳出的異味，她和亞絲塔露蒂還沒有發現。並非吸血鬼的她們尚未警覺——

「可惡……瓦特拉……！」

古城一腳踹破身邊的門，然後衝進船裡。

異味變得更濃了。那是人類的血味。

眼熟的酒吧大廳裡，可以看見眾人交疊倒臥在地上的身影。流出來的鮮血有如傍晚時分的影子，正在橫躺的眾多軀體周圍逐漸擴散。

「這些聖域條約非加盟國的代表，似乎勉強還剩一口氣……」

追著古城而來的那月板起臉孔，發出不悅之語。亞絲塔露蒂立刻著手急救，但傷患人數太多了。

倒在地上的有衣著闊綽的政治家與眾多黑衣護衛。他們全被割破喉嚨，因為大量失血而倒地不起。光是粗略望去就有一百人以上，假如徹底搜遍船內，遇害者恐怕會是好幾倍。

相較於傷口深度，濺在地板的血卻顯得少，表示讓他們受傷的人已將流出的血吞了大半。這恐怕是在淺蔥等人不知情時發生的慘劇。

「瓦特拉，你打什麼主意……！」

古城粗魯地捶向船內的牆壁，並且咕噥。

與聖域條約機構對立的聖域條約非加盟國是受瓦特拉招來的同盟對象，瓦特拉卻對他的盟友們下了毒手。就算他是再怎麼冷酷的戰鬥狂，感覺也不會毫無理由地如此行凶。

「這是臨陣退縮的報應喔——」

吸血鬼青年用靜靜的嗓音回答了困惑的古城。

「……！」

古城將目光轉向聲音傳來的方位。在酒吧大廳裡面的三角鋼琴那邊，有個金髮的貴族青年倚身而立。他的純白西裝上染著斑斑血跡。

「第四真祖變成敵人後，這些人都腿軟了。因為他們想逃，我才給予懲罰。對玷汙了神聖之戰的膽小鬼們來說，這模樣恰如其分吧？」

瓦特拉擦了擦被血濡濕的嘴脣，優美地露出微笑。

從他全身發出的戾氣讓古城不自覺地後退。

「戰王領域」的貴族拋下做作尖酸的謀略家面具，露出了真面目。這種冷酷殘暴才是迪米特列·瓦特拉的本性。而且只要不打倒他，絃神島就沒有安穩的未來。

「那月美眉……亞絲塔露蒂……麻煩妳們將這些人送去醫院。」

「什麼？」

「我要痛扁那傢伙——！」

從古城伸出的右臂噴出了深紅霧氣。那陣霧變成洶湧的魔力洪流，然後幻化為巨大的猛

衝突。

獸身影。而在瓦特拉前方，也浮現了巨大的幻獸身影。同時召喚出來的兩頭眷獸在船內迎面

「『獅子之黃金』！」

「『跋難陀』！」

古城召喚的是閃耀著雷光的巨獅。獅子雷電環身的攻勢被長有無數劍鱗的蛇之眷獸擋下了。激戰的衝擊將遊船的上層結構整塊掀起，古城他們卻彼此無恙。瓦特拉從天花板打穿的大洞衝出甲板，古城立刻予以追擊。

「『雙角之深緋』！『牛頭王之琥珀』──！」

深緋色雙角獸放出衝擊波將甲板撕開，牛頭神吐出的熔岩則化為巨斧劈向瓦特拉。

「『摩那斯』！『娑伽羅』──！」

瓦特拉召喚出兩頭新眷獸來應付古城的攻擊，古城的攻勢卻沒有結束。他硬是扳倒瓦特拉的反擊，粉碎其防禦，執著地、狡猾地、冷酷地、殘虐地、粗野而毫不留情地發動單方面的痛擊。瓦特拉的衣服頓時被劃出無數傷痕，鮮血從綻開的皮膚噴了出來。

「令人刮目相看呢，古城……不愧是讓亞拉道爾磨練過的實力。」

瓦特拉沾了血的臉上浮現出歡喜的笑容。

瓦特拉承受古城的猛攻，仍然笑著。

「就是這樣，古城。這才是第四真祖被譽為與天災匹敵的眷獸之力！再來，讓我見識更多！」

「你閉嘴！」

瓦特拉被雙角獸發出的衝擊波打中，身軀飛上半空。他飛了足足有幾百公尺遠，然後才在人工島的廢墟上著地。

古城也跟著縱身追去。

「深洋之墓二號」被古城他們的戰鬥波及，原本優美的船體變得慘不忍睹。艦橋及瞭望甲板消失得不留痕跡，船身更冒出無數的裂痕，到現在仍然浮著簡直不可思議。儘管留在船裡的傷患讓人掛心，但也只能祈禱那月和亞絲塔露蒂能順利援救他們了。

「真愉快呢，古城。我的心情實在舒暢。」

瓦特拉在激烈戰鬥中負傷，卻還能用作戲般的身段張開雙臂。他的目光並非對著古城，而是朝向遙遙地浮在海平線彼端的多國籍艦隊。

「雖然我想這樣一直和你玩下去，不過恐怖的真祖們（幾位人士）都在看著，差不多也該讓我試一試自己的新力量了——」

「什麼……！」

古城憑本能察覺瓦特拉身上的氣勢改變，表情因此為之僵凝。

有種冷如冰的寒意竄過背脊。古城不曉得瓦特拉打算做些什麼，但他明白那會是極為不妙的事情。第四真祖的「血之記憶」正在警告古城那有多恐怖。

瓦特拉召喚出來的眷獸被螺旋狀打轉的深紅光輝包圍住了。

那些都是細微的光粒，粒子內刻有複雜的魔法陣。無數發亮耀眼的粒子——其光芒被瓦特拉的眷獸吞入體內，逐漸增加力量。眷獸與粒子渾然相融，不久便成了光彩眩目的巨蛇。全長達數百公尺的光蛇從遙遠上空睥睨著古城——然後咆吼。

「這股力量！是『聖殲』嗎——！」

深紅巨蛇吐出眩目閃光，被古城用新召喚的眷獸擋住了。具備金剛石肉體的大角羊在古城面前布下寶石屏障。

能擋住任何攻擊，並將其威力直接反射給對手的報復型眷獸——

瓦特拉令眷獸發出的閃光卻將古城的那層屏障壓碎了。

「唔喔……！」

古城迎面承受擋不住的攻擊，被重重壓倒在地上。

鮮血飛濺，連呼出的氣息都混著血。能抵銷異能之力的「聖殲」光芒從古城身上奪走他的魔力。古城既不能召喚新的眷獸，也無法站起，視野轉暗，意識逐漸淡出。

「再見了，古城——」

瓦特拉嘀咕的語氣甚至流露出一絲落寞。

深紅閃光來勢加劇，朝著失去屏障的古城傾瀉而下。古城的存在即將連同第四真祖之力一同消滅——當局面讓人如此以為的瞬間……

瓦特拉令眷獸吐出的深紅閃光忽然與空間一塊被斬斷了。

「改良型六式降魔劍，啟動——！」

在泳裝外面披著連帽衣的羽波唯里衝進了深紅光芒中。她所握的銀色長劍創造出空間斷層，阻絕「聖殲」之光。

「葛蓮妲，拜託妳了！」

『妲啊啊啊啊啊！』

鐵灰色龍族一邊發出奇妙吼聲，一邊穿過廢墟的縫隙飛來。牠趁著空間斷層消失前的那一瞬間抓起古城和唯里，然後直接逃向天空。

「——改良型六式降魔弓，全彈齊射！」

以銀色西洋弓備戰的斐川志緒搭乘在龍背上，她將同時上弦的三支咒箭一併射出。嚆矢隨著轟鳴聲飛射而過以後，同時畫出了三道巨大魔法陣。令人目眩的閃光、雷霆以及用來代替煙幕的濃霧——

瓦特拉的眷獸放出深紅閃光，將那些魔法陣抹去。

然而，此時鐵灰色龍族早已消失蹤影。牠帶著古城飛走了。

「樂趣稍微延長了嗎……」

金髮吸血鬼解除眷獸的召喚，然後苦笑。之所以刻意留手不予追擊，是因為他對少女們救古城脫離險境的機智與勇氣懷有敬意。

何況——瓦特拉再次望向海平線彼端。

他要對付的並不只是第四真祖。

第六章　歸來

Returning

1

深紅子彈劃出好幾道帶著幾何美感的軌跡飛來。內含魔法陣的光粒集合體。為了向眾神復仇而生的咎神禁咒──「聖殲」。

被那種子彈接觸到的地方會瞬間變成黃金。「聖殲」是改寫世界的魔法。那並非轉換物質，它是將世界改寫成「黃金從最初就在那裡」的模樣了。

對於能干涉世界本身的「聖殲」，「雪霞狼」具備的魔力無效化能力也不管用。雪菜憑長槍並不能防禦深紅子彈。

即使如此，雪菜仍毫不畏懼地鑽過灑落的彈雨。

「藍羽學姊！請妳就此停手！」

雪菜望去的方向，有淺蔥搭乘的有腳戰車身影。比麗迪安的「膝丸」大上一圈且造型粗野的機體。

那輛機體裝載的兩門對人機槍正在發射深紅子彈。淺蔥本身不會使用魔法，要透過那輛有腳戰車當觸媒才能發揮「聖殲」之力。和施術者本人使用魔法的情況相比，攻擊模式較為有限，但相對地發射間隔也較短。而且有腳戰車本身的機動性與防禦力更能造成威脅。

「就算不打仗，還是能救絃神島！只要曉學長打倒奧爾迪亞魯公就可以了！」

雪菜靠咒術將體能提升至極限，並逐漸逼近有腳戰車。朝空中放出的攻擊咒符變成了銀狼姿態。兩頭銀狼貼向戰車，打算將對人機槍咬碎。

『——我說過那樣就沒意義了吧！』

淺蔥主動讓機體撞上廢墟牆壁，甩掉了雪菜的式神。式神們被深紅子彈掃中，異能之力便遭到抹消，又變回原本咒符的樣貌。

『第四真祖成為絃神島之王以後，古城要怎麼辦！他那樣能變回普通高中生嗎！剝奪了那傢伙的歸宿卻只救到絃神島，根本什麼也沒有解決嘛！不要奪走古城的歸宿！』

「藍羽學姊……難道妳就是為了這個才幫奧爾迪亞魯公……」

雪菜首度了解到淺蔥的真切感情，瞬間停下了動作。

仔細想想，這是當然的事。

淺蔥只是比別人對電腦強一點的普通高中女生。這樣的她，不可能僅以要保護自己長大的島嶼為由，就毅然決然與半個世界作對。淺蔥想保護的並非絃神島，而是古城的歸宿。她從一開始就只為了古城在行動。

即使如此，雪菜了解到淺蔥的本意以後，還是沒有放下對著她的兵器。

「就算這樣，學長他……曉學長還是選擇了保護絃神島！哪怕自己的真正身分會洩露出去，哪怕要一肩扛起所有居民的命運——！」

『我說過我不會讓他那樣做！』

戰車背部的飛彈槽撒出了超小型飛彈。

二十四連裝的飛彈槽在機體左右各有一座，總計四十八發飛彈從所有角度殺向雪菜一個人。在物理方面毫無死角的攻擊，即使是擁有洞穿未來能力的雪菜也逃不過。

「唔——」

雪菜所握的銀色長槍發出純白的眩目光輝。靈力透過長槍得到增幅，逆流回她的身體。經純化的靈力在雪菜體內打開通往高次空間的路徑（Pass），超越人類極限的龐大神氣從中流了出來。那是「雪霞狼」內藏神格振動波（DOE）驅動術式的副作用——讓使用者化為模造天使。

湧現的神氣化為純白羽翼掃過天空，將射來的飛彈統統擊落。

『聖……「聖殲」的子彈被擊落了……！』

淺蔥目瞪口呆地嘀咕。裝在飛彈中的深紅粒子逐步被雪菜用羽翼抹去。就算「聖殲」可以讓異能之力失效，也抵銷不掉從高次空間流入的神氣。

「不管曉學長是第四真祖還是夜之帝國的王者都沒關係吧！我會保住學長的歸宿！『魔族特區』就是為此存在……監視者也是為此存在的！」

模造天使化演變到最後會導致施術者消滅，是危險的行為。和古城之間的「契約」雖能減輕那種可能性，但效果終究有限。雪菜明知如此卻還是用全力釋出神氣，因為她曉得那是對抗淺蔥的唯一方法。

『妳那是什麼話嘛……！』

雪菜的宣言讓淺蔥聲音發抖。她難得真心動搖。

『話說妳的翅膀是怎樣！天使嗎！臉長得可愛一點就什麼都有嗎！』

「可愛的是藍羽學姊吧！別人都說妳比真正的偶像漂亮！腦袋又好！身材也棒！曉學長都會依賴妳！」

雪菜也情緒畢露地回嘴，連她自己都不曉得在說什麼了。淺蔥似乎被雪菜這些話觸怒到了，就進一步拉高音調。

『被古城依賴的是妳吧！雖然我不清楚監視者是什麼名堂，但妳無論上學或放學時都跟他黏來黏去黏來黏去黏來黏去！』

「藍羽學姊在學校的時候，還不是都跟學長膩在一起！妳上課都會瞄學長的臉，中午還一起吃飯，連飲料都可以分著喝甚至間接接吻——」

『妳怎麼知道的！』

淺蔥搭乘的有腳戰車與化為模造天使的雪菜激烈互鬥，其衝擊讓有腳戰車的關節火花四濺。潤滑液從機體各處流出，過熱的冷卻劑冒了白煙。左右兩邊的對人機槍都被扭彎槍身，飛彈殘量早已見底。

「──再說，我又沒有從古城那裡收過戒指！」

淺蔥從駕駛艙蓋鑽出來，手無寸鐵地瞪雪菜。

「這枚戒指是獅子王機關的裝備！和藍羽學姊的耳環不一樣！」

雪菜也已經解除天使化了。她一邊喘氣一邊仰望著淺蔥回嘴。

「就算妳這麼說，戒指還是古城幫妳戴上去的吧！太詐了嘛！」

「要說的話，藍羽學姊平時都可以直呼曉學長的名字不是嗎！」

「啊……妳會介意那個喔。感覺好意外……」

「唔……」

雪菜發現自己說溜嘴，頓時紅著臉轉開視線。

淺蔥默默地聳肩，然後帶著嘆息托起腮幫子。或許她開始覺得這樣爭論很蠢。就算在這裡跟雪菜吵，事態也不會有任何好轉。

緊接著。

「──────！」

雪菜和淺蔥都驚訝地仰望天空。那是古城應該正與瓦特拉交手的方向。

有條全長達數百公尺的蛇朝天屹立著。

就算是吸血鬼的眷獸，那也巨大得超乎常理。

眷獸本身是濃密魔力的聚合體。連第四真祖的眷獸在具現化以後，模樣頂多也只有十幾公尺長。即使如此，它們仍具備足以毀滅整座都市的力量。要是那條蛇解放所有魔力，會引發多大的破壞？雪菜連想都無法想像。而且，圍繞在蛇身邊的深紅光旋更讓她感到戰慄。

「——為什麼『聖殲』會發動！我明明沒有寫出那種魔法演算式（程式）……！」

淺蔥茫然地搖頭。

雪菜完全說不出話了。如今迪米特列・瓦特拉已經徹底掌握「聖殲」，他還將那樣的能力納入自身眷獸體內。連世界都能改寫的「聖殲」，被瓦特拉用來做為強化眷獸的手段了。

而且他的眷獸不只一頭。

巨蛇一邊掃平廢墟的街道，一邊陸續抬起彎如鐮刀的頸子。瓦特拉擁有的八條蛇之眷獸在人工島各處現身，並且傲然地睥睨周圍。

宛如目睹世界末日來到，讓人覺得非現實的景象。

有隻鳥為了逃離那些眷獸，正拚命飛舞。

錯了——那不是鳥，而是長著鐵灰色鬃毛的龍。

那頭龍族的左右前腳各抓著一名少年及少女。雪菜和淺蔥察覺到他們的身影，都叫出了

聲音。

「葛蓮姐……！學長！」

「古、古城跟……唯里？」

在雪菜及淺蔥注視下，一路以超越極限的速度飛來的龍失去平衡，搖搖晃晃地墜落在建築物的縫隙間。隱約有少女的尖叫聲傳出。

「……！」

雪菜她們看了彼此的臉，然後奔向龍族的墜落地點。

2

「連兩百歲都未滿的年輕世代能與我周旋到這種地步……了不起。」

裴瑞修．亞拉道爾讓巨劍眷獸飄在頭上，並且靜靜地告訴對方。

在鐵灰色的廢墟街道上，留著無數像是被看不見的獠牙扎過的傷痕。擁有強大力量的吸血鬼彼此硬碰硬之後的痕跡。

亞拉道爾的皮膚被劃出幾道裂傷，古風大衣的下襬慘遭燒焦。

然而站在他眼前的吉拉．雷別戴夫傷勢遠比他嚴重。吉拉已經失去右臂，而且從全身上下到背後都受了貫體的重傷。

亞拉道爾與吉拉的年紀差距約為七百歲——兩人在戰鬥經驗上的區別正體現於彼此的傷勢落差。再繼續交手下去，戰況應該也不會翻盤。

即使如此，吉拉仍未失去戰意。面對眷獸數量占優勢的亞拉道爾，他運用幻影及陷阱，一路死纏爛打。

「吉拉．雷別戴夫，為什麼你要為瓦特拉奮戰到這種地步？我倒不覺得你是像瓦特拉或加坎那樣的戰鬥狂啊……？」

「那可不一定。」

吉拉被自己的血濡濕臉頰，還露出一抹微笑。亞拉道爾看吉拉遮著裂開的衣服胸口，便納悶地蹙眉。

「——不過確實如你所說，要幫上那一位的忙，我並不是沒有苦無他法的感覺。看來這次我也勉強盡到職責了。」

「什麼？」

亞拉道爾聽完吉拉若有所指的嘀咕以後，就抬起臉龐。理應被曉古城視為目標的「深洋之墓二號」所在的方位——有條巨蛇誕生在那裡了。

披著深紅螺旋聳立於天的蛇之眷獸。亞拉道爾憑直覺理解到它的真面目。
「瓦特拉……將『聖殲』的力量加諸於眷獸之上了嗎……！」
蛇之眷獸像是在回答亞拉道爾的話，從口中吐出了閃光。
在深紅閃光伸去的方向有聖域條約機構軍的多國籍艦隊。眷獸的攻擊蘊含龐大魔力，恐怕連最大級別的航空母艦都能一擊消滅。
然而，在那陣光芒將艦隊吞沒的前一刻，有隻不定形的巨大怪物破海現身了。具備凶猛翅膀與無數觸手的海怪，是真祖操控的眷獸。
眷獸以翅膀擋下閃光，並改換角度將其彈到高空。
雖然海面因龐大魔力相互衝突而浪濤洶湧，浮在後頭的船艦倒毫髮無損。真祖眷獸勉強保住了多國籍艦隊。
「不愧是我等的真祖，居然能承受那一擊……不過，撐得了多久呢？」
吉拉靜靜地吐氣，行為中所含的心思不知道是讚嘆或者憐憫。
真祖眷獸的巨大翅膀從根部被扯斷，已經消滅了，觸手似乎也已失去數條。連理應接近無敵的真祖眷獸也無法完全擋下蘊藏「聖殲」之力的深紅閃光。
蛇之眷獸為了施展新的攻擊，正逐漸從人工島吸取魔力。「聖殲」之力的來源就是流經絃神島周圍海域的龍脈。實質來說，其魔力總量近乎無限，憑吸血鬼真祖的力量，也未必能抗衡——

「瓦特拉……！」

亞拉道爾皺起臉望著那幕絕望的光景。

「原來如此……你們的職責是絆住敵人啊。」

同一時間——易卜利斯貝爾同樣看著那場荒謬的戰鬥。

為了完全掌握「聖殲」之力，瓦特拉應該需要一定程度的時間。為此他才會利用利維坦與古代兵器支開多國籍艦隊。

既然他們的目的已經達成，易卜利斯貝爾就沒有理由繼續跟加坎打下去了。因為他就算打倒加坎再趕到瓦特拉身邊，也不會有勝算。

「是我們贏了，『破滅王朝』的王子。」

加坎帶著半邊身體被扯開的淒慘模樣，耀武揚威似的露出了微笑。

「瓦特拉大人得到了超越以往咎神的力量，連我們的真祖都無法阻止那一位了。」

「我可不認為那些老人是這麼好打發的對手——」

易卜利斯貝爾像事不關己地用毫無情緒的嗓音答話。

「無論如何，繼續在這裡與你廝殺也沒有益處。我總不能錯過曉古城與瓦特拉這場難得的大戰。」

「你說……曉古城？」

加坎痛苦似的瞇眼仰望易卜利斯貝爾。他踉蹌地靠著終於完成再生的腿站了起來。

易卜利斯貝爾微微地笑了。

「有什麼好訝異？要打倒獲得咎神睿智的瓦特拉，該是曉古城的職責吧？畢竟那傢伙是第四真祖——為了殺害咎神才創造出來的弒神兵器。」

在金霧環繞之下，易卜利斯貝爾逐漸消失身影。他八成是認真地打著要去觀看古城與瓦特拉對決的主意。

「我可是幫了他一把，當然要盡量取樂啊。」

易卜利斯貝爾最後的聲音遙遙傳來。

加坎撥起被血濡濕的劉海，不經意地在口中嘀咕：

「曉……古城……」

3

「古城——！」

先趕到龍族墜落現場的是淺蔥。她從像是力竭停住的有腳戰車跳下來，然後跑向受傷的古城身邊。

「淺蔥……」

快哭的羽波唯里摟著古城，抬頭朝淺蔥看過來。淺蔥低頭望向閉著眼睛的古城，便明白唯里的表情代表什麼意思。

古城模樣十分悽慘，兩腿被撕得支離破碎，膝蓋以下幾乎不留原形。左臂的肉被削去，露出一大塊骨頭。即使如此，出血量卻不多，是因為傷口周圍的肌肉都像木乃伊一樣乾枯。有發光的深紅粒子圍繞著那些傷口。「聖殲」的殘漬抵銷掉異能之力，妨礙了吸血鬼的再生能力。

「——是『女教皇』的詛咒。」

淺蔥認出傷害古城的魔法是什麼來歷，因而發出驚呼。冷靜一想，道理很簡單。

淺蔥並沒有寫出替瓦特拉強化眷獸的魔法演算式。有人代她做了魔法演算。除了淺蔥，若還有人能操控「聖殲」，那就只有紘神冥駕之前的搭檔「女教皇」——「亞伯巫女」。

「女教皇」原本是被ＭＡＲ用來研究死者復生的實驗品，憎恨著這世上的一切。假如她曉得瓦特拉的目的是要讓戰火席捲全世界，應該就會欣然幫忙。

「純粹將紘神島增幅過的『聖殲』魔力灌入瓦特拉先生的眷獸——這樣的魔法演算結構太過單純，從外界沒辦法干預……」

豈有此理——淺蔥緊咬嘴脣。「女教皇」建構的演算方式，恐怕無法稱之為程式。她只是造出讓魔力流過的路徑。以電腦來比喻的話，就是無視於電子回路的構造，直接將高壓電線接通。

用那種玩意不可能做出細微操控。何止如此，一度開始流通的魔力能否阻斷都成問題。然而流入的魔力量龐大無比。

最關鍵的癥結是，既然它不接受外界的魔法演算干預，淺蔥就沒辦法讓古城被瓦特拉攻擊的傷勢痊癒。

「曉學長……！」

雪菜追上來以後看見倒著的古城，不由得倒抽一口涼氣。古城的慘狀應該也讓她受了衝擊，但她默默地搖頭，然後朝周圍瞥了一眼。

「唯里，斐川學姊在哪裡？」

「志緒說要在古城恢復以前先當誘餌，就一個人走了——」

「……！」

雪菜的臉色變僵硬了。

在鐵灰色的廢墟街道，有巨大的蛇之眷獸們不分目標地肆虐著，連宿主瓦特拉要駕馭它們的力量都得花苦心。被光芒裹覆的眷獸們光是扭身，就讓廢墟街道產生莫大損害。

古城等人所在的方位卻沒有被眷獸的攻擊波及，那是因為志緒誘離了它們的攻擊。說得更精確點，應該是除她以外並無其他施術者能當誘餌才對。只有改良型六式降魔弓的咒術砲擊能吸引那些蛇之眷獸的注意。

「藍羽學姊，曉學長就拜託妳了——」

「……咦？」

雪菜單方面交代完以後，不等淺蔥回答就衝了出去。她要趕去支援志緒。以現狀來看，只剩雪菜化為模造天使後的神氣之翼還有希望阻擋瓦特拉以眷獸發動的攻擊。

雪菜明白就算自己留在現場，也救不了古城。因此，她把古城託付給淺蔥。雪菜相信如今能救古城的就只有淺蔥——

「這樣不可以……」

鐵灰色頭髮的少女握了古城受傷的手臂。葛蓮妲披著唯里的連帽衣，全身上下有無數擦傷。她大概是在逃離瓦特拉的眷獸時受傷了。

「明明聖殲是屬於該隱的！明明不應該傷害到古城的！」

「葛蓮妲……」

唯里苦惱似的垂下目光。

她的銀色長劍已經從中碎裂，剩下的劍身也到處缺刃，那是擋下瓦特拉眷獸攻擊的反作用。可令異能之力失效的「聖殲」粒子穿過擬似空間斷層，對她的劍造成損傷了。

唯里她們冒著如此的危險救了古城一命。

只是被牽扯進來的她們這麼賣力——

而將她們牽扯進戰爭的加害者之一，就是淺蔥。有所自覺的淺蔥用力握緊拳頭。她明白自己該做什麼，那就是讓這場愚蠢的戰鬥結束。

「唯里，不好意思，妳能不能和那個女孩子離開一下？」

「咦？好、好啊。」

儘管唯里露出困惑之色，還是帶著葛蓮妲和古城拉開距離。

相對地，淺蔥在古城身邊跪了下來。為了讓心情鎮定，她大大地吸氣，然後悄悄捧起古城的頭。接著，淺蔥用手掌朝毫無防備的他甩了耳光。

「古城，你醒醒！給我醒過來！」

啪——清脆的耳光聲響遍廢墟街道。

第二下，第三下，淺蔥不留情地反覆賞古城巴掌。這並不是對普通傷患的治療方式。古城要是不能取回意識，終究會萬事休矣。顧不得手段了。

唯里目瞪口呆地望著那離譜的光景。

「淺、淺蔥？」

葛蓮妲嚇得愣住了。但她們都沒有要阻止淺蔥的意思，因為大粒淚珠正撲簌簌地從淺蔥眼裡掉下來。

「快張開眼睛啦，古城！」

不停動手打古城的淺蔥沒力氣了。她抓住古城的制服領口，聲音含淚地呼喚。有陣虛弱聲音傳到這樣的淺蔥耳邊。

「……唷……淺蔥……」

古城用滿滿都是血的右手替淺蔥撥掉沾到臉頰上的頭髮。淺蔥淚濕的眼睛裡映著古城無力地微笑著的臉。

「妳……又在哭了嗎……？」

「啥？什麼話啊，我才沒有在你面前哭過……」

淺蔥粗魯地用力揉眼睛。她對古城反駁到一半就把話吞回去了。淺蔥想起在昏暗的醫院等候室那一幕。

當時淺蔥獨自在醫院哭泣，有個不機靈的少年特地來搭話。仔細一想，她從那時候就把

古城放在心上了。

「什麼嘛……你這討厭鬼，是要記多久啊……」

淺蔥又一次擦掉淚水。她的臉在妝糊掉以後應該已經變得慘兮兮，但彼此的模樣都不光彩。淺蔥悄悄閉上眼睛，然後將自己的嘴唇湊向古城。

「淺、淺蔥……？」

淺蔥突然的舉動讓古城露出吃驚之色，唯里那邊也傳來受驚嚇的動靜。不過，最心慌的人是淺蔥，她不曉得接下來該怎麼辦。早知道就先找棚原問清楚做這種事的步驟了。

「抱歉……我真的對這種事不熟……比方說，怎麼做才能讓你高興……要摸胸部嗎？」

意識變得空白一片的淺蔥說完就解開制服的鈕釦，還有胸罩的釦環也是。接著，她硬把古城的右臂貼到自己胸前。

「啥……？」

古城原本空洞的眼神恢復光彩了。或許是起了一點效果，不過，淺蔥也沒有能冷靜觀察那些的餘裕。

「咦……咦咦……！」

唯里內心強烈動搖，還立刻遮住葛蓮妲的眼睛。

「！」

古城冰冷的手掌摸到淺蔥略為汗濕的肌膚。瞬時間，淺蔥微微地叫出聲音。跟她之前想像的感覺完全不同，古城的手又大又粗糙堅硬，充滿了力氣，感覺有點恐怖。可是，淺蔥並不排斥讓他摸。

「怎麼辦……我覺得好難為情……或許心臟都要蹦出來了……」

「——欸，淺蔥，怎麼了……妳為什麼突然做出這種事……」

「我……我希望你吸我的血。是你的話，我就不在意……！」

淺蔥實際說出口以後，覺得那是非常不檢點的告白。事到如今，害怕被古城嫌棄的情緒才湧上心頭。然而這也不是害羞的時候了。

「我不清楚『該隱巫女』到底是什麼，但我想只要吸了我的血，你就有力量對抗『聖殲』了。所以——」

「淺蔥……妳為了這個不惜……」

古城眼裡冒出了彷彿夾雜著後悔與內疚的情緒。淺蔥連忙搖頭，她不想讓古城露出這種表情。

「或、或許你現在已經嫌棄我了……可是，我會加油的……我會努力讓你覺得可愛……所以說……」

「別講了。」

古城說出短短的拒絕之詞。淺蔥的心臟瞬間停止。

「……咦！」

淺蔥表情緊繃，古城溫柔地撫摸她的頭髮。理應嚴重失血的他臉頰泛紅，眼光像在緊張似的搖晃著。

「不用說那種話。因為……妳是有魅力的……呃，而且也很可愛。」

「……！」

淺蔥捂住自己的嘴巴。她想跟平時一樣隨口敷衍古城說的話，聲音卻哽在胸口出不來，唯有眼淚不停地奪眶而出。

「淺、淺蔥？」

淺蔥意外的反應讓古城慌成一團。他似乎無法理解發生了什麼狀況，模樣著實驚慌。

「抱、抱歉……我只是，稍微安了心……」

淺蔥一邊虛弱地抽泣，一邊細聲解釋。古城深深地吐出放心的嘆息。

「我會盡可能溫柔，但是一開始或許會痛喔。」

「嗯。可以喔，我會忍耐的，隨你高興怎麼做……」

淺蔥撥開沾到臉龐上的頭髮，露出白淨頸根。古城意外有力氣地將脣湊過來，沁入身體的痛覺以及一體感逐漸在淺蔥體內擴散。

唯里用閃閃發亮的眼睛直盯著他們。

妲——葛蓮妲依舊被遮著眼睛，還一副覺得奇怪的樣子偏了頭。

4

斐川志緒站在廢墟建築物的樓頂，手裡舉著銀色西洋弓。

「雷霆，到來——！」

她注入僅剩無幾的靈力，然後朝天空放出咒箭。對準的是帶著深紅光芒的蛇之眷獸。目標龐大到要射不中還比較難。

魔法陣在空中成形，接連發出驚人的閃光與巨響。

志緒的目的在於讓那些眷獸的攻擊遠離曉古城等人，沒必要對眷獸造成傷害。基本上，就算用改良型六式降魔弓直接命中對手，大概也傷不了它們分毫——

「到底還是太吃力了……」

她數了數所剩不多的咒箭，並且喘氣。

志緒身為獅子王機關的舞威媛，是詛咒及暗殺的專家。要聲東擊西吸引敵方注意或者從潛伏地點進行狙擊，本來都是她最為擅長的領域。不過，那是指對方屬於人類或普通魔族的情況。面對全長數百公尺的特大號眷獸，還要主動當誘餌，對她來說就是首次體驗了。

志緒的攻擊對眷獸不管用，對方的攻擊卻只要擦到身體，就會讓志緒連痕跡都不留地蒸發。一瞬間的失誤將直接通往名符其實的死路，而且對手總共有八條，如此苛刻的局面正逐漸消耗著志緒的精神力與體力。

話雖如此，該起意外要歸結為疲倦所致，對志緒而言應該太過殘忍。

瓦特拉命令蛇發動的攻擊在接觸到另一條蛇之後，攻擊的軌道拐了將近九十度。眷獸的攻擊相互干涉——

「糟糕……！」

深紅閃光從預料外的方向飛來，志緒躲不掉。

那原本就是威力強到能一擊轟沉巨大軍艦的攻擊，光是在干涉下擴散出來的一小道光芒就足以讓志緒灰飛煙滅。志緒茫然地凝望著深紅光芒灑落——

有道優美的白銀光輝橫掃而過，疾風般斬斷了那陣光芒。

「『雪霞狼』！」

嬌小少女披著神格振動波的耀眼光輝，手舉銀槍保護志緒。以神氣構成的透明羽翼飄在她背後。

少女原本就有張端正臉龐，之所以會讓人感受到某種神聖的氣息，應該不是出於志緒的心理作用。此刻的她，已經踏進人類與天使之間的分界線了。

「姬、姬柊雪菜！」

「請問妳沒事吧，斐川學姊！」

等眷獸的攻擊告一段落，雪菜便回頭看向志緒。

「接下來由我幫忙爭取時間。請妳先退。」

「不行，姬柊。妳身上的神氣是七式突擊降魔機槍的副作用吧……！」

志緒最先擔心的是雪菜的身體狀況。

七式突擊降魔機槍身為強大的武神具，會對相契合的使用者造成模造天使化的副作用。它會被稱為獅子王機關的祕藏兵器而一直受到封存，理由也是在此。

直到最近，志緒等人才得知有這件事。她們既然知情了，就不能讓雪菜蒙受被消滅的危險。志緒並沒有像煌坂紗矢華那樣溺愛雪菜，即使如此，雪菜是她在獅子王機關的學妹這一點依舊不變。

雪菜卻握著銀色長槍，毅然地露出一抹微笑說：

「不要緊的。因為我有這枚戒指——」

「什麼話，現在不是秀恩愛的時候了吧！」

志緒看雪菜亮出左手無名指的戒指，內心難免感到憤慨。安慰作用或許是有，但她不認為憑那枚戒指就能防止模造天使化。雪菜看似有些心慌地眨了眨烏溜溜的眼睛解釋：

「我、我不是在秀恩愛！透過這枚戒指，我跟曉學長就能串連在一起，應該說彼此有魔法性質的連結——」

「妳講的那些除了秀恩愛以外，根本什麼都不是啦……拜託妳別讓唯里聽見喔。」

「咦？唯里……？」

雪菜愣愣地偏頭。

在她們扯東扯西時，其中一條蛇之眷獸把頭轉過來了。不具感情的碩大眼睛看準志緒她們，張開的下巴放出深紅閃光——

趕在那之前，天空中畫出的巨大魔法陣吐出了無數閃電，擾亂眷獸的視野。

「咒術砲擊！是煌坂嗎——！」

志緒認出那波攻擊的施術者身分並驚呼。當下，在這座島上能施展此等咒術砲擊的施術者，唯有和志緒同為舞威媛的紗矢華。

於是，趁著眷獸被咒術砲擊轟炸而放緩攻勢的短暫時間，有個美麗的銀髮女子走到志緒她們面前。對方是志緒熟知的全球名人，阿爾迪基亞公主拉．芙莉亞．立赫班——

被譽為美神再世的絕色公主當著她們面前運用驚人靈力，展開了蒼藍澄澈的屏障。

「雪菜，借我力量。」

「好、好的！」

雪菜察覺微笑的公主有何用意，就在她的屏障加上神氣。模造天使原本就是阿爾迪基亞王宮傳下的術式，阿爾迪基亞公主布下的屏障與雪菜的神氣契合性極高。

她們用屏障應付蛇之眷獸吐出的深紅閃光，將其斜斜彈開。

「雪菜，曉古城呢？他平安嗎？」

手握銀色西洋弓的紗矢華朝雪菜問道。雪菜在展開屏障的狀況下回頭，像在挑選用詞一樣變得有些吞吞吐吐。她在猶豫該不該轉達古城受傷的事。

「呃……沒有，現在是藍羽學姊在照料他。」

「咦！那、那樣沒問題嗎……？」

雪菜迂迴的說明方式讓紗矢華臉色沉了下來。與其說紗矢華在關心古城的身體狀況，那氣氛更像在擔心其他事情。

「是的……應該沒問題……呃，畢竟學長差點沒命……我想不至於出狀況才對……」

雪菜也露出類似臉色，支支吾吾地回答。聽起來簡直像嫁給花心老公的妻子和情婦在對話。唯里同樣命苦吧——如此心想的志緒偷偷嘆氣。

「交給該隱巫女照料……原來如此。或許那是明智的判斷。」

拉・芙莉亞欣喜似的呵呵微笑。接著，她將目光轉向屹立於屏障外的蛇之眷獸。巨蛇似乎察覺到自己的攻擊被擋住了，正準備再次對志緒等人發出閃光。

「問題在於，我們要怎麼突破這樣的狀況就是了……」

雪菜等人的屏障再堅固，也擋不了太多次眷獸的攻擊。志緒她們的咒箭也剩下不多。眷獸遍及海平線彼端的砲擊讓人覺得避無可避。志緒一邊忍受巨大眷獸們放出的絕望壓力，一邊拚命尋找打破困境的對策。

於是——那陣壓力忽然消失了。原本隨濃密魔力軋然作響的大氣得到平息，世界換了色彩。

八條蛇之眷獸的身影淡化，逐漸消融於虛空。

「眷獸……消失了？」

太過突兀的落幕讓志緒茫然嘀咕。

隨後留下的，只有遭到破壞的廢墟街道。

5

古城完全恢復意識是在那之後過了幾分鐘的事。一回神，敞開制服的淺蔥正依偎著古城的胸膛，還安詳地發出鼾聲。

他不明白發生了什麼——並沒有這回事。說起來，那才是問題。

古城覺得像是作了一場格外舒服的夢，但那些似乎都是現實中發生的事情。他想起朦朧記憶裡跟淺蔥的對話以後，就變得面紅耳赤。結果——

在撐起上身的古城旁邊傳來顯得刻意的咳嗽清嗓聲。穿泳裝的羽波唯里用手掩著葛蓮妲的眼睛，直挺挺地坐著。具備模範生氣質的她臉上不知為何微微地泛著紅暈。

「唯里……？」

「早、早安啊，古城。好、好久不見！」

唯里刻意裝出平靜的笑容搭話。接著她笨拙地移開視線說：

「不、不要緊，我沒有看。我什麼都沒有看喔，葛蓮妲也是。」

「是、是喔。」

這個人撒謊的技術到底多爛啊？古城想歸想，還是感謝唯里如此體貼。關於他與淺蔥做過的行為，唯里好像願意當成沒看見。

「呃，唯里，妳為什麼會穿泳裝……？」

「咦！」

唯里低頭看了自己的服裝，然後短短地發出尖叫。她穿的是色彩豔麗還附荷葉邊的比基尼。儘管裸露度不算高，但那套服裝在廢墟街上難免讓人覺得不搭調。

「你、你誤會了，我在蔚藍樂土被抓走時就是這副模樣。其實我本來想穿樸素點的泳裝，可是又覺得太樸素在蔚藍樂土反而顯眼。你、你看嘛，雖然現在借給葛蓮妲穿了，但我之前都有多加一件連帽衣……會、會不會很奇怪？」

「啊，我覺得滿可愛的就是了。」

沒想太多的古城坦白地說出感想。實際上，偏含蓄的泳裝款式與長相清秀的唯里十分合適。

看似害羞地遮胸口的唯里則往上瞟著古城說：

「唉……你真的很壞耶……油腔滑調的。」

「為什麼啦！」

莫名其妙挨罵的古城扯開嗓門。葛蓮妲使勁抱到他身上。

「古城……！痛不痛？你的傷痛不痛？」

「抱歉，讓妳擔心了，葛蓮妲。」

古城用總算復原的左手撫摸葛蓮妲的頭，原本支離破碎的雙腿也痊癒到可以站起來的程度了。全身被扯裂的肌肉正不停叫痛，但應該勉強還在容許範圍內。

「古城，你這樣活動不要緊嗎？」

唯里露出正經表情，探頭看向古城的臉。一反她的清秀長相，意外豐滿的雙峰及深谷闖進眼簾，讓古城僵住了。

「啊，感覺勉強過得去……雖然血還不夠，有點頭昏眼花的就是了。」

「那、那個，古城。」

「嗯？」

「假、假如說，你不嫌棄我的血……」

「──唯里！」

在唯里說出什麼以前，有人出聲叫了她。古城抬起臉龐，有個帶著銀色西洋弓的短髮少女映入眼簾。

「志、志緒？」

唯里心慌意亂地離開古城旁邊。

雪菜與志緒一起回來了，後頭還跟著拉・芙莉亞與紗矢華。她們似乎在古城不知道的時候會合了。

「學長，你恢復意識了嗎？那傷勢……」

擔心古城的雪菜打算趕到他身邊，中途卻忽然停下動作。雪菜那失去感情的眼裡，有著淺蔥衣衫不整地睡在古城懷裡的模樣。

「…………」

「姬、姬柊……慢著，不是的！我沒有脫她的衣服，應該說是基於錯認事實情狀而導致欠缺責任能力，或者不可抗力……找證人！我要求傳喚證人出庭！」

古城用央求似的目光向唯里求救。

志緒臉色納悶地看著唯里問：

「發生什麼事了，唯里？」

「啊哈哈哈哈……」

無助地笑著的唯里想將事情敷衍過去。被古城抱在懷裡的淺蔥似乎察覺四周瀰漫著危險的氣息，就一邊揉著頸根一邊睜開眼睛。

「嗯……怎樣……怎麼了嗎，古城…………呀啊！」

淺蔥恍恍惚惚地帶著仍有些睡迷糊的表情抬頭，然後在注意到雪菜等人以後叫了出來。她發現身上制服仍是敞開的，便短短地發出「咪」的怪聲，並且急忙動手整理儀容。

「咦，姬、姬柊學妹？妳怎麼回來了？瓦特拉先生的眷獸呢？」

淺蔥仰望天空，露出困惑的表情。雪菜也困窘似的微微搖頭說：

「它們忽然就消失了……」

「……消失了？」

淺蔥將眼睛銳利地瞇細並嘀咕。

古城想起在失神以前所見的瓦特拉那些眷獸的模樣。將「聖殲」力量納入體內的巨蛇眷獸。就算瓦特拉解除召喚，也難以想像那種規模的魔力聚合體會消失得一點痕跡都不留。

那就像油田發生的火災。即使召喚容易，要令其消滅，除了花數天時間將魔力逐次解放外別無他法。

似乎連見識廣博的拉・芙莉亞，以及咒術專家紗矢華也都不明白眷獸消失的理由。

像是要打破短瞬降臨的沉默，從淺蔥拋下的有腳戰車傳來了輕快的電子音效。淺蔥偏著頭起身，然後「嘿咻」一聲把頭鑽進戰車操縱席。再次從戰車下來的她手裡握著平時用的粉紅色手機。

手機螢幕上顯示著古城熟知的同學臉孔。

『——嗨，淺蔥，妳看起來一臉海闊天空耶，感覺是不是遇上什麼好事了？』

矢瀨基樹一如往常用輕浮口氣對淺蔥說道。他大概是利用人工島管理公社的衛星回路，在通話時感覺有些許延遲。

「囉、囉嗦。我跟平常一樣啦，普普通通。重要的是有什麼事嗎？我這邊正在忙——」

『唉，聽我說，是關於瓦特拉大爺那些眷獸消失的事情。』

「……！」

淺蔥頓時倒抽一口氣。古城與雪菜也忍不住豎起耳朵。

「你知道什麼內情嗎？」

淺蔥壓低聲音問。算是知道啦——矢瀨得意地挺起胸膛。

『離現在大約十分鐘前，流動於絃神島周圍的龍脈被截斷了。即使還不到完全歸零的地步，目前「聖殲」的威力應該已經大打折扣。』

「——矢瀨？你怎麼會知道『聖殲』的事情……？」

古城插話了。他也曉得矢瀨家裡和人工島管理公社的營運有密切關連。不過，矢瀨知道「聖殲」祕密這一點，古城倒是頭一次聽說。

『詳情等一切都結束以後我再告訴你，兄弟。』

矢瀨有些愧疚似的回望訝異的古城，然後笑了出來。古城硬是將湧上的無數疑問吞回

去。相對地，他問了有必要立刻知道的事情。

「你說截斷龍脈……這種事情有可能辦到嗎？」

『——我就是為此而來的。』

某個人這麼說完以後，就在鏡頭前露面了。那是個有著淡褐色肌膚與蜂蜜色頭髮，而且相貌標緻的少女。亮澤嘴唇上現出的是稚氣程度與年紀相符，同時又有些囂張的微笑。對古城來說是熟面孔。

「瑟蕾絲妲……？」

『你還是一臉窩囊樣耶，曉古城。土氣女也跟你在一起嗎？旁邊那個髮型看起來蠢蠢的女人是誰？許久沒見，你對女人的品味是不是變差啦？』

瑟蕾絲妲．夏緹的語氣跟最初認識時一樣高傲，開口便是一陣尖酸。淺蔥聽了她的話，太陽穴立刻為之緊繃。

「啥！我才要問妳是誰啦，妳跟古城認識嗎？像妳這種只是髮質好一點，睫毛長得蓬鬆，眼睛又大，胸部也壯觀的女人……欸，她到底是誰啦！」

「別拿我出氣行嗎！」

淺蔥想講瑟蕾絲妲的壞話卻又想不出詞，只能憤慨地悶聲掐住古城的脖子。

「瑟蕾絲妲．夏緹……『玄冥神王的新娘』嗎？原來如此……」

拉・芙莉亞有所理解似的嘀咕。

古城此時也想起來了。瑟蕾絲妲・夏緹是之前被稱為邪神新娘的少女。

所謂邪神，就是龍脈扭曲後產生的巨大災厄的別名。跟濃密魔力聚合體可以成為具自我意識的眷獸一樣，龍脈蓄積的靈氣以邪神型態顯現後，就會將災厄散播到這個世界。

瑟蕾絲妲則是可以用「蛋」的形式，將龍脈的破壞性能量儲存起來的獨特巫女——也就是邪神的宿體。

「難道說……妳想催生出新的邪神？」

古城以疑惑的表情望向瑟蕾絲妲。

用她的能力，確實可以堵住紘神島周圍的龍脈。只要將流經龍脈的能量暫時蓄積在她的體內就行了。然而，那也可能導致新邪神降生，屬於有危險性的賭注。

「才沒有！所以說，我能徹底截斷龍脈的時間頂多只剩四五十分鐘。你一定要趁機阻止瓦特拉大人，因為我不希望他發動戰鬥。」

「……我明白了。」

古城深深點頭。對於讓新邪神取代「玄冥神王」降生於世的危險性，瑟蕾絲妲並非不知情。即使如此，她仍為古城與紘神島提供了一臂之力。

「謝謝，瑟蕾絲妲。妳幫了大忙。」

『又沒有什麼好謝的！反正我是受了嘉妲大人之託，不得已才幫這個忙……！何況你跟雪菜都……曾經照顧過我……謝謝你們。』

瑟蕾絲妲快言快語地說完最後那段讓人聽不清的話以後，就單方面切斷通訊了。

目前瑟蕾絲妲的監護者是第三真祖嘉妲．庫寇坎——看來，嘉妲早料到會有這種情況，才會事先把瑟蕾絲妲託付給人工島管理公社。

想動用咎神的禁咒「聖殲」，必須有絃神島這座祭壇。絃神島之所以能當祭壇，是因為其海域有龍脈流過。

在龍脈被截斷的這段期間，瓦特拉無法使用「聖殲」之力。

瑟蕾絲妲維持能力的時間所剩不多，在瓦特拉得到凌駕於真祖的力量以後，這就是打倒他的最後機會。

「只剩四五十分鐘嗎……時間緊迫了。」

古城望著海的方向嘀咕。遭重創的「深洋之墓二號」感覺不太可能會移動，即使如此，從這裡要到瓦特拉的船上仍有相當距離。既然所剩時間有限，最好避免將時間花在移動上。

「用這個，古城。」

淺蔥似乎看穿了古城心裡的糾葛，話一說完就開始操作手機。模樣像甲蟲的六腳機械生命隨即跨過堆積成山的廢墟瓦礫出現了。

「古代兵器……！」

「與其說是兵器，它屬於運輸用的就是了。」

淺蔥看似得意地挺胸。說來倒也理所當然，咎神的「遺產」中並非只有兵器，普通的交通工具同樣包含在內。

「要搭這個過去啊……感覺毛毛的耶。」

「少抱怨。我會遙控剩下來的古代兵器和戰車來絆住瓦特拉先生，古城你們就趁機追上他。」

淺蔥坐進壞掉的有腳戰車操縱席如此說道。

古城把腳跨上靜止的運輸型納拉克維勒，然後點頭。手握銀槍的雪菜也一副理所當然地跟在他後面。

「呃……姬柊？」

「什麼事，學長？」

雪菜不解地回望訝異的古城。不不不——古城搖頭。

「妳不用跟我一起去吧？再說這次的對手實在不太妙……」

「沒有時間了，請學長快點上去。」

「咦……喂！」

雪菜將古城的關心隨口帶過，還率先坐進納拉克維勒之中。她鬧脾氣似的瞪了啞口無言的古城，並對他亮出銀色長槍。

「因為我是學長的監視者，當然要跟到最後。還有請別忘了，現在能確實將奧爾迪亞魯公打倒的，就只有『雪霞狼』而已。」

「哎，那倒是——」

沒錯——古城沉默不語。雪菜的槍能讓魔力失效並斬除萬般結界，是連吸血鬼真祖都能誅殺的破魔長槍。對付瓦特拉的王牌從一開始就在她手中。

「的確，我們幾個會成為累贅。」

拉·芙莉亞一邊遺憾似的聳肩一邊仰望古城。她輕靈地站上納拉克維勒的關節將自己墊高，然後悄悄地吻了古城的臉頰。

「拉·芙莉亞……」

「你去吧，古城——我會張羅好婚禮等你回來。」

「呃，別張羅啦！妳若無其事地講那什麼恐怖的話！」

古城認真對王女吐槽。雖然拉·芙莉亞的口氣像在說笑，但不會把話當玩笑了事就是她的可怕之處。

「那我們就當淺蔥的護衛嘍。」

「姐！」

唯里和葛蓮姐看著彼此的臉，然後互相點頭。

「哎，既然葛蓮姐和唯里都這麼說……」

志緒也聳聳肩表示同意。

「曉古城，拿去。」

大步走來的紗矢華不知道從哪裡掏出了附緞帶的小盒子，然後硬塞給古城。從包裝縫隙間冒出的是可可香味。

「這、這是緊急口糧啦！你要跟雪菜一起吃！」

紗矢華帶著紅通通的臉交代過以後，聽見那些話的雪菜就莫名害羞地低下頭。真受不了——淺蔥用傻眼的表情看了古城。

「要回來喔，回到我們的島上。」

古城直直地望著淺蔥認真的眼神，然後笑了笑。

所需的答覆簡短有力。

「交給我吧。」

6

背上載著古城他們的運輸型納拉克維勒正疾馳而行。

不論是尺寸或搭乘感，感覺恰似坐在大象的背上。只不過，速度極快。坐在以時速近百公里的速度疾馳於廢墟的巨大甲蟲背上，其實挺恐怖，搭乘感格外安穩這一點反而讓人覺得詭異。

而古城和雪菜就並肩坐在那架納拉克維勒的貨架上。

兩人間並無對話。他們彼此都覺得沒那種必要。古城想要的時候，雪菜一定會伴在身邊——他們有如此奇妙的信任感。

「找到他了。」

黑髮隨風飄逸的雪菜說道。

在她凝望的高塔前方，有個金髮的貴族青年站在廣場上。

青年周圍躺著有腳戰車及古代兵器的殘骸。大概是淺蔥為了絆住瓦特拉派去的。

古城過去要吃許多苦頭才能打倒大群的古代兵器，瓦特拉毫髮無傷就輕取它們了。彷彿事到如今，才讓人體會到他有多可怕的光景。

其實，或許沒必要派兵絆住瓦特拉，因為他顯然就是在這塊地方等著古城到來。

「瓦特拉……！」

古城從停止的納拉克維勒的貨架縱身而下。雪菜立刻也在他身旁著地。

貴族青年緩緩地抬頭，用溫和眼神看了古城他們。

「你回來啦，古城。我都等得不耐煩了。」

古城點頭，然後向前跨出一步。

映於視野中的是眼熟的光景，具特徵的建築物殘骸、標誌上所畫的陌生文字、環繞島嶼的單軌高架。古城認得這景象。

他認得過去佇立於這座廢墟痛哭的男子模樣。

「這裡是……」

「沒錯。第四真祖殺害咎神的地方。對於獲得『聖殲』之力的我來說，這是與你交手的相稱舞台吧？」

瓦特拉開朗地揚起嘴脣。

古城同情般靜靜看著他。

「到此打住吧，瓦特拉……咎神並沒有期望這種事——無論是向第四真祖復仇，或者戰

爭。」

「……原來如此。你得到『聖殲』的記憶了嗎，古城？」

瓦特拉微笑著頷首。

「如你所說，咎神並不期望戰爭，永遠重演著無盡戰爭的是『天部』眾神——古代的超人類們。他們身為不死之軀，製造出了各式各樣的兵器，讓人類相互殘殺，一直把戰爭當成娛樂。」

「……為了結束那樣的戰爭，咎神才會創造出『聖殲』對吧。」

古城嚴肅地反問。瓦特拉默默點了頭。因為他同樣透過「聖殲」的知識，繼承了咎神的記憶。

「對此感到畏懼的『天部』為封印『聖殲』，就派出了監視者。有能力弒殺不死咎神的弒神兵器——第四真祖。」

瓦特拉將目光轉向雪菜。或許他是對重演的歷史感到諷刺。雪菜所監視的第四真祖在以往也是咎神的監視者。

「然而，『天部』也有失算之處。那就是第四真祖身為監視者，成了咎神唯一的理解者（朋友），而且咎神也對第四真祖有了友情。」

「『天部』的眾神就怕這一點。」

古城咕噥。

「沒錯。所以他們對第四真祖下了詛咒，名為『原初』的詛咒（程式）——第四真祖就在『原初』的人格操控下，將咎神吞噬了。」

是啊——古城咬了嘴唇。在異境的記憶當中，佇立於廢墟的孤獨男子。那是咎神，還是吞噬了咎神的第四真祖呢——

「第四真祖在親手殺了咎神這個朋友之後便陷入絕望，進而向創造他的『天部』揭起反旗了。後來他被撕成十二塊，並且遭到封印。」

瓦特拉張開雙臂，故作哀憐地搖了搖頭。

「不過到最後，『天部』也因為『聖殲』發動而滅亡了。毫無救贖的故事。」

「——那倒未必喔。」

古城打斷貴族青年的話，自信地笑了出來。

呼嗯——瓦特拉感到意外似的看著古城。

「奧蘿菈還活著。第六號和凪沙救了她。」

第四真祖眷獸遭到撕裂後的容器，被稱作「焰光夜伯」的人工吸血鬼。由絕望誕生以後，從一直期盼死亡的人偶們之中，所出現的最後希望——第十二號的奧蘿菈還活著。因為她期望活下去。

光是如此，古城就能斷言她們的存在並未白費。

「咎神的遺志已經由葛蓮妲轉達給我了。那傢伙為理解自己的第四真祖留下了這艘『方舟』——留下了用來平息戰爭的力量。」

「——但是，那會成為新的戰爭的火種。」

瓦特拉挖苦似的笑著說。

「休想。」

古城否定他的話。

「你也察覺到了吧。『聖殲』已經不能用了。現在的你，只是個吸血鬼。」

「瑟蕾絲妲．夏緹嗎？是矢瀨基樹和『混沌境域』的恐怖老太婆搞的鬼吧。」

哈哈——瓦特拉愉悅似的放聲大笑。他從全身釋出了足以震懾古城的爆發性魔力。

「不過，那些都無所謂。好不容易可以和你認真交手，動用『聖殲』也沒意思吧？『難陀』！『跋難陀』……！」

「什麼！」

瓦特拉召喚的兩條蛇呈螺旋狀交纏以後，變成了一條巨龍。

長著劍鱗與炎鬃的龍。龍扭動蛇身揮下前腳，古城與雪菜各往左右散開予以閃避。他們倆上一刻所站的地方已經隨著巨響深深裂開，地面被鑿出長達數十公尺，深不見底的裂痕。

「這是什麼威力！」

「奧爾迪亞魯公的合成眷獸……！」

古城與雪菜的臉上冒出了驚愕之色。

將兩頭眷獸合成，然後創造出新的眷獸。瓦特拉獨有的特殊能力。他創造的合成眷獸與真祖的眷獸有同等威力，或者更勝於彼——

瓦特拉在過去靠著那股力量，吞噬了好幾名比自己高階的吸血鬼。

「我一直都覺得無聊，實在了無生趣。重演的愚蠢歷史、毫無改善的世界景象。再出色的藝術品或文化都會隨著時間褪色，然後變成破爛的廢物。」

龍之眷獸吐火將廢墟街道染為赤紅。每當蛇身扭動，就會在大地劃下深邃傷痕。在起火燃燒的廢墟中，瓦特拉正高聲笑個不停。

「只有痛苦與血、慘叫與死亡、以全副心神對抗恐懼的鬥爭才能為我一解愁悶！讓我見識生命邁向滅亡的光輝吧，古城！」

「——『獅子之黃金』！」

古城召喚的雷光巨獅與龍之眷獸劇烈衝突。龍頭像是被彈開般升起，將痛苦的咆哮連同火焰一塊灑落下來。

「瓦特拉，你好可悲——」

「什麼……？」

「你在怕些什麼？獨自留在世上的孤獨？失去所愛之人的悲傷？還是你在怕自身感情及喜悅正逐漸耗弱的絕望！」

古城從全身噴發的魔力化成了漆黑翅膀，並掃去瓦特拉的火焰。以往「原初的奧蘿菈」用過一樣的力量，那是正牌第四真祖的能力。

「你就像小孩一樣。只懂得對不滿意的事情發脾氣，還給人添困擾的小鬼。都不會創造些什麼讓自己淡忘無聊，光顧著追求短瞬的快樂——你最好別以為那種處事方式可以持續到永遠！」

「哈哈……！」

瓦特拉的臉因歡喜而扭曲。大氣在他的背後產生歪曲，新的眷獸陸續出現。

「不錯喔，古城。你說的話很新鮮！過去沒有任何一個敵人對我說過這種話，連其他真祖也沒有——！『摩那斯』！『優鉢羅』！『阿那婆達多』！」

閉嘴吧——古城低聲怒吼。

「你已經什麼也奪不走了。你想毀滅的世界，有我保護。接下來，是屬於第四真祖的戰爭！」

古城的翅膀陸續變成了第四真祖的眷獸模樣。深緋色雙角獸、金剛石軀體的大角羊、牛頭神、銀色甲殼獸迎面對上瓦特拉的蛇群，散播出驚人的衝擊與破壞。

湧上的火焰與粉塵擋住了古城的視野。隨後，有道巨大的身影罩住他的頭頂。是瓦特拉的眷獸。它藉著保護色隱藏身形，不知不覺地靠近了。某種意義上可說是合乎蛇風格的狡猾攻勢，古城的表情卻不顯慌張。

當古城抬頭時，銀色槍刃一閃，將蛇之眷獸貫穿了。

「不，學長，是『我們的』聖戰才對——！」

制服衣襬翩然飄舞的雪菜在古城身旁著地。

「獅子王機關的劍巫用於洞穿未來的能力？不對，妳看穿了我的思路嗎——」

瓦特拉佩服似的挑眉。他應該是在坦然讚賞雪菜身為區區人類還能擊退他的眷獸。

「真愉快呢，古城。多讓我見識一些，我要欣賞美麗的戰鬥——『原初之蛇(阿難陀)』……」

「什……！」

古城仰望瓦特拉召喚的最後一頭眷獸，露出了目瞪口呆的表情。恐懼過於強烈，讓他湧上想笑出聲音的衝動。

那是棵拔地而立的巨樹。

假如現實中有世界樹存在，形象便與它無比貼近。只不過，扎在大地的樹根是蠢動的蛇尾，樹幹為扭動的蛇身，巨大的樹枝則是九頭蛇。

九條蛇之眷獸相互交纏，構成了全長達幾百公尺的蛇之「樹」。蛇根與蛇枝擴散開來，將古城等人立足的大地徹底包圍，簡直像蛇之結界。

「好強大的魔力……」

蛇之「樹」釋放的驚人力量讓古城一股勁地受到壓迫。

迪米特列・瓦特拉操控的眷獸總共有九頭。但是，據說沒有人實際看過第九頭眷獸。現在古城相當了解理由是什麼。

和這頭眷獸交手過以後，不可能有人活得下來——

瓦特拉擁有的眷獸合成能力，加上從大地吸取的無窮魔力。超越真祖眷獸的壓倒性能力大概就是藉此實現的。瓦特拉表示和古城的這一戰不需要「聖殲」，絕非虛張聲勢。

「學長！」

「別過來，姬柊！」

瓦特拉令眷獸釋出的瘴氣正逐漸在結界中擴散。在絢麗的黃金瘴氣侵蝕下，古城的肉體受到劇痛侵襲。雪菜設了神格振動波的結界抵抗瘴氣，身為吸血鬼的古城卻無法進入結界。

瓦特拉站在狀似鐮刀的蛇頸上，悠然地俯視著古城。古城的嘴脣因焦急而扭曲。

瑟蕾絲妲截斷的龍脈應該再過幾分鐘就會恢復。這樣一來，要打倒取回「聖殲」力量的瓦特拉將就此變成不可能。

但是靠古城的眷獸無法打倒他。

「不，錯了……」

古城悄悄地闔上眼皮，然後笑了出來。在他腦海浮現的是十一個相同臉孔的少女身影。十一名「焰光夜伯」，第四真祖的眷獸容器。她們龐大的戰鬥經驗會教古城打倒瓦特拉的方法。第四真祖的「血之記憶」會教他。

「——繼承『焰光夜伯』血脈之人，曉古城，在此解放汝的枷鎖！」

張開眼皮的古城眼睛發亮了，變成青白的焰光色澤。翻騰如火的頭髮像虹彩逐漸變色。

「——迅即到來，第八眷獸『蠍虎之紫（Shaula Viola）』！」

古城擠出剩下的魔力召喚新眷獸。那是頭被紫色火焰所覆，有著蠍尾與翅膀的食人虎（Manticore）。

原本受瘴氣侵蝕的肉體正以驚人速度開始再生。古城利用操控毒的食人虎之力製作抗毒血清，讓自己被瘴氣侵蝕的肉體恢復了。

而且食人虎的力量不是只有毒——

食人虎的獠牙扎進巨大的「蛇樹」主幹。透過它的獠牙，感覺近乎無限的大量魔力正流入古城體內。

跟瓦特拉的蛇可以從大地吸取魔力一樣，古城的食人虎能奪取眷獸的魔力。

食人虎以化為刀刃的翅膀與紫焰，還有蠍尾來迎戰攻擊它的那些蛇。藉著流進體內的魔力，古城的其他眷獸都更添威力。從大地探出的熔岩尖樁切碎了「蛇樹」的根，衝擊波與暴風掃過枝幹。

「居然能與『原初之蛇』對抗到這種地步！」

瓦特拉的笑容變得冷酷而扭曲。巨大的「蛇樹」搖盪之後，所有樹枝便一起殺向古城。它們想將古城連同第四真祖的眷獸一塊捆住並壓扁。

「我心愛的第四真祖啊，你果真是最棒的！死吧——！」

為了勒住古城，打轉的巨蛇樹海逐漸縮小空隙。第四真祖的眷獸們奮力抵抗，蛇群的壓倒性質量卻一陣一陣地將古城逼上絕路。

古城無法使用合成眷獸的話是贏不過瓦特拉的。

沒錯，憑他一人不行——

「學長。」

焦急的古城耳邊聽見聲音了。

雪菜將銀色長槍捧在胸前，依偎似的站在古城旁邊。明知道死亡正在逼近，她的眼神卻沉著而澄澈。

制服緞帶被解下，水手服的領口敞開了。輪廓分明的纖細鎖骨與白淨肌膚，緊接著，細細頸根在訝異的古城面前露了出來。

「我把之前第六號託付給我的眷獸還你。」

雪菜撥起蓋在耳邊的頭髮說。古城的目光被她的臉龐迷住了。

「姬柊……」

「不對。」

雪菜不悅地瞇眼瞪古城。

「咦？」

古城對她意外的反應感到疑惑。雪菜有些鬧脾氣地低下頭，然後羞澀地小聲告訴古城。

「一次就好，請學長叫我的名字。就像叫凪沙、藍羽學姊還有奧蘿菈那樣。」

古城頓時變得啞口無言，然後微微地噗哧笑了出來。

目前情況攸關他們的生死與世界的命運，雪菜卻提出如此渺小的願望，感覺莫名地合乎她的作風。若非局面如此，她肯定不會耍任性才對。

古城默默地與雪菜互望片刻，然後將手伸向她纖瘦的肩膀。

「——過來，雪菜。」

「是！」

古城將雪菜摟到懷裡和雪菜投入他的臂彎中幾乎是在同時——

在花一般的芬芳包圍下，古城將獠牙扎向雪菜的頸根。

隨後，瓦特拉的那些蛇之眷獸殺到他們跟前。

但古城他們都沒有被碰到，湧來的蛇群就被砍得七零八落然後消滅了。耀眼的虹炎光輝包裹著古城與雪菜。

那道火焰搖曳以後，化為美麗的女武神身影。

「迅即到來，『冥姬之虹炎』——」

手握虹色光劍的女武神縱身飛起。

第四真祖手中排行第六的眷獸「冥姬之虹炎」，其能力為切斷。她將現場充斥的魔力與瘴氣連著蛇群一起斬斷，並且直接飛到「蛇樹」上空。

「沒用喔，古城。」

瓦特拉勝券在握似的宣言。古城用眷獸打穿的結界孔穴立刻被蠢動的蛇群填滿了。他們不可能從蛇之結界逃脫。

然而，古城此時已在嘴邊露出放心的笑容。

「迅即到來，『夜摩之黑劍（Kiffa Ater）』！」

「……唔？」

瓦特拉臉上的笑容消失了。

古城新召喚的眷獸是劍刃遠超過一百公尺的荒謬大劍。

其模樣精確來講是名叫三鈷劍的古代武具，據說為眾神使用過的降魔利劍。

由於它體積龐大，要精密地操控幾乎不可能。除了任由重力將其砸向敵人以外，別無用途的活武器。

然而，握著那柄大劍的並不是人。

女武神眷獸手握比自己身高更為巨大的劍，彷彿根本沒有重量地輕易舉起劍。

巨大黑劍的能力為操控重力，虹色女武神則是用於斬斷的眷獸。

黑色閃光帶著轟鳴巨響掃過龍之「樹」。

女武神司掌的斬斷權能，連瓦特拉將眷獸合成後的連結都能斷除。

分裂的九條蛇承受不住自身蘊含的魔力總量就炸開了。驚人的魔力風暴席捲而過，古城則以自己的眾眷獸做為護盾。

「曉古城——！」

失去眷獸的瓦特拉變得遍體鱗傷，並且撲向古城。

原本外表俊美的他逐漸變樣。嘴唇裂開，分成兩道的舌頭顯露在外，皮膚被堅硬鱗片所覆，脖子延展伸長。他的下半身已經化為巨蛇姿態。是獸人化。

「變身能力……！那就是你的殺手鐧嗎——！」

古城的聲音因動搖而發抖。

他明白吸血鬼當中也有具備獸人化能力的分子。吸血鬼化為狼或蝙蝠模樣的傳說並不稀奇，而且嘉妲・庫寇坎也曾經在古城面前變成奧蘿菈的樣子給他看。

但瓦特拉的變身對古城來說完全出乎意料。第四真祖的眷獸過於強大，在肉搏戰幾乎派不上用場。其缺點反被利用了。

完全變成蛇的瓦特拉以胴體纏住古城身體，露出獠牙的巨大下顎打算將古城從腦袋吞個精光而節節逼近。

「你和我要合而為一，古城。我們會成為新的第四真祖——」

古城豁出吸血鬼的所有臂力，拚命想將瓦特拉的下顎扳回去。

可是，獸人化的瓦特拉力量更勝古城。他用下巴罩住古城的上身，閃爍凶光的獠牙逼到眼前。

古城已經無法從對方口中逃脫。

然而，這也表示瓦特拉同樣動彈不得。

「不好意思，瓦特拉——是我們贏了。」

自信微笑著的古城耳裡聽見了少女誦出禱詞的清冽嗓音。

古城想要的時候，雪菜就一定會在他身邊，因為她是古城的監視者——

「狻猊之神子暨高神劍巫於此祀求——」

「唔……」

想逃離古城的瓦特拉扭動蛇身掙扎，但古城不讓他逃。古城露出凶猛的笑容，並用雙手使勁抓住瓦特拉的下顎。

在古城的視野一隅，雪菜正翩然起舞。

宛如向神祈求勝利的劍士，或者，也宛如賜予勝利預言的巫女。

「破魔的曙光、雪霞的神狼，速以鋼之神威助我伐滅惡神百鬼！」

「結束了，瓦特拉——！」

古城用環繞著雷光的拳頭打穿瓦特拉的下顎。

雪菜以銀色長槍貫穿瓦特拉踉蹌的蛇身。

蛇軀被抵銷魔力的純白光輝吞沒，然後消滅了。

現場只剩瓦特拉穿著沾滿血的三件式西裝的身影。

心臟被銀槍捅入的他倒在地上，露出了十分滿足的微微笑容。

7

被古城與瓦特拉這一戰波及的廢墟建築物廣達半徑數公里，全成了如山高的瓦礫。具特色的塔型建築還有單軌風格的高架橋也都消滅了。

要是咎神知道好不容易留下的「遺產」變成這模樣，大概會發火吧？古城試著如此想像。還是說，咎神會因為戰爭結束而為他們慶幸呢——

「不給我致命一擊行嗎，古城？」

依然被銀槍貫穿胸膛的瓦特拉問道。

雪菜的「雪霞狼」仍不停將可以令魔力失效的神格振動波送入他體內。即使如此，瓦特拉還是能安然講話，讓古城對他的頑強為之驚嘆。

「我對你沒有恨得那麼深。」

古城生厭地嘆了氣。

隔著大海，可看見對岸的絃神島依然毫髮無傷地浮著。

瓦特拉原本也可以對在海平線彼端待命的多國籍艦隊發動攻擊。只要他興起，就算絃神島已於此刻消滅也不奇怪。然而，儘管瓦特拉對失控的眷獸感到棘手，他依舊沒有對絃神島動武。

瓦特拉想要的不是虐殺。直到最後，他都一心只求戰鬥而行動。

「雖然你的手段非常自私擾人又任性，但我唯一可以理解的就是你很認真這一點。」

「那真遺憾。對象是你的話，我本來覺得就算被吞噬也不錯——」

瓦特拉用頗為認真的語氣說完以後，從喉嚨裡發出了格格笑聲。

古城默默地板起臉。要確實殺掉不老不死的吸血鬼，方法就是透過吸血來奪取對方的存在本身——同族相噬。要古城繼承瓦特拉所有的「血之記憶」，就算受了拜託他也不幹。

話雖如此，總不能將瓦特拉留在這裡處以磔刑。怎麼辦好呢？當古城如此頭痛時，大氣在他眼前幽幽地搖晃了。

銀霧變濃以後，化成了兩名少年的模樣。是那些受創的「戰王領域」吸血鬼。

「吉拉……還有加坎……！」

古城挺身保護將瓦特拉捅穿而不能動的雪菜。

但是吉拉與加坎看了那一幕也沒有改變臉色。他們倆當場單膝跪下，朝古城深深低頭。

「我們要為種種有違禮數的舉動謝罪，第四真祖。我們無意與您繼續戰鬥。」

「感謝您實現大人的心願——」

他們的態度鄭重得令人吃驚，不知道怎麼反應的古城愣住了。

吉拉與加坎走向倒地的瓦特拉兩旁。

古城對雪菜使了眼色，雪菜便將銀槍從瓦特拉身上抽出。吉拉他們表示自己並無戰意，古城相信那不是謊話。

瓦特拉若無其事地緩緩撐起上身，然後張開右掌。不過什麼也沒發生。他確認這一點以後就愉快似的笑了。

「將我的『聖殲』之力封住了嗎？不愧是『該隱巫女』……了不起的能力。配得上第四真祖的『伴侶』。」

「伴侶……？」

古城茫然地眨眼反問。他不記得自己有將「該隱巫女」——淺蔥納為「伴侶」。話雖如此，要是沒有她協助就無法打倒瓦特拉，這亦屬事實。

「我有說錯嗎？」

「啊～～……沒有……」

古城想起剛剛才吸過的淺蔥的血是什麼滋味，就回答得吞吞吐吐。雪菜則表情複雜地仰望著古城。

瓦特拉格外大聲地笑了一陣，然後從胸前取出小小的金屬塊。那是一把尺寸接近小刀的老舊鑰匙，鐵灰色的金屬光澤和古城之前在神繩湖看過的咎神魔具十分相像。

「不過，我還留有達成最後目的的力量。」

瓦特拉將那把魔具插入地面。瞬時間，不會反射光的虛無黑暗像漣漪一樣擴散於他們幾個的腳下。

雪菜認出那片黑暗是什麼而驚呼：

「異境侵蝕！」

「瓦特拉……你……！」

「從一開始我便想好，要是敗給你就要這麼做。」

瓦特拉回望訝異的古城等人，開朗笑道。

他發動的異境侵蝕並不是那些咎神騎士所使用的未完成招式，反倒與那月操控的空間移轉門類似。

瓦特拉想動身到異境，據說咎神以往被眾神放逐而去的異世界——

「以往咎神該隱在遭到流放後，讓祂領悟到『聖殲』睿智的異次元地球。不知道會遇到什麼樣的敵人，真期待。看來短時間內是不會無聊了……」

俊美的吸血鬼身影被吸入時空移動門，然後逐漸消失。吉拉與加坎也隨後跟上。

將他們吞沒的漆黑之門緩緩地淡化，而後消失，最後只剩插在地面上的鑰匙。不久，連鑰匙都風化崩解了。

古城朝碎散的鑰匙殘骸呆呆地望了一陣子。

可是無論怎麼看，瓦特拉等人都沒有再度現身。他們想追求新的戰局，就啟程至陌生的異世界了。真是直到最後都要給人添增困擾的一群傢伙。

假如將來他們有一天又回到這個世界，到時候應該會變成比現在更難應付的強敵吧。但總而言之，威脅就此離開了。體認到這一點的古城放鬆全身力氣。

「累、累透了……」

「是啊。」

雪菜放下銀槍以後便過來攙扶站不穩的古城。

兩人就這樣倚靠著彼此，仰望天上流過的雲。太陽在不知不覺中西斜，傍晚的天空染上黃金色彩。風吹過廢墟街道，讓疲倦的身體備感舒暢。

『——古城，你聽得見嗎？』

從遭到破壞的有腳戰車殘骸傳來了淺蔥的聲音。通訊機的電源還保有作用。

看似操縱席的部位已經被打爛，古城他們的聲音無法傳到淺蔥那邊。不過，淺蔥應該多少能掌握古城這裡的狀況。你們就這樣聽我說——淺蔥繼續說道：

『聖域條約機構發出通知了。絃神島被認定為大規模破壞魔具一事撤回，並正式承認該地為第四真祖的領地——第四座夜之帝國，他們是這麼說的……』

「這樣啊……」

古城和雪菜看著彼此的臉，安心地吐了氣。聖域條約機構有遵守約定，絃神島毀滅以及牽動全球的大戰都設法免去了。

『快點回來喔。我等你——』

留下雜訊後，淺蔥的聲音中斷了。

古城回頭看向背後。以黃昏的天空為背景，有阿爾迪基亞的裝甲飛行船飄在上頭。拉．芙莉亞派人來接他們了。

「走吧，姬柊。」

古城叫了雪菜，雪菜卻不應聲。她只是捧著銀槍，彷彿有話想說而望著古城的臉。

「姬柊？」

「…………」

「怎麼了嗎，姬柊？」

古城納悶似的蹙眉望著雪菜。雪菜明顯是壞了心情，但他完全不明白理由何在。

「呃……姬柊小姐？」

古城戰戰兢兢地叫她。於是，一直沒反應的雪菜才像死心一樣深深嘆了氣。她用怨怨的

眼光瞪古城，像在鬧脾氣地說：

「沒事，笨學長——！」

什麼話啊？古城一頭霧水地仰頭向天。

接著，兩人便肩並肩在廢墟街道邁步而去。

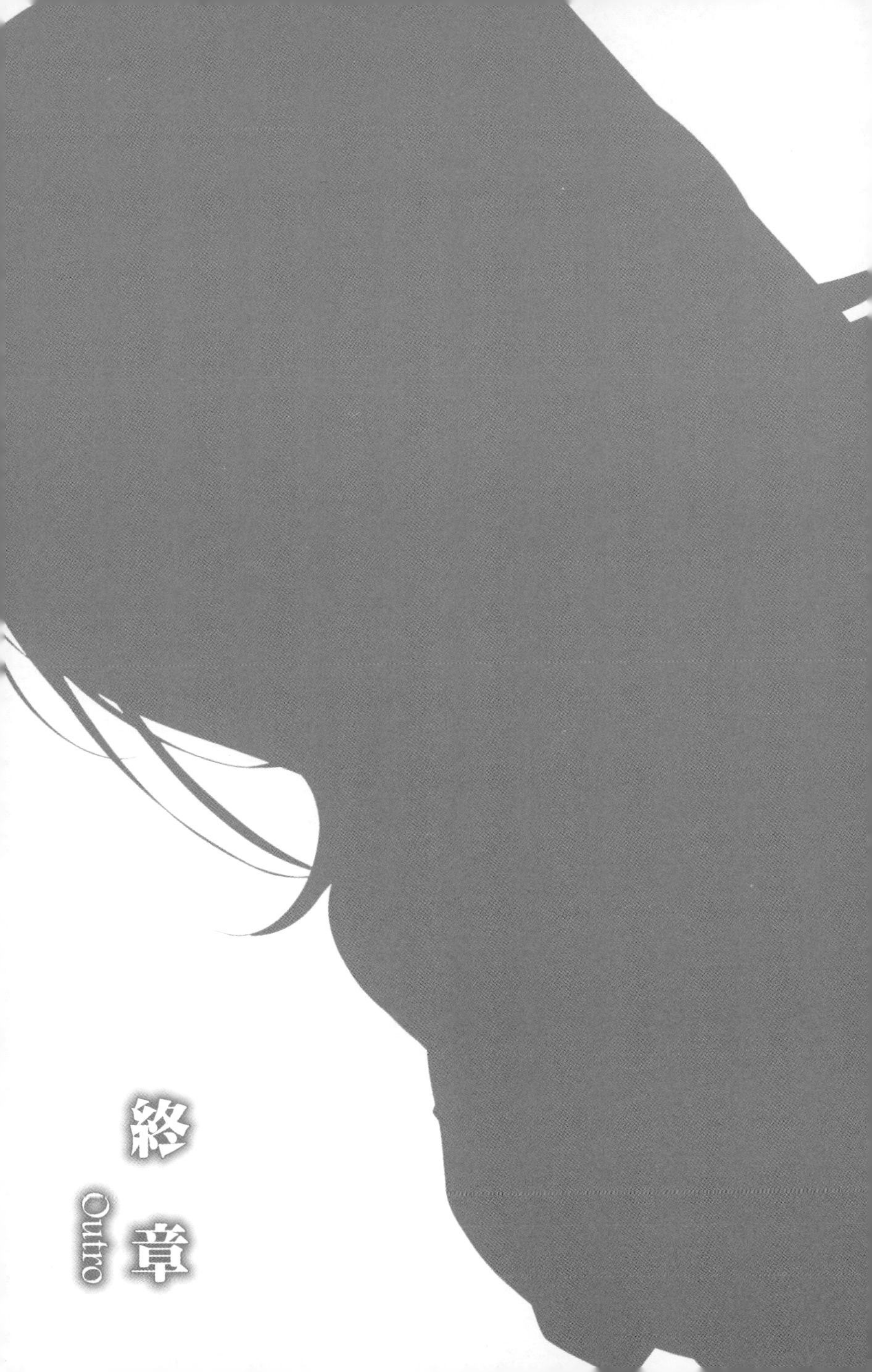

終章 Outro

午後的家庭餐廳。強烈陽光從面海的大窗戶毫不留情地灑下。

「好熱……要著火了，要烤焦了。我會化成灰……」

為了躲避陽光，少年將連帽衣的帽子深深戴到眼前，並且癱軟無力地趴在桌上發出虛弱的哀號。

在他身邊，坐著把黑色吉他盒擺在一旁的嬌小少女。對面座位則有脖子上掛著大尺寸耳機的少年，以及髮型亮麗的少女正啜飲著飲料。

桌上雜亂擺著高中生用的試題集。英文、數學、國文、理化、社會，全都分量可觀。少年攤開的筆記本上擱著他解到一半的數學圖形問題。

「……欸，我問你們喔，我好歹是夜之帝國的王者吧？」

曉古城微微抬起頭，像在自言自語地問。

「唉，也對啦。姑且算你說的那樣吧？」

藍羽淺蔥一邊把玩手機，一邊敷衍答話。

古城懶洋洋地托著腮幫子，怨恨似的望著一大疊試題集說：

「我明明是王者，為什麼卻要在這裡趕春假結束前的作業啊？話說這分量太扯了吧！還要罰我做義工，打掃全校廁所跟拔草是怎樣！那是吸血鬼真祖該做的事嗎！」

「呃，那也沒辦法吧。」

矢瀨基樹沒規矩地叼著吸管說：

「你的出席日數本來就夠少的了，二月後半又幾乎有一整個月都蹺課。假如不是王者，正常來講是要留級的。」

「那是不可抗力吧！我有加盟聖域條約的手續要處理，還得跟日本政府交涉，一堆事情忙都忙死了，臭那月美眉卻……」

「話是這麼說啦，你身為政治人物幾乎派不上用場啊，結果都只能對幾磨哥還有獅子王機關的大人物言聽計從——」

淺蔥冷靜地指正。她把話說得毫不掩飾，不過因為是事實，古城什麼也無法反駁。

「既然如此，我從一開始就沒必要出席會議吧……」

「別光是抱怨，也要好好地解問題喔。難道你想和我或凪沙當同學嗎，學長？」

姬柊雪菜帶著微笑對嘔氣似的把臉轉到一邊的古城說道。唔喔喔——古城苦惱地捧著腦袋，又開始面對那些試題集。

聖域條約機構撤回對絃神島的攻打指令以後，過了一個月多。

目前絃神島在與日本政府的協議下，被認同有獨立國家的地位，名符其實地成了第四真祖所統治的夜之帝國。不過與日本之間原則上來往自由，換國籍就跟搬家一樣方便，可以自由更動。

關於司法及財政方面，也全權委由日本政府管理，在島內從事警察工作的也都是日本警官或國家攻魔官。關於糧食進口及經濟活動方面，大部分仍要繼續倚靠日本。簡單來說，市民的生活什麼也沒有改變。結果絃神島還是絃神島，做為「魔族特區」的待遇一切照舊。

不過，也有地方改變了。那就是咎神「遺產」的存在。

圍繞著絃神島本島的巨大人工島如今還留在洋上。雖然古代兵器都在與瓦特拉等人交戰時遭到破壞，咎神在「聖殲」前留下的技術目前也都留著。

為了研究那些東西，想移居絃神島的志願者正從全世界一窩蜂湧來。

反觀從絃神島遷出的居民，倒是意外地少。大多數企業及研究者何止不怕第四真祖的存在，還把他當成珍貴的研究對象，懷有非比尋常的興趣。

目前第四真祖的真實身分對一般民眾是保密的，然而旅行社企劃的「探尋第四真祖之行！」據說時時都處於等候補位的爆滿狀態。

對古城來說固然相當困擾，不過在這座城市，第四真祖終究只是那種程度的存在。

因為這裡是「魔族特區」。

「……啊～～……這下不妙了……」

矢瀨擱下喝光的飲料杯，然後將手湊在耳邊。他布下的結界似乎感應到什麼異變了。

淺蔥把玩的手機螢幕上浮現了醜醜的布偶化身。

『不好意思，小姐。有來自那月小老師的緊急委託。』

「什麼啊，又出狀況了嗎？這次在哪裡？」

搭檔的人工智慧捎來消息，使得淺蔥欲振乏力地蹙眉。

『似乎有魔導生命體被召喚以後，從人工島北區B層的研究所逃脫了。特區防衛隊正在絆住對方，可是撐不了太久。』

「北區B層，不是就在奧蘿菈住的醫院旁邊嗎……」

古城聽了摩怪的報告，臉色為之僵凝。

藉第六號肉身復活的第十二號——奧蘿菈之後一次都沒有醒來，始終在醫院沉睡著。

不過，那是為了取回消耗的魔力才有的正常睡眠。雖然不曉得會在幾星期後，或者幾年後，但她遲早會醒。況且，古城有的是時間等她醒來，既然古城身為不老不死的吸血鬼——

「沒辦法嘍，幹活吧。」

身為人工島管理公社上級理事的矢瀨一邊用手指轉耳機，一邊起身。
「唉，我會先幫忙誘導群眾疏散。魔導生命體就麻煩你應付了，古城。你是王者嘛。」
淺蔥說完就依依不捨地咬了一口吃到一半的鬆餅。鮮紅的有腳戰車正好來接她了。
「我們走嘍，學長。」
揹起吉他的雪菜像在催促古城而伸出手。
戴在左手無名指上的銀色戒指綻放出光彩。
古城厭煩地看了寫到一半的成堆試題集，還有留在桌上的家庭餐廳帳單。
窗外是冷冰冰的人工街景。魔法失控與魔導災害在這座島上都是家常便飯。
「魔族特區」絃神島——在這座城市裡，怪物根本不稀奇。
就算是世界最強的吸血鬼也一樣。
「饒了我吧……」
少年自言自語般嘀咕，然後邁出腳步。
在他身邊，有負責監視他的少女身影。
染血般的赤紅夕陽下，他們倆拖著的長長影子就這樣相伴相隨地逐漸融入人工街道當中。

後記

就這樣，《噬血狂襲》第十五集已向各位奉上。

由於是第一部的最終章，這次頁數較多。勉強收拾在一集之內，坦白講，我鬆了口氣。多虧如此，在執筆方面費了不少工夫（體力性質），不過若能讓大家看得開心，那就太令人高興了。

在這集的劇情中，終於描寫到電視動畫《噬血狂襲》最後一集演的謎團答案了（絃神島形狀改變的理由）。雖然這是小細節，不過我個人一直都放在心上，因此現在正品嚐著卸下肩膀重擔的解脫感。

關於其他要素，我想談的部分還有很多，但破壞掉好不容易營造的餘韻也不好，幕後花絮就另找機會再談。關於正篇裡沒有描寫完的角色動向還有日後談，我也希望能另行補足。

本系列在這集來到第十五集了。試著回顧，會覺得好像只在轉眼之間，感覺描寫不夠的部分也多有所在。至於執筆步調方面盡是該反省之處，我希望能用再快一點的步調拚命猛

寫。安排好的故事還剩很多，雖然不知道會以什麼樣的形式問世，假如今後有機會，我也希望能積極描寫那些外傳性質的劇情。

如同上集後記預告過的，電擊文庫版《噬血狂襲》第一部在這集結束了。真的由衷感謝一路奉陪至此的各位讀者。

值得慶幸的是，目前還有與《噬血狂襲》相關的企劃正在推動，我想大家往後還會以各種形式看到古城與雪菜的新活躍場面。

配合那些企劃，我也想為小說安排新局，但關於這部分的規劃仍未定案。我會努力別讓各位等太久。

往後還請舊雨新知繼續給予指教。

負責插畫的マニャ子老師，這次也非常感謝你。長達十五集的歲月裡，在只讓雪菜獨挑大樑&限用藍色系的苛刻條件下，由衷感謝你每次都能完成精美的封面插畫。對於在改編漫畫版多有關照的ＴＡＴＥ老師，我也想借用這塊地方表示謝意。女角色們的可愛之處以及戰鬥場景的完成度，每每讓我感到拜服。還有對出版本書的所有相關人士、閱讀本書的各位讀者，我也想獻上最高的謝意。

那麼，希望我們還會在其他地方見面。

三雲岳斗

噬血狂襲

STRIKE THE BLOOD

Kadokawa Light Novels

歡迎來到實力至上主義的教室 1~4.5 待續

Kadokawa Fantastic Novels

作者：衣笠彰梧　插畫：トモセシュンサク

盡情享受夏天的時刻來臨了！
超人氣創作雙人組聯手獻上全新校園默示錄特別短篇集！

儘管發生各種事件，但夏季的特別考試也總算平安無事地結束了。高度育成高中每個學生的真正暑假也終於到來。然而，享受暑假的方式因人而異——！本集描寫平常籠罩於謎團中的學生們令人出乎意料的一面。同時收錄說到夏天就一定要有的泳池回！

各 **NT$220~250/HK$68~75**

台灣角川

Kadokawa Light Novels

末日時在做什麼？有沒有空？可以來拯救嗎？ 1~5（完）

Kadokawa Fantastic Novels

作者：枯野 瑛　插畫：ue

妖精少女們與青年教官在末日綻放的最後光輝。
交由新世代繼承的第一部，就此落幕。

威廉沒能遵守約定，〈嘆月的最初之獸〉的結界瓦解。昔日正規勇者付出性命作為交換，令年幼星神陷入長眠。受其餘波影響，星神與空魚紅湖伯失散，並與被封住記憶的威廉一同過著虛假的平靜生活。直到〈穿鑿的第二獸〉降臨於懸浮大陸為止——

台灣角川

各 **NT$200~250/HK$60~75**

國家圖書館出版品預行編目(CIP)資料

噬血狂襲 15 真祖大戰 / 三雲岳斗作 ; 鄭人彥譯.
-- 初版. -- 臺北市 : 臺灣角川, 2017.08
面 ;　公分
譯自 : ストライク・ザ・ブラッド 15 真祖大戦
ISBN 978-986-473-833-5(平裝)

861.57　　　　　　　　106010128

Kadokawa
Fantastic
Novels

噬血狂襲 15
真祖大戰

（原著名：ストライク・ザ・ブラッド 15 真祖大戰）

2017年8月28日 初版第1刷發行
2020年9月3日 初版第2刷發行

作者：三雲岳斗
插畫：マニャ子
日版設計：渡邊宏一
譯者：鄭人彥
發行人：岩崎剛人
總編輯：蔡佩芬
編輯：孫千棻
美術設計：黃永漢
印務：李明修（主任）、張加恩（主任）、張凱棋
發行所：台灣角川股份有限公司
地址：105台北市光復北路11巷44號5樓
電話：（02）2747-2433
傳真：（02）2747-2558
網址：http://www.kadokawa.com.tw
劃撥帳戶：台灣角川股份有限公司
劃撥帳號：19487412
法律顧問：有澤法律事務所
製版：巨茂科技印刷有限公司
ISBN：978-986-473-833-5